集英社新書ノンフィクション

プーチンに勝った主婦

マリーナ・リトビネンコの闘いの記録

Ogura Takayasu
小倉孝保

目次

第3章 暗殺事件

殺害を命令できるのはプーチンだけ
イスラム教への改宗と病床写真
死亡の数時間前に原因はポロニウムと判明
ホテルの数カ所にポロニウムの痕跡

第4章　国際政治の壁

だまされて暗殺に加担した?
ロシア大使館から呼び出される
史上初の核テロ事件
政権交代による英国の方針転換
ベレゾフスキーの死
独立調査委員会の設置を求める
ロシア人のメンタリティ
欧米がウクライナをけしかけている
独立調査委員会の設置が発表される

扉レイアウト／MOTHER

プロローグ　ポロニウムで死んだ日本人

〈ヤマダが新しい強力な源を使って鮮明な写真乾板（ウイルソン霧箱）を撮りました。実験の結果の様相をみるには、ヤマダが撮ったもので十分なようです〉（「薬史学雑誌」三十三（二）、一九九八年、山田光男「放射能研究に殉じた山田延男の生涯（第1報）」）

パリの放射線研究施設「ラジウム研究所（後のキュリー研究所）」にいたイレーヌ・ジョリオ・キュリーが母マリー・キュリーにあて研究の進捗について書いた手紙である。

日付は今から百年前の一九二四年七月二十七日。「ヤマダ」と紹介されている日本人科学者、山田延男《のぶお》は当時、イレーヌと一緒に研究していた。

マリー・キュリーは一九〇三年に物理学、一一年には化学でノーベル賞を受けた科学者である。イレーヌはその長女で、三五年に自身もノーベル化学賞を受けている。

手紙からは、実験がうまく進んでいる様子がうかがえる。「強力な源」とは何か。山田が研究していた放射性元素はポロニウムだった。

「放射性」という言葉が初めて公式に使われたのは一八九八年、マリーと夫ピエールがベクレル線に関する研究状況をフランス科学アカデミーの週報（七月十八日号）で報告したときだ。二人は二酸化ウランからなる黒色の鉱物ピッチブレンドを加熱した。そして、残留物を酸に溶解させる過程でウランよりはるかに強力な放射性物質を得た。それはマリーの出身国ポーランドにちなみポロニウムと名づけられる。その後、ラジウムが見つかっている。ドイツとフランスを中心に新たな物質の発見が相次ぐ放射線時代の幕開けだった。

キュリーの功績でよく知られているのはラジウムの発見だろう。放射線治療などの医療や工業に応用されたためである。ただ、彼女が最初に発見した放射性元素はポロニウムだった。二番目に見つけた元素を、ラテン語で「光線」を意味する「radius」からとったのに対し、最初の元素は祖国の名からつけている。思い入れの強さがうかがえる。

ポーランドは十六世紀には東欧を広く支配する大国だった。その後、神聖ローマ、オーストリア、そしてロシアの三帝国にはさまれ、次第に国力を失っていく。

キュリーが生まれた一八六七年当時、ポーランドという国は分割・占領されており、生地ワルシャワはロシア領だった。学校では母国語の使用が禁じられ、彼女は被占領者の悲哀を味わっていた。

フランス人のピエールと結婚し、パリで研究するようになっても、祖国を忘れなかった。いつかは帰郷し、国に役立つ研究がしたいと望んでいた。
夫から元素に命名するよう言われたときの様子が、伝記『キュリー夫人伝』に記されている。〈世界地図から抹消《まつしよう》された祖国を想い、科学についてのニュースならロシアでもドイツでもオーストリアでも――つまり圧制者たちの国ぐにでも――発表されるのだろうなと、ばく然と考えた〉(エーヴ・キュリー著、河野万里子訳『キュリー夫人伝』新装版、白水社、二〇一四年)
最初に発見した元素に、消された祖国の名をつけ、占領者ロシアに屈服しない意思を世界に示したのだ。

山田延男はポロニウムが見つかる二年前、一八九六(明治二十九)年に神戸で生まれた。父はこの港町で税関職員(官吏)をしていた。

日本は日清戦争(一八九四〜九五年)に勝利し、台湾を統治する。山田は父の転勤で台湾に移り、小学、中学時代を過ごした。その後、日本に戻り、一九一六年から東京高等工業学校(現東京科学大学)で学んだ後、東北帝国大学理科大学(現理学部)に移った。

一九年に卒業すると、二年後からは東京帝国大学航空研究所で気球や飛行船に使うヘリウムを研究している。日露戦争(一九〇四〜〇五年)の旅順攻略で偵察用気球が使われ、気球用ヘリウムの研究が盛んになっていた。

キュリー館を含むラジウム研究所は一九一一年、マリー・キュリーがノーベル賞を受けたころから建設が始まり、一四年に完成している。

一八年に第一次世界大戦が終わって欧州が安定すると、世界各国から若手の研究者がこの施設に集まった。その一人が山田だった。二三年にフランスに留学した山田は、二四年にはイレーヌと共同で、「ポロニウムアルファ線の酸素および窒素中の飛程分布について」と題する論文を執筆し、翌年には単独で「ポロニウムの長飛程粒子について」を発表する。

そして、研究に没頭する山田は体に変調をきたしていく。顔色が悪くなり、疲れやすくなった。二年半に及ぶパリでの生活を終えると、ヘリウム調査のため米国に渡り、二六年に帰国した。まだ、三十歳前後なのに、視力と聴力は衰え、皮膚は乾いて眉毛が薄くなっていた。手足の運動機能は低下し、東京帝国大学医学部附属医院で入退院を繰り返す。

放射性物質を扱う作業の危険性が疑われた。ただ、当時は放射性物質が人体に及ぼす影響は、時折起こる疲労と皮膚の火傷程度と考えられていた。

イレーヌは二七年夏、ポロニウムの研究をしていたポーランド人の研究者、ソニア・コテルについて、「健康状態が非常に悪い」と報告している。コテルは「極めて急速な脱毛」に苦しんだ。

山田は日本からイレーヌに手紙を書いた。

〈私、ヤマダは日本に帰ってから2週間後に突然意識不明となり、その後は病床に留まらざるをえない状況に至っております。病因はまだ不明でありますが、長かった外国生活の為だけでなく、もしかすると放射性物質に由来する結果によって私は大変疲労しております〉（「薬史学雑誌」三十四（一）、一九九九年、山田光男「放射能研究に殉じた山田延男の生涯（第2報）」）

パリでの研究成果を東京帝国大に提出して、理学博士号を受けると、イレーヌとマリーに、こう報告した。

〈私（ヤマダ）は貴女がたお二人のご援助によって博士号を得る事が出来ました〉（同前）

その後も体調は回復せず、山田は一九二七年十一月一日、東大病院で亡くなった。頭部を開き、解剖されたが、死因は特定できなかった。脳腫瘍が確認されたとも言われるが、不明である。日本で最初の放射線障害だった。死去を知ったマリー・キュリーは手紙を書いて弔意を示した。

山田の留学当時、放射線障害に対する認識が低く、防護対策は不十分だった。キュリー母娘もその後、放射線被曝に起因すると見られる病気で亡くなっている。

現代では山田の死因は、ポロニウムやラジウムによる、典型的な放射線障害と考えられている。

日本人研究者が三十一年の短い生涯に幕を下ろしたその日から、ちょうど七十九年後の二〇〇六年十一月一日、ロンドン中心部で一人の男性が体調を悪化させた。ポロニウムによる被曝だと判明するのは二十二日後。彼が死亡する数時間前だった。

殺されたのは元ロシア連邦保安庁（FSB）中佐、アレクサンドル・リトビネンコである。自身が所属する秘密情報（諜報《ちょうほう》）機関から知人である富豪の「暗殺を命じられた」と内部告発し、身の危険を感じて、その後英国に亡命した。家族とともにロンドンで暮らしながら、「（ロシア大統領の）プーチンが一人の女性ジャーナリストを殺害するよう指示した」と批判していた。

ポロニウムが放出する放射線は九九・九九八七六％がアルファ線で、ほとんどガンマ線を放たない。アルファ線は紙一枚で遮蔽されるため、被曝を避けながらの運搬が比較的容易だ。一方、体内に入ると確実に細胞を破壊する。実に暗殺に適した放射性物質である。

マリー・キュリーが占領者ロシアに屈しない姿勢を示すために名づけたポロニウムが、ロシア政府関係者によって暗殺に使われた可能性が高かった。

リトビネンコは誰に、そして、なぜ命を奪われたのか。

真実を知ろうと大国の指導者相手に立ちあがったのは、リトビネンコの妻で「普通の主婦」を自認するマリーナだった。

第1章

英国の壁

写真／毎日新聞社

夫を殺された妻の涙

夫を失っても人前では泣かないようにしてきた。

涙腺が緩みそうなときは、黒いサングラスをかけた。

その彼女の瞳から涙がこぼれた。この日はサングラスをしていなかった。

二〇一三年十月四日、ロンドン中心部ストランド地区にある高等法院（イングランド高等裁判所）前でマリーナはジャーナリストに囲まれていた。昼を過ぎるころから日が差し、気温は二十度を超えている。

事件の半年後に開いた記者会見で泣いて以来六年間、人前では封印してきた涙である。感情が抑えられなかった。

「簡単にはあきらめられないんです。夫は誰に殺されたのか。真実を知りたいのです」

アレクサンドル・リトビネンコは二〇〇六年十一月、放射性物質ポロニウム210（以下ポロニウム）の入った緑茶を飲んで死亡した。元FSB中佐だった彼は二〇〇〇年に家族とともに英国に亡命し、プーチン政権を批判していた。FSBはソ連国家保安委員会（KGB）の解体に伴って生まれた秘密情報機関である。

放射性物質の痕跡調査の結果などから、英国の警察・検察はロシア人の男二人が暗殺に関与したと考え、身柄の引き渡しを求めた。ロシア政府はかたくなに拒否し、訴追のめどは立たなかった。真相究明の前に国家の壁が立ちふさがった。

ただ、マリーナが涙したのは「ロシアの壁」のせいではない。立ちふさがったのは「英国の壁」だった。

英国には検死（死因）審問という制度があり、不審死の原因を公の場で特定する。リトビネンコについても、その手続きがスタートしていた。ただ、審問の目的は死因の究明であり、殺害の背景を知ることはできない。マリーナは審問の過程でこう思った。

「容疑者の身柄は引き渡されず、訴追は難しい。責任追及が困難なら、せめて事実を解明したい」

そこで政府に求めたのが独立調査委員会の設置だった。審問の検死官も調査委を設置すべきだと主張した。英国には大きな事故や事件、災害が起きた際、大臣の要請に基づき調査委を設置する制度がある。ここで公聴会が開かれ、捜査員を含む当事者が公開の場で発言する。政府の持っている資料の多くが開示され、事実解明に迫る。

リトビネンコは亡命を受け入れてくれた英国政府に感謝していた。息を引き取る三日前には「誇りを持って英国人だと言える」と警察に述べている。家族は事件の前月、英国籍を取得し、「エリザベス女王陛下とその後継者に忠誠を誓います」と宣言した。

英国政府も事件発生当初は事実解明に積極的で、マリーナの意見に耳を傾けてくれた。それから七年が経過し、国内の政治状況は変わった。労働党政権から保守党を軸とする連立政権が生まれ、事実解明よりもロシアとの経済・貿易を優先するようになった。リトビネンコ殺害に関心を向けず、独立調査委員会の設置を却下していた。ロシア政府の事件への関与が明らかになれば、対ロ関係にとってマイナスになると考えたためだ。

マリーナは調査委設置を求めて訴訟を起こした。問題はその費用だった。かつてはロシア新興財閥（オリガルヒ）のボリス・ベレゾフスキーが彼女たちを支援していた。頼みの綱だった富豪は約半年前の二〇一三年三月に不審死している。マリーナの弁護団は無報酬で活動せざるを得ない状況になった。

そしてこの日、彼女は法廷で告げられた。訴えが認められなかった場合、約四万ポンドの訴訟費用を支払う義務が生じると。当時の為替レートでは約六百八十万円にもなる。記者団の前で涙がこぼれたのは、悲しかったのではない。自国民の命が奪われているのに、政府自ら事実解明の動きを阻止しようとしている。それが悔しかった。

事実解明を求めて手続きを継続するか、あきらめて取り下げるか。週明け月曜（七日）午後四時までに決断をしなければならない。残された時間は三日である。

「お金を払うのは私です。だから決められるのも私だけです。よく考えてみます」

記者団にこう述べ、高等法院を去ろうとしたとき、彼女は一瞬、私と目を合わせた。少し笑みを浮かべたように見えた。私は確信した。彼女はあきらめない。きっとこの司法手続きを進めるはずだと。

プーチンと闘う主婦

私が初めて彼女に会ったのはその前年、二〇一二年七月四日だった。ロンドン・オリンピックの開幕を約三週間後に控えていた。

人権擁護や民主化を推進する国際NGO（非政府組織）「ヘンリー・ジャクソン・ソサエティ」がマリーナを招き、ロンドン市内で記者会見を開いた。彼女は事件から約五年間、ロンドン警視庁による捜査や、英国政府の身柄引き渡し要求に期待をかけてきた。

しかし、どれだけ待ってもロシアは容疑者を引き渡さない。このままでは事件が忘れ去られてしまう。危機感を持った彼女は検死審問を要求し、主体的に事実解明に乗り出していた。

オリンピック開幕を控え、英国とロシアは急速に関係を改善していた。ロシア首相のメドベージェフがオリンピック開会式に出席する予定で、八月初めには大統領のプーチンが柔道競技を観戦し、英首相キャメロンと会談すると報じられていた。

リトビネンコの暗殺をきっかけに、両国間では首脳交流が途絶えていた。キャメロンはその政策を転換し、二〇一一年九月、モスクワを訪問する。一二年六月にはメキシコで開かれた主要二十カ国・地域（G20）サミットでもプーチンと会談していた。

人権や自由といった価値観よりも、経済や貿易など実利を優先する姿勢が鮮明になり、英国の政府幹部が事件への関心を失っているのは明らかだった。マリーナは記者会見でこう訴えた。
「プーチン氏は事件を過去のものにしようと考えています。英国民が事件について問いただしていくことは、民主化や人権尊重を求めるロシア国民の励みにもなります」

会見終了後、私はマリーナにあいさつし、しばらく二人で話した。笑顔が印象的だった。メディアが撮った過去の写真を見ると、彼女はいつも厳しい顔をしている。その後、付き合ってみてわかった。カメラの前では表情が険しくなる。心のどこかで、夫を奪われた者が笑うべきではないと思っていたのかもしれない。

マリーナは過去に、政治的な運動に参加した経験があるのだろうか。彼女からは、そうした空気が感じられなかった。
「リトビネンコさんと結婚する前は何をされていたのですか」
「ダンスです」

「ダンスにもいろいろありますよね」

「社交ダンスです」

マリーナは腕を前後に動かし、ダンスのまねをしてみせた。明るい性格のようだ。

「英国は社交ダンスが盛んで、大きな大会があります」

「リトビネンコさんとも社交ダンスを？」

「いいえ、いいえ。サーシャは近代五種競技です。ダンスなんて全然。ダンスのパートナーは別の男性でした。前の夫です」

彼女はリトビネンコのことを、「サーシャ」と呼んだ。ロシア語では男性のアレクサンドル、女性のアレクサンドラはともに愛称が「サーシャ」となる。

再婚後、いったんダンスをやめた。

「アナトリー（長男）を妊娠しました。それからは主婦（ハウスワイフ）です」

「主婦ですか？」

「そうです。主婦です。サーシャを失うまで、パソコンの操作さえ知りませんでした。料理や掃除をして、息子とサーシャを送り迎えする毎日でした」

この出会いをきっかけに、私はマリーナとメールや電話でやりとりするようになった。時折、お茶を飲み、時間に余裕があれば一緒にランチを食べた。マリーナはシンポジウムやドキュメンタリー映画の試写会だけでなく、ロシア料理のパーティーのようなくだけた場所にも誘ってくれた。

彼女が独立調査委員会の設置を求めているのは知っていた。私は安易に考えていた。英国政府が拒否するはずはあるまいと。闘う相手はロシア政府とプーチンだと思っていた。彼女自身、二〇一三年の夏まではそう考えていたはずである。八月に食事をした際、そう感じたのだ。

ロンドン・ソーホーにあるレストラン「バードマルシェ」に入ったのは十二時二十分ごろだった。カリブ海出身のシェフが海の幸を中心に気軽なフランス料理を出す店だ。

待ち合わせ時間の十二時半になると、マリーナから携帯電話にテキストメッセージが入った。

「ごめんなさい。すぐそこまで来ています」

彼女はいつも時間に厳しかった。約束の時間に遅れることはほとんどなかった。遅れそうなときは連絡をよこした。リトビネンコも時間厳守を徹底し、ルーズな者との付き合いを敬遠していた。

ロンドンはオリンピック・パラリンピックの喧噪《けんそう》から一年がたち、平常を取り戻していた。この街は夏でも、日差しがやわらかい。

店に現れた彼女はスカートに白いシャツを着て、薄手のジャケットを身につけていた。

メニューを見ながら、冷たいマッシュルーム・スープとサーモン・ステーキを注文した。私も同じものを頼んだ。

「近々、アナトリーの大学入学資格試験の成績発表なんです。どうなることやら」

「何に興味があるんですか」

「東欧のようです。でも、日本にも興味を持っているんですよ。日本食が好きだし」

マリーナは話すことに熱中して、食べるのがおろそかになりがちだ。


独立調査委員会の設置を求める理由を聞いた。

「サーシャに何が起きたのか正確に知りたいんです」

「どんな情報が得られるのですか」

「ロンドン警視庁は事件を捜査し、数多くの情報を持っています。例えば、どこでどの程度の被曝が確認されたか。サーシャが警察に何を語ったのか。ルゴボイやコフトゥンの聴取内容もあります」

ルゴボイとコフトゥンは、リトビネンコがポロニウム入りと思われるお茶を飲んだときに同席したロシア人である。ロンドン警視庁の聴取に対し暗殺への関与を否認している。

警察・検察は本来、裁判で有罪を立証するために情報を集める。ロンドン警視庁はリトビネンコに聴取した際、その内容は公判に提出されると本人に告げている。

「ロシアは二人の身柄引き渡しを拒否しています。訴追できる可能性はほとんどありません。弁護士や支援者と相談し、せめて事実を解明しようと考えたんです。調査委ができれば、多くの情報にアクセスできますし、捜査員から公開の場（公聴会）で話を聞くことも可能です」

調査委は設置される。彼女はそう信じているように思えた。

「すべての資料が公開されるんですか」

「されない情報もあります。その場合でも、議長はアクセスできるはずです。それを総合して最終報告書が作成されます」

そこでは客観的証拠に従い、事実を確定させる。誰がポロニウムを運び、リトビネンコに飲ませたかといった事実は把握できるかもしれない。ただ、刑事裁判と違い、実行者や命令者の責任追及はできない。

「事実の確定だけでいいんですか」

「仕方ありません。せめて事実を明らかにしたいんです。臆測の飛び交う状況が嫌なんです」

リトビネンコについては自殺説や、交流のあったロシアの新興財閥による他殺説が出ていた。

「ロシア政府が流す情報です。サーシャに関し、善良な市民でも、良き父でもなかったというイメージを作ろうとする者がいます。息子がそれを真に受けるのが心配で、本当のことが知りたいんです」

「あなたは以前、自分を『主婦』と表現しました。今もそうなんですか」

「変わらず主婦であり、母です。ただ、サーシャが亡くなり、私にとってそれまでの世界は崩壊しました。事件から距離を置き、すべてを政府に任せて、自分の人生を歩む選択もあったんです。でも、忘れられなかった。サーシャは家族を守ろうとしました。だから私も彼を裏切れないんです」

私たちの会話は約二時間、続いた。最後に握手をすると、マリーナはさっそうとロンドンの街に消えていった。

プーチンは信頼できません

調査委設置をめぐる司法手続きについては、私が確信した通りの結果になった。マリーナは週明け月曜日、手続きを続行すると決めた。

弁護士のエレナ・ツシルリナが声明を発表した。

〈リトビネンコ夫人（マリーナ）は勇気ある決断を下しました。独立調査委員会を設置しないという内相（テリーザ・メイ）の決定を拒否し、司法審査を請求しました。逆境に立たされなが

らも死の真相を明らかにするために闘い続けます。私たちは裁判所とすべての関係者にそれを伝えました〉

しばらくして、私はビクトリア&アルバート（V&A）博物館内のカフェでマリーナとお茶を飲んだ。ロンドン西部に住む彼女は市中心部に出る際、ここが便利なようだった。英国には入場無料の美術館や博物館が多く、待ち合わせには便利だ。館内には手軽なカフェも多い。

調査委の設置を求めていくと決めた理由を聞いた。

「弁護士に相談しましたが、私が決めるしかなかったんです。失敗したとき、お金を失うのは私ですから。いろんな選択肢について考えました。始めたからには途中で降りるべきではないと思いました。ここであきらめては一生後悔するでしょう」

「以前、話をしたときには、もっと楽観的だったように思います」

「あのときは、うまくいきそうだったんです。国の制度を使って、弁護士費用も補助してもらえるかなと思っていました。しかし失敗したら四万八千ポンドを支払う義務が生じました。弁護士は無報酬で支援してくれています。もうやめようかと思ったときもありました」

負けた場合の支払いは当初の四万ポンドから八千ポンド引きあげられていた。

「一度は手続きをやめようと思ったんですか」

「頭をよぎりました。でも、後悔したくないし、無理をしたら払えない額でもない。最後は誰かが助けてくれるだろうと思いました。イライラしている場合ではなかったんです」

多くの英国人から「あきらめないでほしい」との激励の声が届いていた。

「私たち家族は英国市民です。情報の公開は英国人のためにもなるはずです。だから最終的には、調査委が設置されると思っています。証拠に基づき真実を見つけるために闘います」

私は嫌がられるのを覚悟しながら、高等法院前での涙を話題にした。

「人前で泣いたのは珍しいですね」

マリーナは嫌がらず、正面から答えてくれる。

「個人的な感情を外に出すのを好みません。悲しさだけでなく、怒ったり、笑ったりするときも、できるだけ感情を出さないようにしています。でも、お金を払うようにと言われ、ショックを受けてしまいました」

「涙を見て、驚きました」

「何を言っているんですか」

マリーナは照れたような表情を浮かべた。

「人間ですから感情はありますよ。腹の立つときもあります。でも、できるなら理性的でいたい。そう思っています」

「英国政府はなぜあなたを支援しないのでしょう」

「いいえ、政府はずっと助けてくれていました。亡命を受け入れ、国籍も与えてくれました。問題は保守党の政策です。彼らの関心はビジネスです。損になることはしたくないようです」

まるで企業のような政府だと思った。

「その考えを受け入れているんですか」

「私の考えは違います。プーチンのような相手とのビジネスは難しい。将来、英国にとってダメージになるように思います」

「ロシア人は信頼できないと?」

「私もロシア人ですよ。両親や友人はいまだにモスクワにいます。私はロシア人であることに誇りを持っています。ロシアの文化が好きです。でも、今のロシアはプーチンの政府です。彼は信頼できません」


マリーナは精神の安定を取り戻し、独立調査委員会設置を求め司法手続きを続けた。一方、内相のテリーザ・メイは設置に応じなかった。捜査情報が公開された場合、ロシアとの関係に悪影響を与えると主張していた。

獄中で書かれた愛の詩

私は一〜二週間に一度、マリーナと一緒にV&A博物館のカフェでお茶を飲んだ。経緯は忘れたが、あるとき、リトビネンコの愛国心が話題になった。

「悔しいんです」

リトビネンコはFSBを批判して亡命し、英国にいながらプーチンを攻撃した。そのため保守派を中心に、ロシア人の一部から裏切り者扱いされていた。マリーナが言うには、彼ほど国を愛していた者はいないという。

「詩を読めば、わかります」

「詩を書いていたのですか」

「収監されているとき、五十篇《ぺん》ほど書いています。国を想《おも》う詩もあります」

リトビネンコは一九九九年三月に職権乱用の容疑で逮捕、起訴され、モスクワ・レフォルトボ拘置所に約九カ月間、勾留されていた。

その後、リトビネンコとマリーナは着の身着のままで亡命した。彼女の母がリトビネンコの詩がつづられたノートをロンドンまで持ってきてくれた。夫を失ったマリーナにとってかけがえのない宝物である。私はその詩を読ませてくれと頼んだ。

「ロシア語ですよ」

「知り合いに翻訳してもらいます」

「その中の数点でいいですか」

彼女は照れながら言った。

「ほとんどが私への愛を書いているんです」

リトビネンコはロマンチストだった。獄中から詩で愛を表現した。

「全部、獄中で書かれたものです。当時の胸の内がわかります。彼は詩作によって強く生きてこられたのだと思います」


マリーナは次に会ったとき、ノートを持ってきてくれた。A5判ほどのノートに青色ペンでぎっしりとつづられている。リトビネンコは保釈された後、自分で書き写した。マリーナはそれを胸に抱くように持っていた。

「素人の詩です。洗練されていません。これを見せるのは初めてですよ」

マリーナはそう断り、いくつかを読ませてくれた。そのうちの一つである。

〈ぼくは五歳のガキだった
じいちゃんが博物館に連れていった

連隊旗の前で話してくれた
じいちゃんが子どもだったとき
ぼくのひいじいちゃんが、旗の下で戦ったんだと
出征して、大地のために戦い
ぼくたちの大地を守ったんだと
孫のぼくにじいちゃんは言った
そんな家族がうちにはいたと
誰も祖国を渡すやつはいない
必要あらば、戦って
自分の命を差し出すのみと
月日が流れて運命は
ぼくにすべてを与えてくれた
勝利と喜び、痛みと喪失
いつでも人生に
翻弄されるたびに
ぼくはじいちゃんの言葉を思い出し

正しいかどうか確かめた〉

「英国の壁」を越えた

年が変わった二〇一四年一月二十一日、高等法院一号法廷で独立調査委員会設置の是非をめぐる審査が開かれた。

マリーナから、いよいよ決定が近いと連絡を受け、やりとりを見ておこうと思った。

法廷入り口で彼女と待ち合わせた。黒いカーディガンを着ている。冷え込んだためか、首にカラフルなスカーフを巻いていた。あいさつを交わして、一緒に中に入る。

天井が高い。薄いカーテンが外光を遮断している。外の喧噪とは別世界だ。

彼女は、亡命以来支援を受けてきたアレックス・ゴールドファーブと並んで前方に座る。私は記者席に案内された。

裁判官が三人、入廷した。英国法曹関係者がかぶる白いカツラを着けている。中世を描いたドラマのようだ。

審査は午前十時三十五分に始まった。国側の代理人が国益、公益について説明する。調査委の設置はロシアとの関係に悪影響を与える、関係改善こそが多くの国民にとって利益になる、と主張していた。マリーナが身を乗り出すようにして聞いている。

裁判官三人が熱心にペンを走らせる。そして、一人がこう質問した。

「対ロ関係への影響は限定的ではないのでしょうか」

政府の主張を疑っているようだ。


翌二月になると国際情勢が変化し、それがマリーナの審査にも影響する。

ロシア初の冬季オリンピックがソチで開幕したのが二月七日だった。英国、ロシア両政府はこのイベントをきっかけに関係を改善していた。二年前の夏にロンドンで夏季オリンピックを開催したばかりで、テロ対策など治安面で英国にはノウハウがあった。

キャメロンは前年の二〇一三年五月、ロシア南部の黒海に面したリゾート、ソチを訪れ、大統領のプーチンと会談した。両政府は、リトビネンコ暗殺で停止していた安全保障協力を復活させている。

一方、ロシアは、オリンピック開催で存在感を高めながら、隣国ウクライナへの対応に苦慮していた。

ウクライナは二〇一二年、欧州連合（EU）との関係を強化するため、政治・貿易協定に仮調印した。しかし一三年、ロシアと関係の深い大統領、ヤヌコビッチは正式調印を見送ってしまう。EUへの接近に反対するロシアからの圧力があったとされた。

ウクライナは複雑な国である。民族としてウクライナ、ロシア、ポーランドなどの人々が暮らし、宗教的にもウクライナ正教やロシア正教、ユダヤ教のほかカトリック系住民も少なくない。二〇一〇年代に入ると、ロシアに親しみを感じる住民と、欧州の人たちとの連帯を重視する住民との間で対立が深まっていた。

大統領がEUとの正式調印を見送ったことに、親欧州派の住民や野党勢力が反発し、首都キーウ（キエフ）などで大規模なデモが起きた。ヤヌコビッチは二〇一四年二月二十一日、国を離れた。

この政変に危機感を持ったのがプーチンだった。ロシア系住民の保護を理由にウクライナ南部クリミアに侵攻し、三月には自国に併合してしまう。

ウクライナは地理的に、EUとロシアとの間に位置し、北大西洋条約機構（NATO）とロシアの緩衝地帯でもあった。そこへの軍事侵攻に、EUやNATOの加盟国は戦慄した。

主権国家への軍事侵攻では、英国は過去に苦い経験をしている。

ナチス・ドイツのヒトラーは一九三八年、ドイツ系住民の保護を口実にチェコスロバキアの一部を併合する。英国はヒトラーに対する宥和《ゆうわ》政策を優先し、これを容認した。ナチスが翌年、ポーランドに軍を進めたとき、英国はようやくヒトラーの野望を知る。そして、ドイツに宣戦布告し第二次大戦に参加する。

大戦の開始から七十五年、クリミアの併合を目の当たりにし、英国の市民や政治家は反ロシア感情を強めた。チェコスロバキアを併合したヒトラーを思い出した。経済関係を優先しようと考えたキャメロンの目算は狂った。英国は再び、ロシアへの圧力を強めるしかなかった。

国際情勢が揺れる中、マリーナの訴えについて英国の裁判所が決定を下したのは二〇一四年二月十一日だった。

「すべてを総合すると政府が示した理由は合理的な根拠を欠いている。政府が訴えを受け入れないのなら、より合理的な理由を提示する必要がある」

裁判官三人は全会一致で独立調査委員会の設置を支持した。より合理的な説明ができない場合、政府はこの決定に従わなければならない。

マリーナは言った。

「夫が殺害された背景を知るための闘いにおいて、今日の判断はマイルストーン（画期的な出来事）になりました」

その後、V&A博物館のカフェで会った。

「ロシアと闘っているのではありません。繰り返しますが、私は今でもロシア人（二重国籍）

で、自分の国を愛しています。しかし、ロシアは今、一部の権力者によって乗っ取られ、占領されています。みんなにそれを知ってほしいのです」

裁判所の決定を受け、英国は独立調査委員会の設置を検討し始めた。


それから約五カ月後の七月二十一日、私はマリーナと会う約束をしていた。V&A博物館のいつものカフェだった。

四日前にはウクライナ上空でマレーシア航空一七便が撃墜され、乗員・乗客二百九十八人が亡くなった。親ロシア派武装勢力による攻撃と考えられ、ロシアに対し国際社会から強い批判が上がっていた。


約束時間の五分ほど前に店に入り、角の席を確保した。マリーナは時間ちょうどにやってくると、撃墜事件について「ロシアが関与していると思います」と顔を曇らせた。

しばらく話していると、気持ちを切り替えたようで、「今日はいいニュースがあるかもしれませんよ」とうれしそうに言う。

「いいニュースって、何ですか」

「政府が結論を出したかもしれません」

「独立調査委員会ができるということですか」

「それを期待しています」

弁護士のツシルリナから電話が入る予定だという。

「今、知らせが入ったら、あなたが世界で最初にそれを知るジャーナリストになりますよ」

「スクープですね」

二人で冗談を言い合った。

ロシアによるクリミア併合で、英国政府はプーチンに配慮する必要がなくなった。きっと調査委設置を認める。私がその考えを伝えると、マリーナも同意した。

携帯が鳴った。

「良い知らせかも」

マリーナは小声でそう言い、電話をとった。

相手とやりとりしている。表情が明るくなった。

私と目が合った。マリーナは左手で電話を耳に当てながら、右手の親指を立ててみせた。

「やった」というサインだった。予想通り、政府が独立調査委員会の設置に応じるとの連絡だった。

電話を切ったマリーナは私と握手した。

政府はその後、決定を正式発表し、世界中のメディアが報じた。

夫はなぜ、殺されたのか。真実を知るための、「主婦」による闘いは第一ラウンドが終わった。「英国の壁」を越えた彼女の視線の先にはプーチンの姿があった。

第2章

二人の出会い

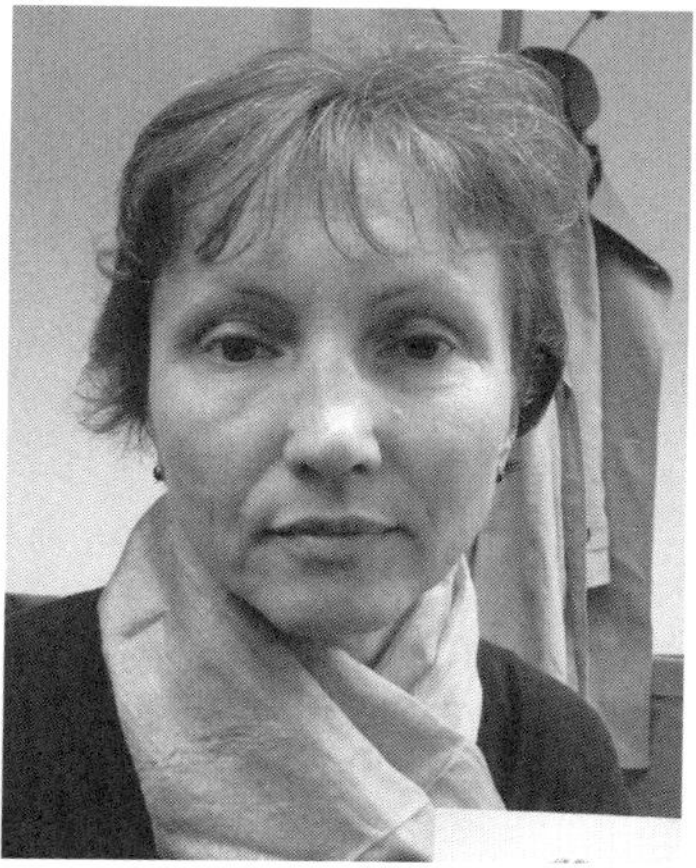

ダンサーを目指したマリーナ

マリーナは一九六二年六月十六日、モスクワで生まれた。

四カ月後には、ソ連首相フルシチョフがキューバに核ミサイルを配備し、米大統領のケネディがソ連の船舶を対象に海上を封鎖した。「キューバ危機」と呼ばれ、核戦争のリスクが高まっていた。前年には「ベルリンの壁」が建設されている。そんな冷戦のさなか、マリーナは生をうけた。

母ジナイーダと父アナトリーはともに第二次世界大戦が始まる前の生まれである。マリーナは一人っ子だった。

「母方の祖父レオニードはとても面白い人で、禁止されていたラジオの『ボイス・オブ・アメリカ（米国の声・VOA）』を隠れて聴いていました」

マリーナは面白がるように語った。

田舎で養蜂をしていた祖父はよく政治について冗談を言っていたらしい。覚えているのは、こんな言葉だった。

「共産党の年寄り連中が考えることといったら、自分の健康くらいのものだ」

マリーナの生家は二歳のときに取り壊された。政権は当時、各地に近代的アパートを建設し、住民を移動させていた。両親はともに機械部品を作る工場に勤めていた。母は事務員として働き、父は労働管理部門の責任者だった。父について語るマリーナは誇らしげだ。

「パパは十三歳で靴職人になったんです。家計を助けるためでした。その後、工場で働くのですが、私の靴はいつもパパが修理してくれました。五十年以上働き、最後は最年長の社員でした。工場の閉鎖まで引退しなかったんです」

マリーナ・リトビネンコ
写真／毎日新聞社

まじめにこつこつと働く両親から、いつも言われた。

「良い人間になりなさい」「一生懸命勉強するのよ」

父は共産党に所属しながらも、政治活動に積極的ではなかった。

「ゲーム感覚で党員になったようです。イデオロギーを支持していたのではないです。職場ごとに党員枠があり、誰でもなれるわけではないんです。党に入るのは特権でした。母は入党しなかったため、後悔していました」

共働きでも生活に余裕はなかった。教育費が無料だったにもかかわらず、母は「お金がないわ」とこぼしていた。両親は週に六日も働き、常に疲れた様子だった。KGBの監視の下、市民は働く以外に選択肢がなかった。

「生き延びるのに必死でした。KGBを意識し、みんなが言動に気を使っていました。（モスクワの中心にある）赤の広場で抗議するような、並外れて勇敢な人は特別ですよ」

唐突に「赤の広場で抗議するような人」を持ち出した。私は誰を指しているのか、理解していなかった。その後、特定の「並外れて勇敢な」人物が念頭に置かれていたのに気づく。彼女を精神的に支えた人物だった。


二歳から七歳まで、国費で運営されている幼稚園に通った後、小学校に入った。ダンスが好きで、踊ってみせては大人たちを楽しませた。五歳になると本を読んだ。ロシアの歴史や、動植物に関する本が好きだった。英作家ディケンズの小説もロシア語で読んでいる。

フォークやクラシックのダンスを学ぶため教室に通い出したのは八歳のときだった。母からは「一生懸命勉強しないと、ダンス教室に行かせないわよ」と言われた。十五歳からは公演会にも出場する。社交ダンスを好むようになり、コンテストにも出た。

学校の成績は良かった。ロシアでは当時、十七歳までは数学、科学、言語、歴史など十教科を学んでいた。大学進学のためには「四・五」の成績が必要である。彼女は「五・〇」だった。大学に進むのは自然だった。

若者の共産主義者団体「コムソモール（共産主義青年同盟）」に参加しながらも、そのイデオロギーに共感したわけではない。

「体制に反抗的だと思われたくないから加わっただけです」

化学に関心があり工学部を志望した。グブキン記念ロシア国立石油ガス大学へ進み、数学や物理も学ぶ。

「講義がつまらなかったので、本格的にダンスに力を入れたんです」

十八歳のとき、社交ダンスでパートナーと知り合い、各地の競技大会で優勝する。

「政治に関心はありませんでした。友達と麻薬のことや、西欧社会について話していました」

共産党に入るよう勧められた。

「党員になった方が、ダンスの仕事をもらいやすいんです」

党の研修生になったのが一九八八年だ。そこで一年間、共産主義について学ぶ予定だった。その計画が狂ったのは、ソ連が変革期に入ったためだ。

共産党書記長のゴルバチョフはペレストロイカ（改革）、グラスノスチ（情報公開）を断行し、米大統領のレーガンは東西冷戦を終わらせようと呼びかけた。西欧諸国もソ連との関係を改善していく。結局、マリーナは入党していない。

大学を卒業したのは二十三歳のときだった。プロのダンサーとしてモスクワを中心に国内各地で子どもたちを指導した。パートナーと結婚するも、すぐに離婚している。九一年にはソ連が崩壊する。

マリーナはいったんダンスを離れた。フィットネスのインストラクターになるための訓練を受け、舞台の振付師のもとで二年間働いた後、歌手の振りつけなどをして過ごした。

軍、KGB、FSBに所属したリトビネンコ

アレクサンドル・リトビネンコは一九六二年十二月四日、ロシア南西部の都市ボロネジで生まれた。マリーナより半年、年下になる。

父ウォルターと母ニーナの結婚生活は続かなかった。マリーナの説明である。

「サーシャが生まれてしばらくすると、両親は離婚したようです。彼の幼少期は複雑でした。平穏な家庭で育った私とは大違いでした」

リトビネンコが生まれたとき、両親はまだ学生だった。父はボロネジの大学で医学を、母は工学を専攻していた。マリーナによると、ニーナはとても美しかった。

「サーシャは生後二カ月で祖父母に預けられています。父ウォルターが赤ちゃんを出身地ナリチクに連れていき、半年ほどそこで暮らしたようです。その後、両親は離婚しました」

ナリチクは旧ソ連南部、北カフカスのカバルダ・バルカル共和国の首都である。チェチェンにも近く、それが後にリトビネンコの人生に影響する。両親はその後、それぞれ再婚し、母には新しい夫との間に娘スバトラーナができ、父には三人の子が生まれた。

アレクサンドル・リトビネンコ
写真／ユニフォトプレス

リトビネンコの祖父はソ連軍のパイロットとして第二次大戦に参加している。よくこう口にしていたという。

「戦争について真実のように語られていることの多くは間違っている」

戦場にいた者だけが、戦争の本当の姿を知っているという意味である。

リトビネンコが最も影響を受けたのがこの祖

父で、「人間は強くなければならない」と聞かされた。

父ウォルターは正義感が強かった。サハリンの刑務所で医師をしていたとき、服役囚の劣悪な人権状況を目の当たりにし、黙っていられなかった。共産党書記長のブレジネフに直接、改善を求めた。その直訴を理由に職を解かれている。

リトビネンコの祖父は戦争について疑い、父は不正義を前に黙っていられなかった。リトビネンコがその後、チェチェン紛争に疑問を抱き、激しいプーチン批判を展開する裏には、こうした血脈が影響しているのかもしれない。


父はサハリンから故郷ナリチクに戻り、麻薬撲滅センターの医師となったが、ソ連崩壊を機に失職する。

リトビネンコは五歳ごろまで、祖父母と暮らした。母が再婚して娘を産んだとき、いったん、母との生活を始めている。しかし、十一歳で祖父母のもとに戻った。そこで異母弟妹（再婚したウォルターの子）三人と一緒に生活し、近代五種のトレーニングに励んだ。ナリチクはこの競技の選手育成では知られた都市だった。

ソ連軍がアフガニスタンに侵攻した翌年（一九八〇年）、彼は大学進学を希望しながらも陸軍に入る。マリーナはこう説明する。

「地元の大学を受験しましたが、不合格でした。あまり勉強は得意でなかったのかもしれません。だから軍に進みたいと考えたようです。国のために役に立ちたい、祖国を守りたいとの気持ちがありました。第二次大戦で戦った祖父の影響だと思います」


ソ連では徴兵制が敷かれ、男性は十八歳から二十七歳（その後、三十歳に引きあげ）までに一年間の兵役に就くか、高等教育を受けている者は同じレベルの訓練を受けなければならなかった。リトビネンコは十七歳の秋に軍に入った。徴兵年齢に達する前である。

「軍に行くのは十八歳になってからです。サーシャの誕生日は十二月四日なのに、十七歳の秋に入っている。お祖父《じい》さんから軍について聞き、早く入りたいと思ったようです」

マリーナによると、若者の多くは軍に行きたがらない。何とかして避けようとする。徴兵年齢の前に入る者は珍しい。

「軍はとても暴力的で、若者はひどい扱いを受けます。虐待が多発しています。みんなそれを知っているため、行きたがらない。サーシャは特異でした」

リトビネンコが軍のトレーニングを受けたのは、郷里から約百三十キロ離れた北オセチア共和国の首都オルジョニキゼ（現ウラジカフカス）にある訓練センターだった。五年間の訓練の後、中佐に昇進する。

アフガニスタンに侵攻したソ連軍は、「ムジャヒディン（イスラム聖戦士）」と呼ばれる兵士の抵抗に遭っていた。アラブ諸国を中心に世界各地から、過激なイスラム教徒がムジャヒディンに加わり、米国は彼らを支援した。ムジャヒディンからはその後、ウサマ・ビンラディンのように、米国を敵視する者が生まれる。アフガンでは多くのソ連兵が殺害された。

「アフガンで戦うため、私たちの世代は兵役が長くなりました。サーシャも厳しい生活を強いられたようです。ただ、私には当時の体験を面白おかしく話してくれました」

リトビネンコは一九八一年、会計士のナタリアと最初の結婚をしている。八五年から八八年まで、内務省ジェルジンスク分署で金塊を運ぶ列車の安全を担当した。任務には秘密情報活動が含まれていた。

ベラルーシ出身のポーランド系革命家、フェリックス・ジェルジンスキーの名をとってつけられたジェルジンスクは人口約二十万人の中規模都市だ。ここはソ連の秘密情報活動で知られた街である。一九一七年のロシア革命の際、ジェルジンスキーらはレーニンの命を受け、この街に「チェーカー」と呼ばれるスパイ組織を作る。それが後にＫＧＢになった。いわばソ連諜報機関を生んだ街なのだ。

秘密情報活動の能力が見込まれたのだろう。リトビネンコは一九八八年、KGBに正式採用され、シベリアの施設で専門的なトレーニングを受けた。成績も良かったようで、九一年には上司の推薦でモスクワのKGB本部（ルビャンカ）に異動する。娘ソーニャが生まれたのは、その年の九月である。

ソ連では政治的混乱が極まっていた。世界初の共産主義革命から七十四年が経過し、一党独裁体制が音を立てて崩れようとしていた。

前月の八月には共産党保守派が大統領ゴルバチョフを軟禁するクーデターがあり、年末にはソ連が崩壊する。監視社会を支えたKGBはその直前に解体された。暫定組織がスタッフの多くを引き継ぎ、新生ロシアの国内治安と諜報の責務を担う。

リトビネンコはそこで経済安全保障・組織犯罪部に配属され、九四年にKGBの後継組織の一つである連邦防諜局（FSK）の対テロ部門に異動した。主な任務は組織犯罪対策で、特にジョージア（グルジア）からモスクワに移住した富裕層を対象にしていた。

ロシアで九五年にFSKがFSBに再編されると、彼もこの組織に移る。

誕生日に出会った二人

マリーナは一人っ子として生まれ、両親の愛情を十分に浴びて生きてきた。大学で学びダンスに熱中した。祖国の変化に対する悩みもさほどなかった。一方、リトビネンコは幼いころから、複雑な家庭環境に育ち、大学受験に失敗して軍から秘密情報機関に入った。

二人は約三十年間、「同世代のロシア人」という以外、ほとんど共通点のない道を歩んできた。本来なら交わるはずもない運命の糸が、ある日交差する。

私が、リトビネンコと出会った日を聞くと、マリーナは自信あふれる表情を浮かべ、まるで予習してきた問題について、先生から問われた少女のように答えた。

「一九九三年六月十六日です」

結婚記念日を覚えている人は多いが、出会いの日付まで記憶している人はそれほどいないだろう。マリーナが日付を即答できるのには理由があった。自身の誕生日だったからである。

彼女は三十一歳になったその日、リトビネンコと出会った。当時、離婚してダンス・トレーニングを再開していた。踊りを指導してくれる友人が、誕生パーティーに知人を連れてきた。それが既婚のリトビネンコだった。

マリーナは照れることなく話す。

「彼自身が『プレゼント』のようでした。実際にそう呼んでいました」

なぜ友人は秘密情報機関員を誕生パーティーに連れてきたのだろう。

この友人は犯罪組織から恐喝されていた。組織犯罪を担当していたリトビネンコは、上司から彼女の警備を命じられた。

マリーナはすでに友人から、リトビネンコの性格について聞いていた。「とても変わった、面白い人よ。スパイ組織の人間には見えないわよ」と。

私が「一目ぼれですか」と聞くと、「いいえ、いいえ」と大げさに首を振った。

「スリムで髪を短くカットしていました。だからとても若く見えた。十歳くらい年下かと思ったんです。聞いてみると私と同じ年齢だったので、びっくりしました。唇がきれいで目はぱっちり。とてもシャイだったんです。私は彼の組織の実態を知らなかったのですが、あそこにいる人の典型的なイメージとはかけ離れていました」

誕生パーティーをきっかけに交際を始めた。付き合いが深くなるにしたがって、マリーナは相手の純粋さにひかれていく。

彼はたばこを吸わなかった。酒は新年を迎えた未明にシャンパンをグラスに一杯飲むだけだ。

「付き合ってみると、理想的な男性でした。約束は守るし、とても繊細です。ダンスに熱中する私を理解し、よく言っていました。『夢は君をダンサーとして成功させることだ』って」

マリーナはリトビネンコの仕事の特殊性について理解しようと努めた。

「デートが急にキャンセルとなったこともあります。九時から五時の仕事ではないため、予定は立たないのですが、彼は仕事を楽しみ、充実していたようでした」

ロシアではわいろがはびこっていた。公務員の権限が圧倒的に強い社会主義国家はどこも汚職が問題になっている。ロシアの腐敗の度合いは、同じ時期に資本主義制度に移行した他国と比べてもひどかった。

「彼のような立場の人は、簡単にお金や贈り物を受け取ってしまいます。しかし、サーシャは決して堕落しなかった。信頼できる人でした」

二人は出会いから三カ月後、マリーナの両親と一緒に暮らし始める。その直前にリトビネンコは最初の妻との結婚生活にピリオドを打った。

結婚生活を変えたチェチェン情勢

一九九四年六月にはアナトリーが生まれ、四カ月後に結婚した。マリーナはこのとき、夫の所属する組織の特殊性を知った。

「結婚するために、私の経歴もチェックされたようです」

穏やかな家庭を築きながらも、リトビネンコは時折、落ち込んで帰ってきた。

「あまり話さず、笑顔が見られないときがありました。本人に聞くと、『話せないけど、ちょっと落ち込んでいる』と言ったんです。仕事で何かショックを受けたのだと思いました」

彼は家族にも話せない任務を命じられていた。

家族三人の生活は充実していた。夫婦仲は良く、夫はアナトリーを可愛《かわい》がった。マリーナは手料理を作って彼の帰りを待った。そうした平穏な生活に暗い影を落としたのはチェチェン情勢だった。

「私たちの人生はチェチェンで完全に変わってしまったんです」

チェチェン人が暮らす北カフカス地方はユーラシア大陸の中央部に位置し、古くからさまざまな民族に侵略されてきた。

十三世紀から十四世紀にかけ、モンゴル軍が侵入し、十六世紀になるとイスラム教徒が入る。十八世紀後半には、南下するロシア帝国軍と地元のイスラム組織の闘争が激化した。最終的にロシア帝国がこの地域を併合するのは、クリミア戦争（一八五三〜五六年）後の一八五九年である。以来、地元住民による対ロシア独立闘争が繰り返されてきた。

一九八九年に東西冷戦が終結した後、ソ連で起きた混乱は周辺の民族にとって、独立を勝ち取る千載一遇のチャンスだった。一九九〇年三月にバルト三国の一つ、リトアニアが独立を宣言したのを皮切りに、各地でソ連からの離脱の動きが加速する。

チェチェン共和国も例外ではなかった。ソ連崩壊前の九一年十月、元ソ連軍将校、ジョハル・ドゥダエフが大統領に選出され、一方的に独立を宣言してしまう。ソ連の連邦離脱法を根拠とし、チェチェン共和国を建設した。

この地域にはイスラム教徒が多かった。新国家はロシア正教を放棄するとともに、キリル文字をラテン文字に変更するなど脱ロシア化を推し進める。ただ、離脱法はソ連を構成する十五の共和国を対象にしており、チェチェンはそれに含まれない。

ロシアはバルト三国やジョージアなどの独立は認める一方、チェチェンについては妥協しなかった。大統領のボリス・エリツィンは内務省の治安部隊を派遣して抑え込みをはかる。チェチェン軍がこれに猛反撃し、撤退させる。そして、ロシア軍は九四年十二月十一日、本格的な武力侵攻に乗り出した。第一次チェチェン紛争（一九九四年末〜九六年）である。

当時、リトビネンコはFSKの反テロリスト・センターに所属し、ドゥダエフ率いるチェチェンの分離独立派に対する秘密作戦を担っていた。マリーナとの結婚から二カ月がたっている。

結婚の翌年、ＦＳＫはＦＳＢに再編され、チェチェンでの秘密工作を引き継いだ。リトビネンコはここで重要な任務を担った。

「サーシャはこの時期、頻繁に故郷ナリチクに出かけていたんです」

詳しい作戦内容は知らされていない。マリーナも夫の仕事の特殊性を理解し、積極的に聞こうとはしなかった。

ナリチクはチェチェンに近かった。リトビネンコはＦＳＢのナリチク支部で情報分析を担当するとともに、秘密情報員を指揮していた。地域の習慣や伝統を知っていたため命じられたようだ。九六年になると、この街に出かけては疲れて帰ってくるようになる。

同年四月にチェチェン大統領ドゥダエフがロシア軍により爆殺され、妻のアラがナリチクでロシア当局に聴取された。担当したのはロシア人でありながら丁寧に接する男性だった。そのためアラは彼の礼儀正しさが印象に残った。これがリトビネンコだった。

彼は情報収集活動だけではなく、戦闘にも参加したようだ。九六年一月九日に始まったキズリャル（ダゲスタン共和国）事件での人質奪還作戦である。

チェチェン紛争の中でも、特に激しい戦闘となった。約二百人のゲリラがロシア空軍基地を襲撃し、少なくとも二機のヘリコプターを破壊して、ロシア兵三十三人を殺害した。

ゲリラは撤退する際、市民数千人を人質とし、病院や付近の高層ビルで拘束した。交渉で一部は解放されたが、最終的にロシアは人質奪還作戦を展開し、双方に多大な犠牲が出た。リトビネンコも手足に凍傷を負った。

この作戦で彼はロシア軍のやり方に疑問を感じた。チェチェンには子どもを含む多くの遺体が散乱していた。

十七歳の少年を拘束し尋問したとき、疑問はさらに膨らんだ。

「クラスの全生徒が武器を取って戦っている」

少年はこう述べた。

チェチェン人は自らの意思で戦っている。誰に命じられているわけでもない。

「サーシャは凍傷を負って帰ってきました。でも彼が心に負った傷の方が深刻でした。チェチェンの実情に触れたのです。ロシアが子どもを相手に戦っていると知り、悩んだようです」

純粋なリトビネンコは疑いを抱くと命令に従えなくなり、しばしば上司と対立する。組織の暴力性に気づいただけでなく、自分もそれに加わった。子どもっぽいほどまじめで実直な彼は精神的に追い詰められていく。

軍や秘密情報機関では組織の論理が優先される。効率的に組織を動かすために、個人の感情は無視される。

　リトビネンコの心は組織から離れていく。

ベレゾフスキーとの出会い

　チェチェン紛争に加え、彼にはこのころ、もう一つ、人生の転機が訪れている。ソ連崩壊前後にこの国に生まれたオリガルヒの一人、ボリス・ベレゾフスキーとの出会いである。

　このユダヤ系の起業家は元々学者だった。第二次世界大戦が終わった翌一九四六年、モスクワで生まれ、林業工学研究所で学んだ後、数学者として学術論文を執筆、発表していた。

ボリス・ベレゾフスキー
写真／ユニフォトプレス

　ゴルバチョフ政権で始まった改革で、政府の管轄下にあった企業集団が再編され協同組合が生まれ、民営化されていく。

　長年の社会主義体制下、国が経済を主導してきた。突然、市場経済を導入しても、国民はそれに慣れていない。商機をつかんだ一部の国民にとって、競争相手の少ないソ連・ロシア市場は会社を大きくするのにうってつけだった。

国営企業の財産を安く買い取り、それをビジネスにつなげて急成長させる富裕層が現れた。オリガルヒと呼ばれる新興財閥である。ベレゾフスキーも社会の変化をチャンスととらえビジネスを拡大していく。

八〇年代後半、自動車販売会社を設立したのを皮切りに、放送や航空、石油産業へ手を広げる。九〇年代には巨万の富を築きあげ、大統領のエリツィンと良好な関係になっていく。ベレゾフスキーが選挙を支援する一方、エリツィンは政治家として、財閥のビジネス環境を整えた。ベレゾフスキーはエリツィンに取り立てられ、国家安全保障会議の副書記や独立国家共同体（CIS）の事務局長に就いた。さらに九九年、「統一党」結成を支援し、自らも下院議員となる。

しかし、旧体制下で利権を享受していた者にとって、改革は悪夢だった。国内にはソ連時代の生活に郷愁を感じる者も少なくなかった。

エリツィンによる改革はうまく進まなかった。九〇年代初めには不況が極まり、国民の不満が高まっていく。年配者を中心に、「共産主義時代の方がよかった」との声も出た。

かつては競争にさらされず、社会は安定していた。政治的自由はなかったが、政府や党に従順である限り、平穏に暮らしていけた。そこに「改革」という競争社会がやってきた。能力にたけた者にとっては刺激に満ちた社会である。政府を批判する自由も得た。政治家や指導者を自分たちで選べるようになった。以前ほど、警察や秘密情報機関の目を気にする必要もない。

一方、競争に敗れ、こぼれ落ちる者にとって、自由な社会は決してバラ色ではない。先進民主主義国のように社会保障制度が整っていれば、自由化は幸福につながる。ロシアの自由化は一部の者に富を集中させてしまった。そのため改革に不満を持つ人たちの支持を受け、共産党が勢力を盛り返しつつあった。

ボリス・エリツィン
写真／ユニフォトプレス

エリツィンとベレゾフスキーは共産党の復権に反対する点で、利害が一致していた。後でわかるのだが、この点がプーチンとの違いである。KGB出身のプーチンにとって、ソ連時代の方が利権を得られた。不自由ではあるが秩序が維持され、安定していた。プーチンはソ連崩壊後に困窮し、タクシー運転手をしてしのいだ経験もあった。

エリツィンがプーチンを取り立てた当初、ベレゾフスキーも彼を支援していた。しかし、二〇〇〇年三月に大統領に選出されると、プーチンはオリガルヒへの圧力を強めていく。ソ連国民が築いた富が一握りの起業家たちに収奪される状況を許さなかった。ベレゾフスキーは下院議員を辞職して二〇〇〇年末、英国で亡命を申請する。

リトビネンコが初めてベレゾフスキーに会ったのは一九九四年である。FSK職員として事務所を訪れた。FSKは当時、ロシア経済の変化について調査していた。その過程でこの富豪に接触する。

ちょうどそのころ、ベレゾフスキーはテロに遭遇している。モスクワの繁華街を車で通りかかった際、停《と》めてあった車が爆発したのだ。ベレゾフスキーは負傷し、スイスで二週間、治療を受けた。リトビネンコはこのテロ事件の捜査に加わり、ベレゾフスキーとの交流を深めていく。

マリーナがリトビネンコと知り合ってちょうど一年になり、長男アナトリーを出産した直後である。

気が合ったのだろう。リトビネンコは九五年、外交官パスポートでベレゾフスキーのスイス旅行に同行した。

「サーシャは頻繁にボリス（ベレゾフスキー）に会っていました。上司から監視するよう命じられていたのかもしれません」

FSKはベレゾフスキーを監視するつもりだったが、リトビネンコはその対象者と個人的な交流を深めていた。そして、二人の絆《きずな》を強固にする事件が発生する。「リスティエフ殺害」と呼ばれる事件だった。

一九九五年三月一日の夜、モスクワでウラジスラフ・リスティエフが殺害される。ロシアで最も人気のあるテレビ司会者で、ベレゾフスキーが持つ独立テレビ局の責任者だった。夜の生番組から戻る途中、アパートの階段で射殺された。

通夜の弔問者は数千人にもなった。大統領のエリツィン自身、テレビ・スタジオに姿を現し、追悼の言葉を述べた。

リスティエフが持っていた多額の現金は、奪われていない。そのため警察は強盗目的ではなく、政治・経済的な理由から暗殺されたと見て捜査を進めた。殺人の依頼者として浮かんだのがベレゾフスキーだった。

このテレビ司会者は国民の間で人気を誇り、政治的影響力も無視できなかった。何らかの理由で、ベレゾフスキーはその力を邪魔に感じたのだとの臆測が広がった。

米誌「フォーブス」のロシア語版編集長ポール・クレブニコフから「殺人を指示した」と指摘され、ベレゾフスキーはこの雑誌を名誉毀損で訴えている。

捜査員がベレゾフスキーから話を聞くため事務所に来た。マリーナは言う。

「サーシャもボリスも逮捕されればどうなるかわかっていたんです。勾留中に何らかの理由で殺害されるのを恐れていました」

そこでリトビネンコは銃を構え、警察にこう言った。

「彼（ベレゾフスキー）を捕まえるなら、お前たちを殺害する」

マリーナはこう説明する。

「サーシャが勝手にやるわけがなく、上司の命令に従っただけです。FSKのモスクワ地方局長の指示でした」

ベレゾフスキーはこのとき、リトビネンコに恩義を感じた。「サーシャに命を救われた」と繰り返した。

リトビネンコがFSBの組織犯罪捜査・防止局（通称URPO）に異動になったのは一九九七年夏だった。ここはFSB内でも秘密活動の多い部署だ。そのためか、ほかの部局と違い、事務所はFSB本部のあるルビャンカには置かれていない。独立性の高い組織で、政治家や有力財界人の暗殺工作を担当しているともいわれている。

新たな部署へ配属されたリトビネンコは悩んだ。彼には、無垢《むく》な子どものように純粋な面があった。マリーナは私にこう語った。

「組織にすっかり嫌気が差していたようで、元気をなくしていました」

ベレゾフスキー暗殺命令を記者会見で暴露

リトビネンコはいくつか非合法工作を命じられた。一つは組織に批判的な元FSB将校の襲撃だった。二つ目はチェチェン人実業家の誘拐だ。そして、三つ目が一九九八年初めに示唆されたベレゾフスキー暗殺だった。FSBはかつてベレゾフスキーを保護していたが、その後、関係が悪化していた。

ベレゾフスキーはエリツィン政権で、チェチェン武装勢力との和平工作を担っていた。この方針をめぐり、FSBと対立したともいわれている。

リトビネンコにとって難しい選択だった。組織に忠誠を誓う一方、ベレゾフスキーとは個人的に親しい。結局、この「命令」を拒否する。軍や秘密情報機関では、命令への回答は「イエス」しかない。拒否は反旗を翻すことと同じである。

悩んだリトビネンコは本人に暗殺指令を伝えた。ベレゾフスキーは当初、真に受けなかった。そのためリトビネンコは三月に再度、同僚数人を伴ってベレゾフスキーと会い、真剣に受け止めるよう説得している。この二度目の会談でベレゾフスキーが動き出す。自身と近いロシア公共テレビ（ＯＲＴ）の著名キャスターにリトビネンコたちへのインタビューを依頼し、その様子を撮影させた。さらに、大統領の側近にこの計画を伝えたため、検察当局が暗殺疑惑の捜査を開始している。

ベレゾフスキーの意向を受け、エリツィンは一九九八年六月七日、ＦＳＢ長官のコバリョフを解任する。そして後任に就けたのがプーチンだった。


ベレゾフスキーはリトビネンコとプーチンの面会をセットした。ＦＳＢの腐敗を訴える場を設定したのだ。

二人の直接会話はこれが最初で最後となる。リトビネンコは自著で、こう書いている。

〈机の後ろから出てきた彼は私にあいさつした。オープンな人柄だと思わせたかったようだ〉

リトビネンコによると、ＫＧＢやＦＳＢの人間は互いにあいさつをしない。それが慣習らしい。

〈目を見るだけで、信頼できるかどうかははっきりする。彼は誠実ではないという印象を持った。FSBの長官ではなく、それを演じているようだった〉

マリーナがこう語る。

「サーシャには最初から不信感があり、ずっとその感覚は残ったようです」

プーチンは九一年のソ連崩壊でKGBを辞めた後、サンクトペテルブルクで副市長を務めた。欧州に近いこの古都は当時、マフィアが幅を利かせていた。「犯罪の中心地」と呼ばれ、市幹部と犯罪組織のつながりも指摘されていた。

「(当時の市長) サプチャクの右腕だったのだから、きっと犯罪に関与していたはずだと考えたようです。そんな人間がトップになって、FSBの犯罪的体質を変えられるのか。サーシャは直接会って確かめたかったのです」

会談した後、リトビネンコは落胆し、「彼ではFSBは変わらない」と話した。

検察当局は十月、ベレゾフスキー暗殺疑惑について、「計画はなかった」と結論づけた。リトビネンコらの告発は否定された。ベレゾフスキーは十一月十三日、ロシア紙にプーチン宛ての公開書簡を掲載する。

〈ウラジーミル・ウラジーミロビッチ（プーチン）
あなたが前任者から引き継いだ遺産は簡単なものではない。あなたの組織のさまざまな部署で犯罪者や腐敗した官僚が巣くっている。国内ではマフィアと「赤茶色」の連中が権力を狙っている。民主的で自由な国に彼らの居場所はない。憲法に規定された秩序を守るために、権力を行使するよう求める〉

「赤茶色」はロシアで台頭しつつあった共産主義者と国粋主義者を指した。

ベレゾフスキーが公開書簡を発表した四日後の十七日、リトビネンコは同僚四人とともにモスクワで記者会見を開き、暗殺計画を公表した。場所はモスクワの国有通信社ＲＩＡノーボスチの社内である。

同僚たちは頭からすっぽり目出し帽をかぶって正体を隠したのに対し、リトビネンコは素顔のままマイクの前に座った。

「暗殺命令を拒否したとき、上司はボリスについてこう怒鳴ったのです。『国の半分を奪ったユダヤ人だぞ』と」

半年前に撮影されたＯＲＴキャスターによるインタビュー映像はこの会見の後、放送された。

ロシア秘密情報機関の長い歴史上、前代未聞の事態だった。リトビネンコはこのとき、FSBにとって許されざる敵となった。

KGBの復権を目指す旧勢力と、民主的な組織への変革を求める若者たち。FSB内には世代間闘争があった。ベレゾフスキーは当時、プーチンを信頼していた。FSBを改革するために、利用できると考えた。プーチンが「赤茶色」を消し去ると期待していた。

長官就任から四カ月になるプーチンは、リトビネンコたちの会見をどう受け止めたのだろう。民主主義が根づき、市民社会が育っていたなら、この暴露会見で市民の批判がFSBに向かい、そのトップであるプーチンは改革を約束せざるを得なかったかもしれない。

しかし、ロシアはそうした状況になかった。秘密情報機関幹部が部下に国民の暗殺を命じる国である。会見後もFSBを批判する世論はさほど盛りあがらなかった。

国民にはベレゾフスキーらオリガルヒへの不満があった。国の富を収奪しているとの批判は強かった。

夫の記者会見に不安を感じながらも、マリーナはその決断を支持するしかなかった。息子はまだ四歳である。

「サーシャが所属したのは、暗殺さえ命じるような犯罪組織です。父として、他者を襲ったり、殺したりしたくなかった。アナトリーを犯罪者の息子にしたくない。その気持ちは強かったと思います」

「会見はやめた方がよかったと思いませんか」

「わからないです。考えても仕方ないと思っています」

英国へ亡命

リトビネンコは会見の翌月、ＦＳＢを解雇された。逮捕、起訴されたのは一九九九年三月である。検察によると、ＦＳＢが犯罪組織を捜査していた一九九七年、リトビネンコは捜査対象の運転手を殴った。それが権限を超え、職権乱用罪にあたるとされた。

しかし、マリーナは知人から、記者会見をしたため逮捕されたと聞かされている。夫の逮捕を、幼いアナトリーには黙っていた。

リトビネンコは収容されたモスクワ・レフォルトボ拘置所内で毎日、手紙や詩をつづった。

ロシアではちょうどそのころ、国を揺るがす事件が発生していた。一九九九年八月末から九月初めにかけて、モスクワなど国内三都市でアパートなどが爆破され計約三百人が犠牲になった。政府はチェチェンのテロリストによる犯行と断定し、第二次チェチェン紛争（一九九九～二〇〇九年）を本格化させる。

リトビネンコの公判は続いていた。被害者の供述はころころと変わり、モスクワ軍事裁判所は九九年十一月二十六日、無罪を言い渡した。にもかかわらず、ＦＳＢはその直後に別の容疑で彼を再逮捕し、収監する。リトビネンコは一貫して無罪を訴え、裁判所の配慮で九九年十二月に保釈された。ただ、パスポートは取りあげられ、出国が禁じられた。

勾留は解かれたものの、無罪判決が出たわけではない。ＦＳＢは何が何でも投獄するつもりだ。裁判所が最後まで、ＦＳＢの圧力に耐えられるとは思えない。いずれ判決が言い渡され、長期間自由を奪われる。リトビネンコはそう考えた。

彼がパスポートを持たないまま一人で、ロシア南部の港町から船で出国したのは二〇〇〇年十月である。国境警備隊員に少額のわいろを手渡すと、難なく国を離れられた。

トルコに逃れた後、マリーナに連絡し、すぐに息子を連れて出国するよう伝えるとともに、ベレゾフスキーに助けを求めた。マリーナとアナトリーは少し遅れて合流している。

このとき、ベレゾフスキーから連絡を受けたのが、ロシア系米国人のアレックス・ゴールドファーブだった。人権擁護を目的に設立されたベレゾフスキーの財団で理事を務めるなど、この資産家の信頼が厚かった。

ゴールドファーブはトルコ・アンカラの米国大使館で亡命の可能性を探ったが、拒否された。リトビネンコが家族三人でロンドン・ヒースロー空港に着いたのは二〇〇〇年十一月一日である。


彼は空港で警察を見つけ、「私はロシアの治安部隊の職員だ。政治亡命を求める」と伝えた。三人は約七時間、空港で待たされた。リトビネンコは言った。

「心配することはない。ここは島国だから」

アナトリーは無邪気にお菓子をぱくついていた。


プーチンは新興財閥への締めつけを強化した。二〇〇〇年七月二十八日、経済界の指導者らと会談し、政治への不介入と自身への忠誠を約束させた。


リトビネンコは英国への入国が認められ、家族で生活を始める。アナトリーは翌二〇〇一年一月から地元の小学校に通い、すぐに英語をマスターした。

リトビネンコとマリーナは連日、弁護士と会い、政治亡命の申請手続きについて相談した。

リトビネンコは「FSBと敵対しているため、帰国すれば無実の罪で逮捕される。妻や息子も危険にさらす」と帰国できない理由を説明した。

身分は不安定だったが、少なくとも突然逮捕されるリスクはなくなり、リトビネンコは徐々に落ち着きを取り戻した。

ロンドンには美しい公園が多い。休日には家族で散歩を楽しんだ。特に気に入ったのがケンジントン公園だった。リスを見て、心を落ち着かせた。バッキンガム宮殿にも近い。リトビネンコは「女王に守ってもらっている。大丈夫だ」と笑顔を見せた。

ベレゾフスキーからロンドン北部に家を用意してもらい、生活費の提供も受けた。

二〇〇一年五月に政治亡命が認められた。リトビネンコが英国対外秘密情報機関MI6に協力したのは翌年である。

ジョージアで二〇〇二年六月、英国人ビジネスマンが誘拐され、事件解決のため協力を求められた。彼はFSKの対テロ部門にいた一九九四年当時、ジョージアの富裕層が関連する組織犯罪を追った経験があった。

二〇〇二年、ロシア系米国人の歴史家ユーリ・フェリシチンスキーと共著で『ブローイング・アップ・ロシア』という本を出す。資金を提供したのはベレゾフスキーである。

前述の通り、モスクワなどロシア各都市で一九九九年八月末から九月初めにかけて、連続アパート爆破事件が起き、市民約三百人が死亡した。首相に就任したばかりのプーチンは、チェチェン独立派によるテロと断定して軍事侵攻する。

リトビネンコは著書で、連続爆破について「FSBによって仕組まれた」と主張した。チェチェンを叩《たた》き潰し、プーチンの権力を揺るがぬものにするためだったという。この本はロシアでは発禁となった。

知り合いのジャーナリストがモスクワで暗殺される

二〇〇三年の初夏、家族でロンドン塔を訪れた。ここは十一世紀にイングランド王ウィリアム一世が外敵から守るために建設した城塞である。

リトビネンコは亡命が認められ、英国に救われたと感じた。当時九歳だった息子にこう話している。

「君は自分の血の最後の一滴が落ちるまで、この国を守らなければならない。この国は私たちの人生を守ってくれるんだから。この国を守るためにあらゆることをしなければならないんだよ」

後年二十歳になったアナトリーは私のインタビューで、父の言葉をうっすらと覚えていると言った。

「ぼんやりとした記憶です。でも、真剣さは伝わってきました。これだけは言い残しておきたいと思ったのでしょう」

リトビネンコは家族で平穏な生活を送っていた。しかし、世界各地でロシア政府の関与が疑われる暗殺やその未遂事件は起きていた。ウクライナで二〇〇四年、大統領選挙に立候補を表明した親欧米派のビクトル・ユーシェンコが突然、体調に異変をきたした。また、同じ年、チェチェン独立派の指導者、ゼリムハン・ヤンダルビエフがカタールで爆殺されている。

アンナ・ポリトコフスカヤがモスクワで暗殺されたのは二〇〇六年十月七日である。ロシア政府によるチェチェンでの人権侵害を批判し続けたジャーナリストだった。

チェチェン問題をめぐって、リトビネンコはこのジャーナリストと付き合いがあった。マリーナは殺害のニュースを、近くに住む亡命チェチェン人ザカエフの妻から聞くと、涙を流した。

リトビネンコはマリーナからこのニュースを聞き、ぐったりと座り込んだ。

マリーナによると、暗殺の半年前、ロンドンのカフェでポリトコフスカヤはリトビネンコに「とても怖い」ともらした。理由を聞くと、「FSBに狙われている。アパートを出ようと娘と息子にさよならを言うとき、これが最後になるのかなと思う」と話した。

「ロシアに戻らず、米国に移住すべきだ」とリトビネンコはアドバイスした。ポリトコフスカヤは米国籍を持っている。それでも彼女は忠告を拒んだ。

「ロシアには子どもと年老いた両親がいる。帰らなければならない」

暗殺の十二日後、ジャーナリストやカメラマンが集まるロンドン・フロントラインクラブで追悼集会が開かれ、記者仲間やロシア系市民が出席した。リトビネンコがスピーチに立った。

「私はKGBとFSBに所属していました。誰がアンナの暗殺を指示したのか。はっきりと言いましょう。ロシア大統領のプーチンです。彼の許可なくして殺せる者はいません」

リトビネンコはこの直前、英国籍を取得し、身の危険は遠のいたと考えた。英国政府には、国民の生命を守る義務があり、ロシア秘密情報機関であっても簡単には手が出せない。

「これで安全になっただろう」

友人に語りかけるリトビネンコの表情は穏やかだった。

第3章

暗殺事件

暗殺現場を歩く

ロンドン・メイフェアには世界の富が集まる。放射性物質による殺人事件はここで起きた。ロシア出身のアレクサンドル・リトビネンコが飲んだ緑茶に、ポロニウムが混入していた。場所はミレニアム・ホテル（現ザ・ビルトモア・メイフェア）一階のパイン・バーである。

私は事件発生からちょうど六年になる二〇一二年十一月一日、この地区を訪ねた。マリーナから、リトビネンコが当日たどったであろう経路を聞いていた。朝から曇り空だった。彼が歩いた時刻（午後四時前）に合わせて進む。あたりはすでに薄暗い。ピカデリー・サーカスから約二十分で都市公園グロブナー・スクエアに出た。公園の南側が事件現場のホテルである。玄関前には英国旗が二本、はためいている。通りに面した回転ドアを入ると右手に受付があった。左手のエレベーターは七階までの各階を時計の針のような形で示している。その横に小さなバーはあった。中に入った。心地よいウッドパネルが施されている。緑茶を注文すると、あいにく切らしているという。紅茶にすると、ウエイターが白磁のポットで運んできた。北側には出窓が三つあり、目の前が公園だ。西には米国大使館（二〇一七年に移転）、その反対側（東）にイタリア大使館が建っている。

ロシアとの関係において、この周辺は特別な場所である。

ホテルの目の前にあるグロブナー・スクエアは広さ約二万五千平方メートル、甲子園球場グラウンド面積の約二倍である。ここはかつて「リトル・アメリカ」と呼ばれていた。第二次世界大戦前夜の一九三八年、米国政府は大使館をここに開き、参戦後は連合軍司令官のアイゼンハワーが軍欧州本部を置いた。二〇〇九年までは米海軍の欧州本部もあった。

バーで温かい紅茶を飲んだ後、公園を歩く。東端に米同時多発テロ（二〇〇一年九月十一日）で亡くなった英国人六十七人を追悼する碑があった。設置されたのはテロから二年後である。花崗岩《かこうがん》のプレートに犠牲者名が刻まれ、米作家ヘンリー・バン・ダイクの詩『カトリーナの日時計のために』が記されていた。

〈時は
待つ者には遅すぎ
恐れる者には速すぎ

悲しむ者には長すぎ
喜ぶ者には短すぎる
しかし、愛する者には
時はそうではない〉

最後の「そうではない」とは、「遅すぎも、速すぎもしない」といった意味で、その部分を「永遠である」と訳すバージョンもあるようだ。

広場の北側に回ると、第二次大戦で英国を救った米大統領、F・D・ルーズベルトの像があった。大きなマントを着て杖《つえ》をついている。

第二次大戦への参戦決断に英国民が感謝を示すため、寄付金で建てた。台座には、こう刻まれている。

〈欠乏からの自由　恐怖からの自由　言論の自由　信仰の自由〉

ソ連との冷戦を終結に導いた米大統領レーガンの像も建っている（二〇一一年に撤去）。銘板にあったのは、盟友だった英元首相、サッチャーの言葉である。

〈彼は世界を高揚させた。今日、プラハ、ブダペスト、ワルシャワ、ソフィア、ブカレスト、キーウ、そしてモスクワで、世界は偉大な解放者の生涯を祝っている〉

この公園は自由の大切さを確認し、ソ連からの解放を祝う象徴的な場所だった。

ロシアを甘く見たG7諸国

リトビネンコがこのホテルを訪ねた二〇〇六年当時、この地区には米国の大使館や海軍欧州本部があった。大使館四階には米中央情報局（ＣＩＡ）のスタッフが駐在しているとされ、ロンドンで最も治安対策が強化されていた。

二〇〇一年には米同時多発テロが起き、二〇〇五年にはロンドンでも地下鉄・バス連続爆破テロがあった。公園周辺の住民は米国大使館が狙われた場合、巻き添えになるのではないかと不安にかられ、市民団体「グロブナー・スクエア・セイフティ・グループ」は二〇〇六年の七月二十七日、米英の新聞に意見広告を載せている。

〈テロリストが大使館を爆破した場合、周辺住民が巻き添え被害を受けるだろう〉

住民たちは周辺道路を常時封鎖するよう要求していた。意見広告が出て三カ月と五日後、この地区に危険物質が持ち込まれる。ただ、それは爆発物ではなく放射性物質だった。

二〇〇六年はロシアの復活が印象づけられた年である。

欧州は年初から、この資源大国に揺さぶられた。ウクライナとの間で続いたガスの価格交渉が行き詰まり、ロシア最大のガス会社が一月一日、供給をストップする。同じパイプラインを使っていた欧州各国は新年早々、エネルギー危機に見舞われた。ガス需要の多い冬期である。ロシアの決定に欧州各国が文字通り、震えあがった。

政治面でも存在感を示した。七月十五～十七日にかけてサンクトペテルブルクで主要八カ国（G8）サミットが開かれ、大統領のプーチンが議長を務めた。

一九九一年にソ連が崩壊すると、ロシアは厳しい経済危機に見舞われる。米国を中心にした「西側」はロシアがいずれ、自分たちと価値観を共有すると考えた。自由を尊重して民主化を進め、人権を尊重すると楽観していた。独仏を中心に欧州諸国は対ロシア宥和政策を進め、主要七カ国（G7）は九七年、ロシアをメンバーに迎えている。

サンクトペテルブルクでのサミットで、主要テーマの一つになったのはテロ対策だった。会議の四日前には、インド・ムンバイで列車が爆破され、約二百人が犠牲になっている。

英スコットランドで一年前の二〇〇五年、G8サミットが開催されたとき、ロンドンで地下鉄とバスを狙った大規模テロが起きた。ロシアもイスラム過激派によるテロに苦しんでいた。テロに対し、ロシアと欧米は危機感を共有できた。

暗殺者たち

サミットが無事終了し三カ月半が経過した十月三十一日、ロンドン・メイフェアにあるミレニアム・ホテルの監視カメラがロシアからの客をとらえた。そのうちの一人が放射性物質ポロニウムを持ち込んでいた。それがわかるのは三週間以上後である。

アンドレイ・ルゴボイ
写真／ユニフォトプレス

ホテルでは多いとき、四十八台の監視カメラが作動する。それぞれが二秒ごとに撮影し、映像は三十一日間保存される。

午後八時三分、黒い革ジャン姿の男がフロントに近づいた。両脇にブロンドの髪を長く伸ばした若い女性を伴っている。アンドレイ・ルゴボイが長女タチアナ、次女ガリーナを連れてチェックインする瞬間だった。タチアナは二十歳、ガリーナは一つ下である。

妻スベトラーナと八歳の息子イーゴリ、タチアナのボーイフレンドとルゴボイのビジネス・パートナーもやってきた。タチアナとボーイフレンド以外のルゴボイ一行はブリティッシュ・エアウェイズ（BA）八七三便（ボーイング七六七）で午後六時三十五分、ロンドン・ヒースロー空港に到着しホテルに向かった。翌日にサッカーのクラブ選手権・欧州チャンピオンズリーグのアーセナル対CSKAモスクワを観戦する予定だった。

ルゴボイはこのころ、警備保障事業をロンドンに広げる計画を持っている。ビジネス・パートナーに予定していたのが、現地の状況に詳しく、しかもロシア語が話せるリトビネンコだった。一方、リトビネンコも事業に関心を持ち、二人の利害は一致しているように思えた。

ルゴボイが家族と一緒にロンドンに着いた十月三十一日、リトビネンコはピカデリー・サーカスの大型書店「ウォーターストーンズ」のカフェでMI6の指導役に会っていた。この日はハロウィンだった。帰宅したリトビネンコは、いつものように近くのザカエフ宅を訪ねた後、ルゴボイから電話を受けている。

ルゴボイにとっては、三週間で三度目のロンドン訪問になる。家族はチェックインした後、何人かごとに部屋を割り当てられた。ルゴボイは妻と息子とともに四四一号室に入る。午後九時過ぎにリトビネンコに電話をかけ、約六分間話した。こうしたデータはホテルの記録に残っている。マリーナはその電話には気づかなかった。

「電話については知りませんでした。サーシャは十一月二日にルゴボイに会うと言っていました」

一方、ドミトリ・コフトゥンがロンドンに着いたのは十一月一日早朝だった。午前八時半にミレニアム・ホテル三八二号室に入った。

ドミトリ・コフトゥン
写真／ユニフォトプレス

ルゴボイとコフトゥンは午前十時八分、一緒にホテルを出て、ロンドンのバス観光ツアーのチケットを大人四枚と子ども一枚、購入している。

リトビネンコ家族はロンドン北部のマスウェル・ヒルの住宅地に住んでいた。三階建て住宅は新興財閥、ベレゾフスキーが購入してくれた。

私は二〇一五年四月の午後、この地区を訪ねた。マリーナはすでに、ここを離れている。地下鉄ノーザンラインの最寄り駅から歩く。なだらかな上り坂だ。気温は十二度で、空気が肌寒い。バス通りの右手に、大きな芝生広場があった。静かでのんびりとした地区だ。移民が多いのか、すれ違う人は黒人やイスラム教徒ばかりである。歩いて約三十分で、目的の旧宅に着く。レンガ色のこぢんまりした家だった。家族はここで、英国人としての生活を送っていた。

マリーナは二〇〇六年十一月一日午前八時ごろ、この自宅から普段通り、愛車の三菱《みつびし》自動車ショーグンで息子のアナトリーを地下鉄駅まで送った。彼女は二〇〇三年に英国の運転免許を取得したが、リトビネンコは仮免許しか持っていないため、送り迎えは彼女の担当だった。

普段は仕事に出るリトビネンコを駅まで送るのだが、この日の夫は準備が遅れていた。マリーナは友人を訪ねる予定があり、夫を置いて一人で出かけた。残ったリトビネンコは午前十時ごろ、スカラメラから電話を受けた。イタリアでは、野党の有力政治家がかつて、KGBに協力した疑惑が浮上し、一大スキャンダルになっていた。スカラメラは議会が設置した調査委員会（ミトロヒン委員会）の情報分析官として、KGBの内実に詳しいリトビネンコに接触していた。二人は「午後三時、いつものように」と会う約束をした。「いつものように」とは、ピカデリー・サーカスでの待ち合わせを意味した。

スカラメラという人物について、マリーナはこう話す。

「何度か電話を受けたことがあります。最初に会ったのは二〇〇六年の四月です。サーシャがイタリアにいる弟マクシムを訪ねたときでした」

マクシムはリトビネンコの異母弟だ。イタリアに暮らし、イタリア語が話せる。

前述した通り、イタリア国会では当時、「ミトロヒン委員会」が設置されていた。ミトロヒンは一九九二年に英国に亡命した元KGB幹部である。彼は亡命時、KGBの秘密文書（ミトロヒン文書）を持ち出し、冷戦期のスパイ行為の数々を暴露した。その中に、イタリアへの政界工作が含まれており、国会で大スキャンダルになった。

リトビネンコはKGBの活動について、ミトロヒン委員会にアドバイスや情報を提供していた。その際、イタリア語のできるマクシムの助けを借りた。スカラメラはこの委員会の調査・分析官として活動する過程で、リトビネンコやマクシムと知り合った。

一人で出かける準備をしていたリトビネンコは一日午前十一時四十一分、ルゴボイからまた電話を受けている。

「午後に会えないかい？」

リトビネンコは了承した。スカラメラとの会合の後なら会えそうだった。

自宅を出たのは午後零時半である。ジーンズに茶色のベルトを締め、デニムのジャケットを身につけ、サングラスをかけた。彼は日差しが苦手だった。靴はいつもの茶色の革靴にした。なぜか彼には、英国紳士は茶色の革靴を履くとの思い込みがあった。

バスと地下鉄を乗り継ぎロンドン中心部に向かう。オックスフォード・サーカスに着いたのが午後一時半ごろだ。徒歩で知人の事務所に顔を出した後、ピカデリー・サーカス方面に向かった。事務所では何も口にしていない。

途中でロシアンマーケットに寄り、友人と十五分ほど話して、雑貨店で携帯電話用プリペイドカードを二十ポンド分、購入した。ピカデリー・サーカスに着いたのはちょうど午後三時だった。彼は時間に厳しかった。相手の姿が見えないため少しいらだった。マリーナは言う。

「とても計画的で、何でもきちんとしないと気が済まない性格です。書斎のファイルなんかも、きれいに整理されていました。計画を立てて行動する。規則正しい生活が好きでした」

スカラメラはこの日正午過ぎにピザのチェーン店で食事をした後、中華街のインターネットカフェで電子メールを確認し、フランスからのメールを印刷した。

待ち合わせ場所に着いたときは約束時間を五分ほど過ぎていた。ライトブルーのシャツに質の良さそうなネクタイをしている。ブリーフケースは黒革だった。

二人はハグをした後、近くのファストフード寿司《すし》レストラン「イツ」まで歩いた。この店には以前も一緒に来ている。入店は午後三時十分だ。テーブルをはさんで座る。リトビネンコは寿司・刺身セットを注文し、セルフサービスで味噌汁《みそしる》を取った。二人以外に数人の客がいた。


スカラメラはさっそくブリーフケースから封筒を取り出すと、開封して書類を渡した。フランスに暮らす元ＫＧＢ通訳からの電子メールを印刷した資料だった。

そこに記されていたのは、ロシア退役軍人らで作る組織「名誉と尊厳」が暗殺対象とする者のリストだった。スカラメラはかなり興奮した様子で、「アンナ（ポリトコフスカヤ）の暗殺にはロシア政府が絡んでいた。その証拠だ」と力説する。リトビネンコは何度も「落ち着いてくれ」となだめた。

リストに載っていたのはポリトコフスカヤ、スカラメラ、ベレゾフスキー、ザカエフ、そして、リトビネンコだった。


実行！

ちょうどそのころ、ルゴボイは外出先からホテルに戻った。午後三時三十二分、フロントでトイレの場所をたずねている。リトビネンコに電話をかけたのは六分後である。

「早く来てくれ。待っている」

彼には家族と一緒にサッカーを観戦する予定があった。会話は三十九秒間だった。

当時の様子を監視カメラがとらえている。ルゴボイは険しい表情で、左手を上着のポケットに入れている。顔色は悪い。

ロビーにいたコフトゥンは午後三時四十五分、男性用トイレに消え、三分後に再び現れた。


リトビネンコの証言では、会談は当初、翌二日の予定だった。ところが、ルゴボイから十一月一日朝に電話が入り、「もう到着しているので、短時間でも会いたい」と言われた。「ミレニアム・ホテルで午後五時」と決まったが、ルゴボイの希望で一時間前倒しになった。サッカー観戦のため早めにホテルを出たいという。ルゴボイはCSKAモスクワの熱心なサポーターで、試合のたびにロンドンにやってきた。ルゴボイは後にこう証言する。

「サーシャの方から会いたいと言ってきた。サッカー観戦の当日、電話を受けた。彼はこう言った。『今日会わなければならない』と」

ただ、ホテルの記録では電話をかけたのはルゴボイである。

この日のアーセナル対ＣＳＫＡの試合会場は、ロンドン・イズリントンにあるエミレーツ・スタジアムだった。ホテルからはゆっくり行っても一時間もかからない。キックオフは午後七時四十五分だ。十分余裕があるにもかかわらず、ルゴボイは慌てていた。

せかされたリトビネンコは午後三時四十分、「イツ」を出て、早足で北に向かった。ホテルに着いたのは午後四時前だ。回転ドアを入ると、カーディガンを着たルゴボイがバーから出てきた。リトビネンコは気づいた。

「ハロッズで買ったカーディガンだな」

ルゴボイは四カ月前、リトビネンコを誘ってロンドンの高級百貨店に行き、Ｔシャツやカーディガンを買った。支払いは約七百ポンドにもなった。当時の為替レートで約十五万五千円である。その羽振りの良さがリトビネンコの印象に残っていた。

ルゴボイは東側のバーを指さした。

「そこの席にいる」

二人はバーに入った。すでに飲み物がテーブルに並んでいた。ルゴボイが壁に背を向けて座り、リトビネンコは向かいに腰かけた。隣には無愛想なコフトゥンがいた。とても疲れた様子で、「今朝、着いたばかりで、ほとんど寝ていない。眠くて仕方ない」と繰り返した。リトビネンコは彼を詳しくは知らなかった。「二日酔いなのか。あまり愉快な人間ではない」と感じた。テーブルにはマグカップとティーポットがあった。ルゴボイの腕にはお気に入りの時計が光っている。五万ドルのスイス製だ。

新しい客が加わったのに気づいたウエイターがやってきた。

「何か飲まれますか」

「いや、いらない」

リトビネンコは懐が寒かった。MI6から当時、月に二千ポンドを受け取っていた。物価の高いロンドンで家族を養うには十分ではなかった。

何も注文しないのを見て、ルゴボイは言った。

「オーケー。とにかく私たちは早めに出るよ。ここにまだお茶が残っている。飲みたいなら飲んでもいい」

ウエイターに新しいカップを持ってこさせた。そのカップにティーポットからお茶をそそいだのはリトビネンコである。

お茶はほとんど残っておらず、カップに半分ほどになった。リトビネンコはこう証言する。

「五十グラムくらいかな。何度か飲み込んだが、砂糖の入っていない緑茶で、もう冷めていた。

砂糖抜きの冷たいお茶が苦手で、それ以上飲まなかった。それでも、たぶん三、四回飲んだと思う」

ルゴボイは「サッカーの試合を見にいくから、十～十五分話し合って終わりにしよう」と言った。

リトビネンコとルゴボイ、コフトゥンは翌日予定していた民間警備のグローバル・リスク社とのビジネスについて話し合った。それから二十分ほどたったとき、ルゴボイが高級腕時計を見た。妻がそろそろ姿を見せるころだという。すると妻が八歳の息子と一緒にホテルに戻ってきた。ルゴボイは上着を着た。

「さあ、行こう、行こう」

立ちあがるとロビーに出て妻を迎えた。息子イーゴリを連れてバーに戻り、リトビネンコを紹介した。

「サーシャおじさんだ。握手しなさい」

イーゴリは素直に右手を差し出した。リトビネンコも右手を出した。ついさっきカップでお茶を飲んだ手だった。ルゴボイは家族と一緒にスタジアムに向かい、コフトゥンは「眠りたい」と部屋に戻っている。

バーの請求書によると、ルゴボイが注文したのはお茶三人分、英酒造大手タンカレー・ゴードンのジン三杯、トニック三杯、シャンパンカクテル一杯、ロメオ・イ・フリエタの葉巻。合わせて七十ポンド六十セントだった。

リトビネンコはその後、近くのベレゾフスキーの事務所まで歩いた。スカラメラから受け取った書類を見せるためだった。コピーを手渡されたベレゾフスキーは南アフリカへの出張を控え、目を通す時間がなかった。

リトビネンコはザカエフに送ってもらって帰宅した。仕事から帰ると着替えを済ませ、向かいのザカエフ宅で一緒にお茶を飲んだり、食事をしたりするのが日課だった。しかし、この日はマリーナに言われた。「食事は家で用意しているから」と。

家族が英国に来て、この日でちょうど六年になる。彼女はそれを記念して特別なメニューを用意していた。母から教えてもらった料理で、細く切った鶏肉に卵と青菜を混ぜて小麦粉の生地で包む。リトビネンコの好物だった。体調に異常はなく、食欲もあった。マリーナは言う。

「ホテルでのやりとりについてはまったく聞いていません。この六年間の英国での出来事について話しました。英国人になって初めて迎えた記念日でした」

家族は約二週間前に英国籍を取得していた。

夕飯を終えたリトビネンコは早めに寝ようとした。翌日はスケジュールが詰まっていた。いつもの習慣でパソコンの前に座り、ニュースをチェックした。ベッドに入ったのは午後十一時ごろだ。

横になって十分ほどしたとき、激しい吐き気に襲われた。トイレに駆け込むと、高波のような吐き気が連続してつきあげてくる。マリーナは食中毒を疑った。

「私が台所の片づけを終え、寝室に入ると、彼は気分が悪くなり始めました。トイレで嘔吐《おうと》したんです。戻ってきても、また吐きます」

リトビネンコは妻を気遣い、書斎のソファで横になった。夜が明けて彼女が書斎をのぞくと、夫は呼吸がしづらそうだった。

「大丈夫?」

「一睡もできなかった。息が苦しい。窓を開けてくれないか」

「薬を買ってくるわ」

「アハメド（ザカエフ）に電話をしてほしい。彼の孫を学校に送る約束をしているけど、難しそうだ」

マリーナはさほど重篤だとは考えていなかった。ザカエフに電話で夫の体調悪化を伝えた後、普段通り、車でアナトリーを送った。帰りに胃薬を買ってきた。二カ月前にアナトリーが同じ薬を飲んでいる。

リトビネンコはルゴボイに電話をして、会合をキャンセルした。ビジネスのため二人でスペインに行く予定だったが、それも延期した。

症状は改善せず、マリーナは疑い始めた。

「食中毒にしては何かおかしい。毒を盛られたのではないだろうか」

リトビネンコは前日の飲食について、マリーナに話した。寿司店「イツ」での食事、パイン・バーでの緑茶、そして帰宅後に食べた鶏肉料理。万が一、毒を盛られたとしたら緑茶が怪しかった。「イツ」で食べたのは自分が注文した料理だ。鶏肉料理はマリーナが調理し、家族と一緒に食べている。リトビネンコは疲れた声で言った。

「ホテルのお茶は冷めていて、おいしくなかった。その席に嫌いな男がいたんだ。何という名前だったかな。ルゴボイが連れてきたんだ」

彼はコフトゥンの名を思い出せなかった。何だか気の合わない男と感じていた。

症状はますます悪くなっている。マリーナは知り合いの医師に電話した。以前、在英ロシア大使館で勤務していた医師で、普段から息子の体調について相談に乗ってもらっていた。

医師は手術の予定があり、すぐには診察できなかった。リトビネンコはアドバイスに従い、薬を飲んで水分を補った。胃の中を空にしたはずなのに吐き気は治まらない。これまでに経験のない疲労感が襲ってくる。

「救急車を呼んでほしい」

彼がそう言ったのは三日午前三時ごろだ。マリーナは驚いた。

「サーシャは普段タフで、医者の診察をほとんど受けていません。その彼が救急車を求めたのですから、よほどつらいのだろうと思ったんです」

救急車は五分ほどで到着した。隊員はインフルエンザ・ウイルスに感染している可能性が高いと判断し、家で休むように言った。病院に搬送した場合、感染を拡大させるリスクがあると説明し、救急車はそのまま引き返している。

マリーナは夫が次第に神経質になっていったのを覚えている。

「アンナ（ポリトコフスカヤ）の暗殺もあって、緊張したのだと思います。二人でいろんな可能性について話をしました」

階段の上り下りさえつらくなった。下痢と血便の症状が出た。呼吸が苦しく、「心臓が止まりそうだ」と訴えた。胃の痛みも激しい。食中毒やインフルエンザとは思えなかった。

マリーナが再度、医師に電話すると、すぐにやってきてくれた。診察の結果、感染症の疑いがあると言われた。それでも衰弱があまりにも激しいため、病院で診てもらうべきだと判断された。救急車が来たのは午後四時ごろである。

心配したザカエフが家から出てきた。友人の変わりように驚き、信じられないといった表情をした。

リトビネンコはそのまま、ロンドン北部のバーネット・アンド・チェイス・ファーム病院に運ばれ、救急外来（A&E）で検査を受けた。マリーナは近くの駅まで息子を迎えにいった後、病院に向かった。夫はエックス線検査を受ける際、ロシア正教会の十字架のネックレスを外していた。どんなときでも身につけていた十字架を外している姿が、彼女には強く印象に残った。

吐き気が治まらず、髪がごっそり抜ける

原因は特定されず、経過観察のため入院した。

「サーシャはぐったりして何ものどを通らず、呼吸するのにも苦労していました。普段とても元気で、病院にかかるのは初めてです。だから私もショックでした」

リトビネンコは英国の制度に従い、かかりつけ医の登録は済ませていたものの、渡英以来一度も診てもらっていない。

「アナトリーは小さいころ、予防接種を受けたりしましたが、サーシャが医者にかかるなんて想像もしていません。それが突然の入院です。丈夫だったので、回復を疑いませんでした。入院したので、これ以上悪くなるとは思わなかったです」

かつてロシアのスパイ機関に所属した亡命者である。しかも、直前にプーチンを批判していた。それを考えると、周囲の対応はあまりに緊張感を欠いている。救急隊も病院側も何ら特別な対応をしていない。マリーナは警察に連絡しようとは考えなかったのだろうか。私が確認すると、彼女は首を何度も振った。

「まったく考えなかったんです。何が起こったのかわかっていませんでした。最初に救急車を呼ぶと、家で休ませるよう言われました。だから、それほど大ごとだとは思わなかった。サーシャも警察への通報は考えていなかった。毒物が検出されれば、連絡したでしょう。症状だけで通報しても、被害妄想だと思われ、警察もまともに取り合わないでしょう」

それがポロニウムの怖さだった。通常の検査では見つからない。

ロシア政府やマフィアの関与を疑わなかったのだろうか。

「余裕がありませんでした。まずは危機から脱《ぬ》けることだけを考えていました」

午後九時ごろ、マリーナは病院を後にした。

ルゴボイ一行とコフトゥンはこの日（三日）の昼過ぎ、ロンドン・ヒースロー空港からBA

八七四便でモスクワへ戻った。その後二度と英国の地を踏んでいない。

病院は細菌による胃腸不良を疑い、抗生剤を投与した。

週明け六日の月曜日、病棟を訪ねたマリーナは医師から「おそらく明日にでも帰宅できるだろう」と言われ、胸をなでおろした。気分が軽くなり、帰宅して家中を掃除した。

しかし、翌日には状況が一変する。医師が告げた。

「まだ退院できません」

「何があったんですか」

「免疫力が低下しています」

「血液を調べてもらえませんか。毒物が混じっていないでしょうか」

「なぜですか」

マリーナは初めて、夫が命を狙われる可能性について説明した。それでも医師は危険性を十分理解しなかった。

「地元病院の医師たちは普段、政治と関係しているわけではありません。特に国際関係には詳しくない。話を聞いてはくれましたが、何も対応しませんでした。私はパラノイア（被害妄想者）と思われたのかもしれません」

リトビネンコは解毒剤を飲んだ。痛みが激しくなってきたため、鎮痛剤も服用した。検査のたびに腎臓や肝臓の働きが鈍くなっている。強靭《きょうじん》な肉体の持ち主でなかったら、心臓も動きを止めていたはずだ。原因不明のまま病状が悪化していく事態に医療団は戸惑った。

プーチンの批判者が体調を悪化させている。前月にはジャーナリストのポリトコフスカヤが暗殺された。それなのに警察は動いていない。リトビネンコは重要保護対象になっていなかったようだ。本人も入院が長引きそうだと感じながら、回復を疑ってはいない。マリーナに自宅から本と携帯電話、ひげそりを持ってきてほしいと頼んだ。

その後も症状は回復しなかった。のどの痛みはますます激しくなり、食事が通らない。見舞いにきた友人のバレンチーナは、ベッドに横になるリトビネンコの顔を見て驚いた。肌があまりに黄色くなっていた。病室を出るとマリーナにささやいた。

「肌の色がおかしいわ。肝臓が悪くなっているんだわ」

バレンチーナは全身美容師（エステティシャン）をしているロシア系女性だ。マリーナがロンドンに来て一年が過ぎたころ、ロシア料理店で偶然出会った。全身美容を施してもらったのをきっかけに親しくなる。

十二日になるとリトビネンコは激しい痛みのため口もきけなくなった。口内が真っ白になっている。

マリーナが衝撃を受けたのは十三日、夫の頭を持ちあげようとしたときだ。髪がごっそりと抜け、枕に髪が付着した。食中毒で頭髪が抜けるとは考えられない。非常事態が起きている。看護師を捕まえ、大声で叫んだ。

「大変なことが起きているようです」

医師が複数人やってきた。がんの専門医は「まるで抗がん剤治療を受けた患者のようだ」と言った。リトビネンコはがん病棟に移された。

ロシア国会が〝暗殺法案〟を可決

この状態を聞いて、放射線被曝を疑った者がいた。ロシアの著名な元政治犯で、英国に暮らすウラジミール・ブコウスキーである。ソ連・ロシアから逃れた者として互いに交流し、リトビネンコは普段からさまざまな相談に乗ってもらっていた。

神経生理学者でもあるブコウスキーは症状を聞き、ガンマ線被曝について調べるべきだと忠告した。医師はガイガーカウンター（放射線測定器の一種）を患者の体に当てたが、反応はなかった。

マリーナや知人たちが疑ったのはダイオキシン（TCDDの一種）中毒である。

ウクライナで二年前の二〇〇四年、大統領選挙に立候補を表明した親欧米派の野党政治家、ビクトル・ユーシェンコが突然、体調に異変をきたした。顔にできた痘痕《あばた》から疑われたのがそれだった。


十七日には、出張先の南アフリカから戻ったベレゾフスキーが、側近のゴールドファーブと一緒に見舞いにきた。リトビネンコに会うのは、発症直前に事務所で顔を合わせて以来だった。あまりの変わりように、ベレゾフスキーは驚いた。リトビネンコは二人にこう言った。

「最初は死ぬかと思ったよ」

大量の水を飲んで胃を洗浄した様子などを語って聞かせた。

リトビネンコは頭をそり、オレンジ色の病院服を着ていた。二人に「まるでハーレクリシュナみたいだろ」と言った。

ハーレクリシュナとはインドの宗教家が設立した新興宗教団体、国際クリシュナ意識協会の通称である。ロンドンでは時折、大声で街を練り歩く信者たちの姿を目にする。みんな頭をそりあげ、オレンジ色の薄い服を着ている。リトビネンコには宗教家にたとえる余裕があった。

一方、ゴールドファーブは笑えなかった。食中毒にしては明らかにおかしかった。発症から二週間以上がたっている。食中毒がそれほど長引くはずはなかった。何かとんでもない事件が起きたのかもしれないと思った。リトビネンコは続けた。

「ここの医師たちに、ロシアの秘密情報機関に毒殺されかけたと説明しているんだ。だが、彼らは理解せず精神科医を呼ぼうとしたくらいだ」

そして、ゴールドファーブに持ちかけた。

「マスコミに取りあげてもらうには、どうしたらいいだろう」

ゴールドファーブはベレゾフスキーのメディア対応を担当していたため、ジャーナリストの知己が少なくなかった。

リトビネンコは自分でいくつかのメディアに連絡したが、「薬物が検出されない限り報道できない」と断られている。何らかの証拠がない限りメディアは動きそうになかった。

ゴールドファーブはまず、知り合いの毒物学者、ジョン・ヘンリーに連絡をとった。セントメアリーズ病院内のインペリアル・カレッジ・ロンドンの医学部教授で、テレビに映るユーシエンコの顔を見て、ダイオキシンによる影響を指摘した学者である。

リトビネンコの症状について電話で説明を受けたヘンリーは言った。

「脱毛はタリウムの特徴です」

しかし、リトビネンコの場合、骨髄機能不全の症状があった。これはタリウムによる症状ではないという。英国ではタリウムの使用は禁止されていた。中東では殺鼠剤《さつそざい》として容易に入手でき、ゆっくりと神経細胞を死滅させる。

アガサ・クリスティは小説『蒼ざめた馬』（一九六一年発表）でタリウム中毒について描いている。パレスチナ解放機構議長のヤセル・アラファトやキューバの国家評議会議長のフィデル・カストロについても、イスラエルや米国がタリウムを使って暗殺を試みたとの説がある。

ゴールドファーブはその日のうちにヘンリーの推測を、著名ジャーナリストである英紙サンデー・タイムズのデビッド・レパードに伝え、取材を依頼した。証拠がないと報じられないとするレパードに、「毒物が検出されたときに報じてくれればいい」と言って説得した。

レパードはすぐにやってきた。病院の指示に従い、感染予防のためビニール手袋を着用し、ベッドに近づいた。

リトビネンコは腕に点滴をしていた。髪は抜け落ちている。免疫システムが正常に働かず、白血球が破壊されていた。肝臓や腎臓の機能は止まりかけている。ベッド横にはマリーナが涙をこらえながら座っていた。リトビネンコはレパードに声を詰まらせながら言った。

「ＦＳＢには毒物の処理と開発を担う特別部隊があります。チェチェンでも毒物を使っています」

話を途中で打ち切り、膝の上のプラスチック製ボウルに手を伸ばすと、嘔吐した。しばらくしてこう続けた。

「ロシア国会は今夏に、政府と大統領が『過激派』を（国外まで）追跡し攻撃することを許可する法律を可決しました。そして数日後、彼らは『過激派』を定義する別の法律も作りました。政府に批判的な者は誰でも該当します」

また嘔吐した。話を続けようとする彼に看護師は言った。

「抗生剤を投与する時間です」

リトビネンコは静かに従った後、こう言った。

「私はロシア軍の内部で何が起こっているかを知っている。このような法律が制定されると、軍は直ちに計画を実行するために動き始め、新たな部隊も設立される。法の制定は軍や秘密情報機関にとっては命令と同じだ」

ベッドの患者は、「ロシア政府にやられた」と主張し、「おそらく彼らは私が三日以内に心不全で死ぬと思っていたのだろう」と述べた。

このインタビューとほぼ同じころ、リトビネンコの血液検査の結果、タリウムが検出されたことがわかった。これを受け、サンデー・タイムズ紙が十九日に病状を報じ、欧州のメディアが一斉に伝え始めた。

ロンドン警視庁がついに捜査に乗り出す。マリーナは当時の心境を私に説明した。

「トンネルの向こうにかすかな光が見えました。何が起きたのか、そして、どう対処すべきかが、わかったような気がしたんです」


しかし、体調は悪化するばかりで、地元の病院からユニバーシティ・カレッジ病院（UCH）に転院した。その際、警察はリトビネンコの携帯電話を取りあげ、マリーナをパトカーに乗せた。

「私は自分で運転できると言ったのですが、警察はどうしても乗せようとしたのです」

乗車を拒むマリーナに、警察は言った。

「それなら逮捕するしかありません」

聞いていたリトビネンコが言った。

「落ち着け、警察に従うんだ」

ロンドン警視庁はリトビネンコがＦＳＢに狙われていたのかもしれないと疑い始め、家族を保護対象と考えた。万が一、家族にまで害が及んだ場合、警察の失態になる。逮捕してでも従ってもらうと脅したのは、その緊張感の表れだった。

夫の体調が回復しないうえ、警察から自由を制限される。マリーナは急展開する事態に頭がついていかなかった。

「パトカーに乗ったとき、経験したことがないほど緊張しました。ジェットコースターよりも恐ろしく感じました」

警察からアナトリーを児童養護施設に入れるかもしれないと言われ、彼女は動揺する。夫が体調を崩したうえ、息子まで取りあげられるのか。絶対に受け入れられない。

当時、息子はザカエフが自宅で面倒を見てくれたり、友人のバレンチーナが泊まりにきてくれたりしていた。

不安を感じたとき、出会ったのがロンドン警視庁の警部補、ブレント・ハイヤットだった。

「何も心配はいりません」

落ち着いた物腰にマリーナは救われる気がした。

ロンドン警視庁の事情聴取

リトビネンコがＵＣＨに転院後、最初に入ったのは十六階のがん病棟だ。まだ、かろうじて自力で歩けた。窓の景色を見て、「素晴らしいながめだ」と話している。わずかながら精神に余裕もあった。

事件から九年後の二〇一五年三月、私はこの病院を訪ねた。気分まで晴れあがるような青空の午後だった。地下鉄ウォーレン・ストリート駅を出てすぐの交差点に立つと、東の角に、地上五階建ての白い建物が見える。奥には高層の病棟がそびえている。古い建物の多いロンドンにあっては珍しく新しい。銀色の柱が日に照らされ、輝いている。その威風はこの国を代表する医療施設であることを感じさせる。開院は二〇〇五年十月である。建物の北側正面から回転ドアを入ると、すぐ左手の壁に縦横約七十センチの石碑があった。そこにはエリザベス女王が開院式に出席したと記されている。

リトビネンコは英国に亡命した当初、「心配しなくていい。女王が守ってくださっている」と冗談を言っていた。今回移った先はその女王が開所に立ち会った病院である。女王訪問から一年一カ月後、リトビネンコはそこのベッドに横たわっていた。

ロンドン警視庁のブレント・ハイヤットが訪ねてきて、聴取したいと伝えた。マリーナは乗り気ではなかった。

「もう少し休ませた方がいいと思ったんです」

聴取を望んだのはリトビネンコ本人だった。

「警察は何が起きたのか、誰に会ったのか、サーシャの意見を聞いて、全体像をつかむ必要があると言いました。サーシャも多くの情報を提供し、容疑者を逮捕してほしいと考えていた。肉体的には限界でも精神的にはタフでした」

警察はリトビネンコが間もなく話せなくなると考えたのかもしれない。その前に、可能な限り多くの情報を聞き出さねばならない。時計の針は加速度的に動きを速めている。

十七日深夜、ハイヤットが同僚の巡査部長クリス・ホアーと一緒に病院を訪ね、リトビネンコに聴取を求めた。集中治療室での聴取が始まったのは日付が十八日に変わった直後の午前零時八分だった。以降、二十日午後九時前まで三日にわたり四回、計九時間四十五分、続けられる。インタビューの記録はロンドン警視庁内に保管され、「制限つき」のスタンプが押されたまま、八年半にわたって秘密扱いされた。独立調査委員会で公開されたのは二〇一五年だ。

スタートにあたり、ハイヤットがまず自己紹介し、録音を意識してか、こう述べる。

「現在、二〇〇六年十一月十八日午前零時八分、ユニバーシティ・カレッジ病院十六階」

名前と住所を問われたリトビネンコは英語で答えた。

「私の名前はエドウィン・カーター、英国市民」

英国で届けた名前に続いて住所を地番まで述べると、「私はロシア人で名前はアレクサンドル・リトビネンコ、KGBとFSBの将校だった」と説明する。

ハイヤットが聴取目的を説明する。

「私たちは何者かが君を殺そうと毒を盛ったのではないかと疑っている」

警察はすでに医師から、リトビネンコが高濃度タリウムに苦しんでいると説明を受けている。それを本人に明かし、「何が起きたと思うか、そしてその理由を教えてもらえますか」と言った。

ハイヤットたちは病院から、「リトビネンコは英語を話す」と聞いていた。そのため通訳を用意していなかった。しかし、リトビネンコは疲労の極にあった。頭も働かない。英語はかなり乱れている。

「私の紹介、ええと」

「エドウィン、あなたは……」

「ええと」

「何が起きたか、説明を」

「ええと、私、生まれた……。ごめんなさい、私の英語は良くない」

リトビネンコは質問内容を十分理解していない。いつ、どんな状況で毒を飲まされたかを聞かれているのに、自分の生い立ちを延々と説明する。

「ソ連に生まれ、モスクワから三十キロ、いや三、いや三百キロ離れたところ。北カフカスに育った。チェチェンの近く」

一九八八年にKGB中央本部に移り、九八年までFSBの将校だった。すべてのFSB長官に直接会ったと述べ、プーチンとの会談について話した。

「一九九八年の八月ごろだった。四十分間。FSBの犯罪に関する証拠を持っていった。プーチンから彼のチームに加わるよう言われ、断った。私はプーチンを知っている。犯罪組織と契約しているのも」

リトビネンコは繰り返し、大統領を批判する。

警察は辛抱強く聞いているが、リトビネンコの英語に困惑している。


三十分が経過し、録音テープは二本目に入る。疲れのためか、会話はますますかみ合わない。リトビネンコは渡英後、ロシアに関する本を執筆したことを伝え、「英語、出版。私はワシントン・ポストにインタビューを与える」と述べた。

警察は理解できない。

「それはロシアで、ですか?」

「ワシントン・ポストで」

さらにリトビネンコは「ウラジミール・ブコウスキーとも連絡をとっていた。彼は英国の戦時宰相チャーチルの孫の友人。私のとても、とても良き友。オレグ・ゴルジエフスキーも友人。前のKGB将校。私の親友。オレグ・ゴルジエフスキーを知っていますか」と聞いた。

ゴルジエフスキーは冷戦期、KGBロンドン支局長だった人物で、極秘にMI6に協力していた超大物「二重スパイ」だ。英国の治安機関で彼を知らない者はおそらく一人もいない。警察は「はい、知っています」と答えた。

病床にありながら、なぜ友人の名前を次々と挙げるのか、よくわからない。聴取する警官も戸惑っていたはずだ。リトビネンコはロシアで暗殺されたジャーナリストの名も挙げる。

「祖国の自由のために私は闘う。たぶん、六か七、いや今年の十月の七十」

「十七ですか七十ですか」

「はい、いいえ、六十もしくは七」

混乱は極まっている。ポリトコフスカヤの暗殺について語っているなら「十月七日」である。

「一カ月前、殺された。アンナ・ポリトコフスカヤ。私は彼女と良好な関係を持っている」

話を聞くハイヤットはリトビネンコが疲れていると感じたようだ。

「ちょっと時間をとりましょう。必要なら休みましょう」

「いや、いや、いや。大丈夫です」

リトビネンコは続けたがった。話せるうちに体験を伝えておきたいとの執念が伝わってくる。

リトビネンコがミレニアム・ホテルでの体験を語り始めたのは、聴取がスタートして二時間になるころだった。

「米国大使館近くのミレニアム・ホテル、二人のロシア人がいた」

なぜか、リトビネンコはこの会談を秘密にするよう要望する。

「これはほかの人に言わない」

「他者には言うなということですか」

「はい。だめ。あなたたちだけ。この情報、秘密」

マリーナによると、夫はパイン・バーで同席したルゴボイとコフトゥンに関する情報を外に出したくなかった。疑われていると知れば、二人は二度と英国に来ないだろう。拘束するためには、二人を安心させる必要があった。だからリトビネンコはこの情報を伏せるように念を押している。

聴取は午前二時十五分を回り、録音テープは四本目に入った。警察側が知りたがったのはルゴボイとの関係だった。

「最初は二〇〇四年だった。ベレゾフスキーの事務所から電話がかかってきた」

「二〇〇四年ですか」

「いや、いや、違うか。（サッカーの）チェルシーとスパルタク・モスクワの試合の日。アンドレイ（ルゴボイ）は来た」

ロンドンで初めて会ったとき、ルゴボイはサッカーの試合を気にしていた。リトビネンコはそれを覚えていた。


聴取は緑茶を飲む場面に入る。警察がこの日、最も知りたかった点である。

「ミレニアム・ホテルでアンドレイとバジム（後にコフトゥンであることが判明）に会うんですね」

「そう」

リトビネンコはこの時点でコフトゥンの名前をはっきりと知らないか、もしくは思い出せなかった。

「アンドレイがここに座れと言うので、彼の向かいの席に座った。大きなテーブルがあった。食べない。アンドレイが『お茶は好きですか』と聞くので、『はい』と言った」

ウエイターが新しいカップを持ってきたという。

「アンドレイは『新しいカップだ』と言った。私がそそいだ、ちょっとだけ。終わり。お茶は熱くない。ぬるい。緑茶」

「緑茶ですか？」

「緑のお茶。中国茶」

警察は確認する。当日飲食をともにしたのは、「イツ」でのスカラメラ、そしてホテルでのロシア人のルゴボイと「バジム」の三人だったのかと。リトビネンコはそのほか、帰宅後にマリーナが作った鶏料理を食べたと答えた。

毒を盛った可能性のある者は、マリーナをのぞく三人に限られるとリトビネンコは述べた。つたない英語で念を押している。

「特別、この情報、公表はだめ。アンドレイと『バジム』がやったなら、KGBが管理する」

KGBはすでに解体されているにもかかわらず、いまだにリトビネンコは秘密情報機関を「KGB」と呼んでいる。彼よりも上の世代に見られる特徴だ。

「マリオ（スカラメラ）は公表、問題ない。彼はイタリアに住んでいる。罪があるなら、逮捕される」

ロシア人二人については公表すべきでないと訴えている。

「私、病気、あと。アンドレイを招待できる。一緒に働こうと」

理解しづらい言葉が続く。おそらく、「回復した後、仕事を口実にルゴボイを英国に招き入れる。そこで逮捕できる」と説明している。リトビネンコは生きられると信じていた。

初日の聴取は午前二時四十五分に終わった。


マリーナはその日の正午ごろ病院に姿を見せた。普段よりも三時間ほど遅かった。

「携帯電話ショップに寄ってから病院に行きました。警察に携帯電話を預けてしまい、新しいのを買う必要があったからです」

警察が夜中から未明にかけ聴取したことを知り、マリーナは動揺した。それほど急がねばならないのか。夫の死が近いからではないのか。

「なぜ病院のベッドで調書をとられるのか、納得がいかなかった。死んでしまうなんて思いたくなかったし、もう少し元気になってからでもいいのではないかと思いました」

二回目の聴取はその日の午後七時二十四分に再開される。担当は同じく警部補のハイヤットとホアーである。さすがに英語でのやりとりは無理だと判断したのだろう。ニナ・タッパーという女性が通訳として加わった。

このときは主に、スカラメラと会ったときの詳細を聞いている。聴取が二十分を超えたころ、看護師が入ってきて言った。

「少しの間、離れてもらえますか」

投薬の時間だった。

リトビネンコは看護師に胃の痛みを訴える。自ら体調不良を明かしたのは、聴取開始以降初めてだった。

「すみません。胃が本当に、本当に痛みます。吐き気がする」

「すぐに薬を持ってきます」

「飲み込めるだろうか。やってみますが、吐いてしまうかもしれない」

ここで警察は録音テープをいったん止めた。約十分後に聴取を再開しても、リトビネンコは下痢症状を訴え、トイレに駆け込んでいる。

時折休憩をはさみ、聴取が終わったのは午後十一時四十九分だった。

翌十九日の聴取は午後五時四分にスタートした。警察はミレニアム・ホテルでお茶を飲んだ様子を確認していく。リトビネンコはルゴボイとの会話を再現した後、説明する。

「砂糖の入っていない緑茶で、すでに冷えていました。三、四回、口をつけたかもしれません。

冷えていたので全部は飲みませんでした。底にはまだお茶が残っていました」

「あなたがバーに入ったとき、お茶はすでにそこにあったんですね」

「はい」

「新しいカップが運ばれてきたんですね」

「はい」

「アンドレイはあなたの前で、そのお茶を飲みましたか」

「いいえ」

警察はルゴボイたちがお茶を飲むよう強制したのかどうかを確認する。

「アンドレイはどの程度、あなたに飲むよう勧めたのですか。彼はさほど（熱心）でもなかったのですか。それとも、飲め、飲めと言ったのですか」

「彼は言いました。『もしも飲みたかったら、注文してもいいよ。でも、私たちはもう出ますよ。お茶なら、ここに少し残っている。これを飲めるよ』と」

「あなたがポットから飲んだ後、アンドレイたちはそのポットから飲みましたか」

「いや、絶対に飲んでいない」

リトビネンコはこう強調した。

聴取は一時間を超えた。リトビネンコの疲れが目立ってきた。問いと答えがかみ合わず、通訳を困惑させる。やりとりはロシア語である。英語力の問題ではない。彼の思考力は落ちていた。通訳はこんな風に問うている。

「ちょっと待ってください。ちゃんと理解していますか」

午後六時半に聴取はいったん、停止される。リトビネンコが「口をゆすぎたいので、五分ほど休憩を入れてもいいですか」と言ったからだ。

隣の部屋に待機していたマリーナは休憩のたび、夫に呼ばれて世話をした。夫の髪は完全に抜けている。有毒物質を体内に入れて十八日が経過していた。リトビネンコの生命のタイマーは赤いランプがともり始めた。

この日の聴取が終わったのは午後八時五分だった。

殺害を命令できるのはプーチンだけ

二十日の聴取は午後四時三十三分に始まった。マリーナは帰宅までにまだ時間があり、初めのうちは同席している。体調が急激に悪化しているためか看護師が横についた。

警察はミレニアム・ホテルから帰宅後に症状が出るまでの様子について聞いた後、事件前日（十月三十一日）の行動を確認する。

どんな質問にも積極的に答えていたリトビネンコがここで証言を拒み、警察を困惑させた。

「三十一日午後四時ごろ、私はある人に会いました。ただ、その人の名は言いたくありません。約束だからです」

「その人と会ったんですか」

「はい」

「それなら名前を教えてもらわねばなりません」

「電話番号を言いますので、直接本人に聞いてください」

「どこで会ったのですか」

「ピカデリー・サーカスにある（大型書店の）ウォーターストーンズのカフェです」

「予定された会合ですか。それとも偶然？」

「電話でやりとりした後、約束した会合です」

「何か食べたのですか」

「彼はコーヒー、私はホットチョコレートを飲みました。それと小さなクロワッサンを食べました」

相手はＭＩ６の人物だった。リトビネンコは体調が悪化し、死を意識せざるを得ない状況にあっても信義を守ろうとしている。ロンドン警視庁とＭＩ６は普段から、緊密に連絡を取り合っている。ＭＩ６はソ連のＫＧＢ、ロシアのＦＳＢやイスラエルのモサドのような強制力を持たない。あくまで諜報、防諜に徹し、容疑者の逮捕など強制力を必要とするときは警視庁の力を借りる。そのため両者は想像以上に情報交換している。

ロンドン警視庁はその後、リトビネンコが会談した人物を容易に特定した。


最終日の聴取もすでに三時間を超え、終わりに近づいた。ホアーが、「あなたを傷つけたいと願った人物に心当たりはありますか」と聞いた。「殺人」や「殺す」という言葉を使わず、「傷つける」と表現した。リトビネンコはきっぱりと答えた。

「疑いがありません。ロシアの秘密情報機関です。私はその制度について知っています。国外での殺害を命じられる者は一人しかいません」

続けてハイヤットが聞いた。

「その人物を教えてもらえますか」

「ロシア連邦大統領、ウラジーミル・プーチンです」

ハイヤットが最後に言っておきたいことはないかと問うた。リトビネンコは口内に腫瘍ができ、声も出にくかった。それでも彼は「少しだけいいですか」と断り、発言した。

「きざな政治的声明だと思わないでほしい。ご存じのように私は先月、英国籍を取得しました。残念ながらまだ英語を習得していませんが、この国そして、人々を大変愛しています。誇りを持って英国人だと言えます。そう、彼ら（FSB）は私を殺そうとしました。私は死ぬかもしれません。ただ、その場合でも、自由人としての死です。息子や妻も自由人です。英国は偉大な国です。亡命を受け入れてもらった後、私は息子をロンドン塔に連れていき、こう言いました。『君は自分の血の最後の一滴が落ちるまで、この国を守らなければならない。この国は私たちの人生を守ってくれるんだから。この国を守るためにあらゆることをしなければならないんだよ』と。政治的な事件と受け止められるだろうと思っています。これは政治的ではなく犯罪です。私は犯罪者であるプーチンがG8の議長席に座り、英首相のトニー・ブレアと同じテーブルを囲んでいることに怒りを覚えます。この殺人犯と同じテーブルを囲んだことで、西側の指導者は殺人に協力したのです」

四カ月前の七月中旬、ロシアの古都サンクトペテルブルクでG8サミットが開かれ、プーチンは議長として会議を取り仕切った。

リトビネンコが残された体力を振り絞るように語った言葉は、プーチンの正体に気づかず、「悪」に協力する世界の指導者たちへの批判だった。

ハイヤットは最後に、ここでの発言が司法の場に持ち込まれる可能性があると説明し、虚偽発言だとわかった場合、罪に問われると伝えた。リトビネンコはこう返した。

「真実のみを語りました。真実以外は何も話していません。私が述べたすべての言葉について、刑事責任をとる覚悟があります」

二人の警察官の目はうるんでいた。聴取が終わったのは午後八時五十三分だった。

イスラム教への改宗と病床写真

三日間にわたる聴取が終わった翌二十一日から、二人の警察官がマリーナを担当することになった。警察との連絡やアナトリーとマリーナの身の安全を確保するのが目的だった。

病室にイマーム（イスラム教の指導者）が訪ねてきたのはこの日である。友人のザカエフが呼んでいた。リトビネンコはロシア正教からイスラム教への改宗を希望していた。マリーナは当時のやりとりをこう説明する。

「サーシャは転院後、アハメド（ザカエフ）と彼の息子、私とアナトリーの四人を部屋に呼び入れたんです。そこでアハメドに伝えました。『もし自分に何かあったら、家族を支えてほしい』と」

そして、自分が死んだときには、遺体はザカエフと同じ場所に埋葬してもらいたいとも伝えている。意識はすでにもうろうとしていた。自分でも死期が迫っていると考えたのだろう。ザカエフが「心配するな。大丈夫だ」と言うと、リトビネンコは「先日約束しただろう。あの件を確認しておきたいんだ」と力なく話した。

「あの件」とは改宗だった。前の病院にいたころ、希望を伝えられたザカエフは手続きを進めると約束していた。


ベッド脇に立ったイマームを前に、リトビネンコは信仰告白を済ませ、イスラム教徒になった。父ウォルターがロシアから駆けつけたのはその直後である。骨髄を移植するためだった。マリーナは言う。

「弟妹は異母だったため、母親と父親からの骨髄移植の可能性を探っていました。慌ててビザや飛行機の手配を済ませたんです」

変わり果てた息子を前に、父は十字を切る仕草を見せた。するとリトビネンコが言った。

「パパ、大事な話があるんだ」

「どうした?」

「イスラム教徒になったんだ」

「そうか。それはお前が決めることだ。共産主義者や悪魔の崇拝者にならない限り、問題ない。

お前の気が済むならパパは賛成だよ」

ウォルターは後日、改宗についてこう語っている。

「私自身はキリスト教徒です。しかし、娘婿(義理の息子)にはイスラム教徒がいる。孫娘の父です。(改宗しても)私たちは神を失ったわけではない。神を信じている点では、(イスラム教もキリスト教も)同じだ。どのように神を信じるか、どのように祈るか。それぞれが最善と考える方法でやればいいのです」

マリーナはどう考えていたのだろうか。「反対しなかったのか」と私が聞くと、一瞬きょとんとした表情を見せた。

「サーシャはイスラムへの関心よりも、アハメドをより身近に感じたいと思ったのでしょう。無理強いされたわけではありません。彼との会話の中で、サーシャはしばしばイスラムについて質問していました」

ザカエフは強い信仰心を持って行動している。その姿にリトビネンコは敬意を抱いた。そして、自分も揺るぎない信仰心を持ちたいと考えた。

「夫は体調が悪化して何もできなくなったとき、改宗を決意したのだと思います。将来への備えでもあったのでしょう。恐怖心に打ち勝つために精神的に強くありたい。そのために信仰を求めた。私はそう理解しています」

「将来への備え」とは「死」を意味した。未知の領域に入る恐怖心を克服するため、リトビネンコはイスラムにすがったのではないか。

「だから彼の決断を受け入れました。私たちの関係がそれで変わるとは思っていなかった。私にとって、彼の信仰はそれほど重要ではなかった。改宗が精神的安らぎにつながるなら、それでいいと思っていました」

「サーシャは神（アッラー）からの助けを期待していたのでしょうか」

私の陳腐な問いにマリーナは誠実に答えた。

「それはないと思います。自分の精神を強くしたいと考えたのではないでしょうか。むしろ人間的な行為だったように思います」


サンデー・タイムズ紙の報道後、病院の玄関前には、ジャーナリストが集まり、テレビカメラが列を作った。十六階の集中治療室でリトビネンコはゴールドファーブにこう聞いた。

「大きな話題になっていますか」

リトビネンコはこの暗殺未遂事件を世界に伝えたかった。病床から動けなくなりながらも、プーチンに一撃をくらわせたかった。その思いもむなしく、まだ世界を揺るがすほどのニュースにはなっていない。ゴールドファーブは言った。

「もし本当にメッセージを伝えたいのなら、あなたの写真が必要だ」

この変わり果てた姿は世界にインパクトを与える。たった二十日程度でこれほど衰弱する。非道さを伝えるには、彼の姿を発信する必要があった。写真さえあれば、世界のメディアが報じ、関心は一気に高まる。ゴールドファーブはそう信じていた。マリーナは反対した。

「幽霊のようにベッドに横たわっている姿を見せたくない。プライバシーを守ってほしい」

ゴールドファーブは答えた。

「何が起きているかを（写真で）示すことが重要だ」

個人や家族をそっとしておいてほしいと求めるマリーナに対し、ベレゾフスキーを含む支援者は事件を社会化すべきだと主張した。最後は本人の判断に委ねられた。

「必要ならば、やってみよう」

リトビネンコはきっぱりと言った。


時間との闘いだった。

ゴールドファーブはすぐに、よく知っているPR会社ベル・ポッティンジャー社に電話し、事情を説明した。カメラマンが病院に駆けつけ、リトビネンコにカメラを向けたのはほんの数分間だ。リトビネンコは病衣の胸元を開いて、心電図センサーを見せた。頭髪が抜けてやせこけ、反抗的なリトビネンコの青い瞳がカメラのレンズを見すえた。

　衝撃は大きかった。写真はすぐに世界を駆け巡り、事件への関心を一気に高めた。


　マリーナは回復をあきらめていなかった。一方、周りの人々はより現実的で、生き延びる可能性は低くなっていると感じ始めている。ゴールドファーブはロシア政府の責任を追及するため、本人の声明文を発表する計画を立てた。弁護士のジョージ・メンジースがリトビネンコの考えを聞き、草案を作成した。ゴールドファーブはそれを病院で、マリーナに見せた。

「今、やらないと手遅れになる」

　まるで遺言のようだった。マリーナは私にこう説明した。

「私は助かると信じていた。あの内容では、あきらめるのに等しいように思いました」

　ゴールドファーブはA４用紙に英語でつづられた声明文をロシア語に訳して読みあげた。リトビネンコはうなずきながら聞いている。なぜか時折、両腕を動かし、鳥が羽を広げるような仕草をした。最後まで聞き終え、こう言った。

「私が言いたいことそのものだ」

声明文の最後に、渦巻きのようなサインをした。

本人は死期を悟っていたのだろうか。それを聞いてもマリーナは直接、答えなかった。「サーシャは走るのが好きで、いつも『自分はまた走れるだろうか』と聞いてきました。私は『もちろんよ』と答えました。『パイナップルを食べたい』とも言いました」

マリーナは普段、冷蔵庫にスライスしたパイナップルを入れておいた。炎症で口から食事ができなくなった夫はその味を懐かしんだ。もう一度、走りたい、いつものように食べたい。そう願いながらも、制御不能となった体にいらだち、最悪の場合、この闘いに敗れるかもしれないと思い始めていた。

死亡の数時間前に原因はポロニウムと判明

マリーナは二十二日、集中治療室のベッド脇で一日を過ごした。ミレニアム・ホテルで緑茶を飲んでから三週間が過ぎ、夫はもうほとんど話せない。医師団は「症状から、タリウム中毒ではない」と結論づけた。では何が原因なのか。まったく謎だった。

マリーナは息子の世話のために病院を離れなければならない。付き添いを義父ウォルターと交代したのは午後九時ごろである。夫のつらそうな様子を見ていると、このままそばにいてやるべきではないかとも思い、離れることに罪悪感を覚えた。

「心配しないで、明日の朝にはまた来るから」

リトビネンコは遠ざかる意識の中、笑顔を見せた。

「とても愛しているよ」

「あら、ついに……」

マリーナは少しユーモアを含んだ口調で言った。

「ここのところ言ってくれなかったじゃない。大丈夫よ。うまくいくから。また明日ね」

このときのやりとりについて彼女はこう説明する。

「サーシャは普段、毎日『愛している』と言ってくれていたんですが、入院してからは口にしなくなった。久しぶりにそれが聞けて、すごくうれしかったんです」

夫はほほ笑んでいた。マリーナはその笑顔がとても悲しそうに見えた。


午後十一時前に病院から電話があり、すぐに来るよう言われた。

「何があったんですか。サーシャが亡くなったんですか」

「いや、亡くなってはいません」

二度、心臓が止まったと告げられた。ザカエフに車で送ってもらった。病室に入ると、夫は大きな人工呼吸器につながれていた。

医療チームの措置で心臓が再び動き出したと説明された。リトビネンコは生きようともがいていた。薬でわざと意識状態を低くしていると医師は説明した。

夜が明けても意識は戻らなかった。二十三日、マリーナは一日中、夫のそばで過ごした。午後八時ごろ、病院を離れようとすると、若い医師から言われた。

「安心してください。大丈夫です。彼の体は機械に制御されています」

帰宅して一時間ほどすると、病院から呼び出しがあった。

マリーナがアナトリーを連れて病院に着くと、病室ではなく脇の部屋に案内された。さっきの若い医師が姿を見せ、悲しそうな表情を作った。

「亡くなりました」

マリーナは言葉がなかった。医師から「会いたいですか」と聞かれた。息子が気がかりだった。まだ十二歳である。遺体を見せても大丈夫だろうか。

「パパに会いたい?」

息子は静かにうなずいた。遺体が安置された部屋に入るとき、感染予防の手袋をする必要はなくなっていた。

ベッドに横たわる夫に近づいた。静寂が部屋を包んでいる。素手で夫の顔に触れ、口づけした。

リトビネンコは午後八時五十一分に三度目の心停止を起こし、当直医が蘇生《そせい》を試みたが、午後九時二十一分に死亡した。骨髄移植は間に合わなかった。

「とても愛しているよ」

これが最後の言葉になった。

マリーナは深夜、アナトリーと一緒に帰宅した。警察から電話があったのはその直後である。

「ご主人に何が使われたのかがわかりました。放射性物質のポロニウム210です」

電話口の声はひどく慌てている。

「避難してもらわねばなりません。三十分で家を出てください」

自宅が汚染されている恐れがあった。駆けつけてきた捜査官はこう言った。

「過去に（暗殺事件などで）使われていない放射性物質です。どう扱うべきか、私たちもよくわからない」

リトビネンコが息を引き取る六時間前、警察は国防省の核兵器研究所から報告を受ける。

「放射性ポロニウムによる汚染を確認した」

この日は正午からロンドンでテロ対策本部会議が開かれていた。ロンドン警視庁、病院関係者、核科学者、法医学者らが参加するその場で、リトビネンコの尿からポロニウムが検出されたとの報告があった。

馴染《なじ》みの薄い物質だった。これが殺害に使われたのだろうか。出席者の多くが疑問を抱いた。試料を入れる容器の異常が原因ではないか。ただ、再度確認しても、結果は変わらなかった。リトビネンコの内臓を猛烈な力で破壊したのはポロニウムに間違いなかった。

家を出るよう命じられたマリーナは戸惑った。いつ戻ってこられるかもわからない。当時のやりとりを私に説明するマリーナは珍しく、興奮していた。

「ポロニウムとわかったとたん、すべてが変わってしまった。私たちは三週間、何も意識せずに過ごしていたんですよ。彼が緑茶を飲んで帰った直後の一番危険な時期に、私たちはそこで暮らしていた。三週間もたってから出ていくように言われても。何だかバカバカしい気がしました」

ポロニウムは原子爆弾の開発の初期から使われていた。一九五〇年代には英国の核関連施設で扱われ、五三年と五五年には被曝による健康障害が発生している。

この物質が放出するアルファ線はティッシュペーパー程度の紙でも遮断が可能だ。粉末または液体に溶かすと運びやすい。一方、摂取すると強力なエネルギーを放出し続ける。

英サリー大学の物理学教授、フィリップ・ウォーカーは、この物質が使われた理由をこう推測している。

「検出しにくいという性質を考慮し、(殺害のために)選ばれたと思う」

放射線に汚染されているリスクを考慮し、リトビネンコの遺体はチューブなどのついた状態で、二日間安置された。

夜が明けた二十四日、ゴールドファーブは病院の外でリトビネンコの声明文を読みあげた。

〈多くの人に感謝したいと思います。医師、看護師、病院スタッフは私のためにできる限りのことをしてくれています。警察は精力的かつ職業意識をもって事件を捜査し、私と家族を見守ってくれています。配慮してくださった英国政府に感謝したいと思います。私は英国民であることを光栄に思います。

英国民が支援メッセージを寄せ、私の窮状に関心を示してくれたことに感謝します。

支えてくれた妻のマリーナに感謝します。彼女と息子に対する私の愛には限りがありません。しかし、ここに横たわっていると、死の天使の翼の羽音がはっきりと聞こえます。（……）私の足は望むほど速く走れません。

私をこうさせた責任者に一つか二つのことを言う時期かもしれません。（……）あなたは野蛮で冷酷であることを自ら示しました。生命、自由、文明的価値観をまったく尊重していないことを示しました。自分がその職にふさわしくなく、文明人の信頼に値しないことを示しました。

一人の男を黙らせることに成功したかもしれませんが、世界中からの抗議の叫び声があなたの耳に鳴り響くことになるでしょう、プーチンさん。あなたが私に対してだけでなく、愛するロシアとその国民に対してなしたことを神が許してくれますように。

アレクサンドル・リトビネンコ

二〇〇六年十一月二十一日〉（一部省略）

声明文は遺言になった。最後に記されたのは英国人の名ではなく、ロシア人としての名だった。

死後の発表に、本人が書いたのかと疑問視する声が出た。ゴールドファーブやベレゾフスキーがプーチン批判のために利用したのではないかとの見方があった。ただ、マリーナは否定する。

「私は彼がこの書類に署名するのを確認しました。彼はこの文書を読んで、ここに書かれているすべての言葉に同意しました。英語力がないので、このような上手な文章は書けなかったんですが、内容には同意していました」

父ウォルターは息子を失った翌日、病院の前で記者団に囲まれた。

「息子は昨日亡くなりました。小さな核爆弾で命を落としました。それはとても小さいため見えませんでしたが、彼を殺した人々は大きな核爆弾やミサイルを持っています。とても危険です。信用すべきではありません」

口を突いて出たのは、ロシア政府に対する批判、不満だった。

革のジャケットにオレンジ色のスカーフを身につけたウォルターは小雨の中、涙をこらえた。

「死に直面しても息子は勇気を失わなかった。私は誇りに思います。正直で良いやつでした」

落ち着いて話そうとするが、怒りが抑えられない。

「サーシャは（ロシアの）政権と闘い、最後は政権にとらえられた。私たちがこれを放置するなら、彼らは私たち全員をとらえるでしょう。道徳、良心を失った政権は最終的には崩壊する。

そう確信しています」

最後は絞り出すように語った。

「マリーナとサーシャは最高の夫婦でした。互いを愛し、ロンドンで幸せに暮らしていました。サーシャは私たちの、そして多くのロシア人の心の中で永遠に記憶されるでしょう」


リトビネンコの死を受けロシア大統領のプーチンは哀悼の意を表明しながら、不満をにじませた。

「リトビネンコさんはラザロではない」

「ラザロの復活」は新約聖書の「ヨハネによる福音書」にある。死から四日後、イエスによってラザロはよみがえった。

キリスト教社会ではしばしば、「ラザロ」が蘇生や復活の比喩として使われ、ロシア作家ドストエフスキーの代表作『罪と罰』では、主人公のラスコーリニコフが殺人の自白を決意する契機として、ラザロの死の場面を娼婦《しょうふ》ソーニャに朗読させている。

リトビネンコの声明についてプーチンはこう述べた。

「本当に彼の死の前に作成されたのか。なぜ生きている間に発表されなかったのか。死後に出た声明に私たちはコメントできない」

まるでラザロが復活したかのように、死後に声明が発表された点に不信を抱いたのだ。

ホテルの数カ所にポロニウムの痕跡

亡くなって二週間後の十二月七日が葬儀だった。

遺体は鉛で覆われた特別な棺《ひつぎ》に収められた。放射線対策だった。マリーナによると、見た目は通常の木製棺と変わらないが、見えない部分に鉛が埋め込まれていた。一切の開封が禁じられ、結局彼女が夫の顔を見たのは、病院で別れの口づけをしたのが最後になった。

式典はロンドン中心部にあるリージェンツ公園内のモスクで開かれた。第二次大戦時の国王でエリザベス女王の父、ジョージ六世が礎石を据えたイスラム礼拝堂である。

家族・親族のほかロシアからの亡命仲間ら約三百人が出席した。モスクの周りには大勢のジャーナリストが詰めかけ、上空ではメディアや警察のヘリコプターが旋回した。モスクの外には何千人もの市民が集まった。

家族は棺を礼拝堂に搬入するよう求めたが、許されなかった。放射線がもれ出るリスクが懸念された。聖地メッカの方に向かって祈りがささげられた。

棺が運ばれたのはロンドン北部のハイゲート墓地である。広大な土地にカール・マルクスなど著名人が数多く眠る。

埋葬費はベレゾフスキーが出した。マリーナの希望で、立ち会うのは約五十人に絞られた。息子アナトリーや両親、ゴールドファーブとベレゾフスキーのほかザカエフ、ブコウスキーたちが参列した。撮影を許可されたカメラは一台。それ以外のジャーナリストは立ち入りを許されなかった。


ザカエフがイマームを二人、連れてきた。イスラムに従い埋葬するためだった。一方、ゴールドファーブはキリスト教の司祭を連れてきていた。

ザカエフとゴールドファーブはお互い、相手が宗教関係者を連れてくるとは知らなかった。一人の故人のために、異なる宗教指導者が鉢合わせし、張り詰めた空気が漂った。

午後二時過ぎに始まる予定だった埋葬の儀式は遅れていた。リトビネンコの母が着いていなかったためだ。チェチェン、アラブ、ロシア、ユダヤと民族の違う人々が棺を取り囲んだ。するとイマームが突然、祈り始めた。ゴールドファーブが怒りをあらわにし、ザカエフに言った。

「この人たちをすぐに追い出せ。出さないなら警察を呼ぶぞ」

警察官が近くを囲んでいる。ザカエフは言った。

「それならまず、私を追い出してくれ」

マリーナは悲しそうな表情をしながら、「お願いです。そのまま続けてください」と言った。

奇妙な天気だった。埋葬の際、雨が突然降り出し、雷が鳴った。十分ほどすると雨がやみ、青空になり、太陽が照りつけた。気密性の高い棺を六人が担ぎ、前もって掘ってあった窪地《くぼち》に埋めた。父ウォルターが弔辞を読んだ。

その後、すぐ近くの歴史的邸宅ローダーデール・ハウスに場所を移し追悼集会が開かれた。流されたのはストラビンスキーやラフマニノフらロシア人音楽家の曲だった。

マリーナは葬儀についてこう語る。

「サーシャがイスラム教徒になりたいと考えていたのは確かです。でも、葬儀では宗教で対立してほしくなかった。あの日の天気は異常でした。晴れから曇り、どしゃぶり、そして快晴。いろんな天気、季節があの墓地に集まっているようでした。民族、信仰もさまざまです。アラブ人、チェチェン人、ロシア人、ユダヤ人、イスラム教徒、キリスト教徒。世界が集った葬儀になりました」

暗殺にはポロニウムが使われた。放射性物質を使った殺人とわかり、ロンドン警視庁は神経をとがらせた。幸い英国の治安機関はポロニウムの測定能力が高かった。

ミレニアム・ホテルではルゴボイの四四一号室と、コフトゥンの三八二号室など多数の地点からポロニウム痕が検出された。三八二号室の浴室の排水口では、下部に残った沈殿物から三十九万ベクレルのポロニウムが出た。放射性物質をこの穴から流したとしか考えられないレベルだ。ホテル一階のトイレからも検出された。ルゴボイ、コフトゥンはこのトイレを利用した。リトビネンコは使っていない。

パイン・バーのテーブルからは二万ベクレルが検出された。白いティーポットも一次汚染が疑われる濃度だった。ホテルで測定された放射線の濃度は極めて高く、ポロニウムの持ち主がこの部屋やトイレを使ったのは疑いがなかった。


さらに警視庁はこのころ、容疑者特定につながる重要事実を把握した。

ルゴボイとコフトゥンは事件の前月（二〇〇六年十月）にもロンドンを訪れている。警視庁が二人の宿泊先や訪問先を調べたところ、ポロニウム痕が検出された。そのうち一度は、リトビネンコがポロニウムを摂取し、体調を崩していたことも突き止めた。ただ、被曝線量が少なく、死に至るほどではなかった。リトビネンコ自身、被曝の自覚はなかった。

汚染地点を分析した結果、ポロニウムを所持し、運んでいたのはルゴボイとコフトゥンとしか考えられなかった。マリーナは説明する。

「ポロニウムが検出されるとは思っていなかったはずです。サーシャはすぐに死に、説明のつかないものになると信じていたでしょう。もし、サーシャが数日で死んでいたら、不審死とみなされたはずです。夫の体力が彼らの予想をはるかに超えていたため、ポロニウムによる殺害が明らかになりました」

英国には核物質に詳しい学者も多かった。サセックス大学名誉教授のノーマン・ドムビーは公聴会で「現在、致死量のポロニウムを製造できるのは、ロシア・サロフの閉鎖都市にあるアバンガルド工場の軍事用原子炉だけである」と証言した。

「閉鎖都市」は政府が指定し、市民の立ち入りを厳しく制限している。原子力開発に関する情報を外部にもらさないためである。そのため、市民が核物質を無断で持ち出すのは不可能だった。

ロンドン警視庁は十二月四日、刑事など九人で構成する捜査チームをモスクワに派遣し、ルゴボイとコフトゥンから事情を聞いた。二人は関与を否定した。

ロシア検事総長のユーリ・チャイカは、ロシア側もルゴボイを尋問すると明らかにし、「ロシア国民を裁くのはロシアである」と述べた。捜査は主権の壁にぶつかった。

第4章

国際政治の壁

だまされて暗殺に加担した?

ロシアの秘密情報機関からはアレクサンドル・リトビネンコに対し、「裏切り者」と激しい批判が出た。

ベレゾフスキー暗殺命令の暴露だけでなく、英国に亡命して以降も、モスクワなどでのアパート連続爆破テロをＦＳＢの工作と主張し、秘密裏にＭＩ６に協力していたからだ。

ＦＳＢでかつてリトビネンコの上司だったアレクサンドル・グサクは事件後、英メディアに対し、殺されて当然だとの認識さえ示している。グサクはＦＳＢを退職し弁護士になっていた。

「私は弁護士として話すが、リトビネンコの行為は刑法第二七五条に違反する。国家反逆罪だ。罰則は最高で懲役二十年。ソ連時代なら死刑を宣告されていただろう」

ロンドン警視庁は容疑を殺人未遂から殺人に切り替えた。

ロシア検察幹部は容疑者が国内にいる場合、身柄の引き渡しは難しいと牽制《けんせい》し、「憲法が国民の引き渡しを禁じている」と理由を説明した。

年が明けると、英国政府は容疑者引き渡し要求の準備に入る。有力紙ガーディアンは二〇〇七年一月二十六日、こう報じた。

〈政府はリトビネンコ氏のポロニウム210による毒殺事件で、ロシア人実業家の引き渡しを要求する準備を進めている。アンドレイ・ルゴボイ氏を訴追するための証拠はあると警視庁は主張している〉

検察はルゴボイを先に訴追し、コフトゥンを後にする方針だった。

ロシア検察幹部が言う通り、この国の憲法は政府が国民を強制的に国外に出すのを禁じている。権力者が恣意的に追放しないよう、政府をしばるための条項だ。

ルゴボイはモスクワで記者会見を開き、潔白を主張した。

「妻や子どもを危険にさらしてまで、危険な物質を扱うだろうか。バカげている。誰かが私を陥れようとしている。わけがわからない」

身柄が引き渡される可能性はないと確信していたのだろう。笑みを浮かべる余裕を見せ、バーでのやりとりについて説明した。

「彼（リトビネンコ）は何も注文しなかった。私たちも彼に何も与えていない。それは一〇〇％断言できる」

ルゴボイは一九六六年、アゼルバイジャン・バクーで生まれたロシア人である。リトビネンコの四歳下だ。モスクワ高等軍事指揮学校を経て一九八〇年代後半、ＫＧＢに入り、第九局で政府要人の警護を担当した。

ソ連崩壊後に民間警備業を起こし、ロシアのテレビ局で警備を請け負った。リトビネンコとはＫＧＢで知り合ったが、関係が深かったわけではない。二人は二〇〇四年ごろから定期的に交流し、暗殺の数カ月前から頻繁に接触するようになった。

一方、コフトゥンは一九六五年にモスクワの軍人の家庭に生まれた。高等軍事指揮学校でルゴボイと再会し、卒業後も同じＫＧＢ第九局に勤務した。

ソ連が崩壊した際には、最初の妻と一緒にドイツ・ハンブルクに移り、政治亡命を申請している。その後、ロシアに戻り、ルゴボイにスカウトされ、事業を手伝うようになった。

二人はロンドンからモスクワに戻り、病院で被曝障害の治療を受けた。飛行機の座席からは濃度の高い被曝痕が見つかっている。放射性物質による暗殺は確実性を担保できる反面、被曝の痕跡を残す。犯人が「足跡」をつけながら動き回っているのと同じである。

マリーナは当時、容疑者についてどう考えていたのだろう。

「二人がやったと信じていました。ほかの人には動機が見つかりません」

二人はなぜ、自分たちも被曝するような危険物質を使ったのだろう。

「毒物であるとは聞かされていたが、放射性物質だとは知らなかったのかもしれません。その性質を理解していたとは思えない。だから無造作に扱ったのでしょう。警察は容易に痕跡を見つけています。どんな物質かを知っていたら、もっと慎重になったはずです」

その場合、実行犯の追跡はより難しくなっていただろう。二人はだまされて暗殺に加担したのだろうか。

「そうだとしたら愚かです。だから、誰に指示されたのか、真実を打ち明けるべきです。ロンドンでなら真実を語れます。二人は双方（英国とロシア）から圧力をかけられ、身動きが取れなくなっています」

ロシア大使館から呼び出される

捜査が大詰めを迎えていた二〇〇七年一月末、マリーナは短時間、自宅に帰るのを許された。ポロニウムによる毒殺と判明した直後に封鎖されて以来、約二カ月ぶりだった。家族三人で暮らした思い出の詰まった家である。

アナトリーの学用品を持ち出す必要があった。台所の果物は、二カ月前と同じところに置いてあり、周辺ではハエが飛び、あちこちに小さな虫がいた。マリーナは私に、映画『羊たちの沈黙』を観《み》たかと聞いてきた。ジョディ・フォスターとアンソニー・ホプキンスが出演し、一九九一年に製作されたサイコ・スリラー映画である。

「殺人犯の部屋が蛾《が》でいっぱいになるシーンがあるんです。あれを思い出しました」

翌二月から、マリーナが動き出す。プーチンにあてた書簡を米紙ニューヨーク・タイムズに発表した。

〈もしもあなたと、あなたの国が無実ならば、助けてください〉

〈あなたが英国当局への協力を拒否するなら、何かを隠しているからです〉

書簡でマリーナは、英国の捜査に協力してほしいと呼びかけている。

〈(暗殺について)あなたが最終的な責任を負っていると、私は言っていません〉

と批判的なトーンは抑えられている。公開書簡のアイデアは誰が思いついたのだろう。

「ゴールドファーブです。ロシア政府は捜査をする気がない。だからプーチンに手紙を書くようにと。彼によると、ルゴボイたちの関与は明らかであるにもかかわらず、責任を追及できない可能性が高まっていたようです」

返事が来るかもしれないと期待を抱いた瞬間があった。五月になって突然、在英ロシア大使館から連絡が入ったのだ。電話の相手はこう言った。

「大統領に手紙を書いたのはあなたですね」

「そうです」

「返事をしたいと思います。大使が面会を求めています」

「どこに行けばいいのですか」

「大使館に来てください」

マリーナは大使館に入るのが怖かった。夫はプーチンを批判して亡くなった。英国の主権の及ばない大使館では、何が起きるかわからない。

「どこかほかの場所で会えませんか」

「大使の公式会合は大使館内と決まっています。ほかでの会合は許されないのです」

マリーナは絶対に一人で行くべきではないと思った。

「弁護士と一緒に行ってもいいですか」

大使館側は条件を受け入れた。会合は二十二日になった。

大使との会合の前日、マリーナはロンドン警視庁から電話を受けた。

「ルゴボイの身柄を引き渡すようロシアに要求します。発表していませんが、証拠はそろっています」

会合当日、マリーナは予定通り、人権問題を扱う弁護士ルイーズ・クリスチャンと一緒にケンジントン宮殿近くの大使館を訪れた。

静かな部屋に入って椅子に腰かけると、職員から「お茶を飲みますか」と聞かれた。

「いいえ、結構です」と答えた。夫が殺された状況を思うと、ここでお茶を口にする気にはなれなかった。しばらく待つと、体の大きな大使、ユーリ・フェドトフが姿を見せた。

「お茶を飲まないのですか」

「いいえ、結構です」

フェドトフはすぐに切り出した。

「捜査に関心を持っていることと思います」

マリーナは感じた。大使はまだ、身柄の引き渡し要求について、英国政府から連絡を受けていないようだと。

「ルゴボイ氏はロンドンに来るべきです」

「不幸にも、この事件がロシアの評判に暗い影を落としています。政府は真相の解明に関心を持っています。しかし、それはロシア検察が対処すべきです」

「事件は英国で発生しました。ルゴボイ氏は英国で真実を語ればいいはずです。ロンドンに来させてください」

「それは私の権限ではありません」

話し合いが二十分ほど続いたときだった。職員が部屋に入ってきて、フェドトフに耳打ちした。大使は「失礼」と言って、いったん部屋を出た。戻ってきた彼はやけに慌てていた。

「申し訳ないが、外務省に行かねばならなくなった」

マリーナは外務省がロシアに引き渡しを要求するのだと思った。話し合いは途中で終わった。


大使は何を目的にマリーナを呼んだのだろう。

「結局、プーチンに書いた手紙への回答はありませんでした。私が行動を起こしたのを見て、落ち着かせようとしたのだと思います」

この三年後、フェドトフは大使を離任する。核による暗殺への関与が疑われる国の元大使に与えられた新ポストは、国連薬物犯罪事務所の事務局長だった。冗談としか思えぬ異動だった。

史上初の核テロ事件

マリーナが大使と会ったその日、英国検察庁長官のケン・マクドナルドが発表した。

「この極めて重大な犯罪について、ルゴボイ氏の引き渡しを求める」

さらに、殺人罪でルゴボイを起訴すると明らかにした。ロシア検察の反応は早かった。

「憲法に従い、引き渡し要求を拒否する」

ルゴボイはモスクワで記者を前に、改めて潔白を主張した。

「もう一度強調したい。私は自分が有罪であるとは考えていない。逆に、家族も私も英国領土で放射性物質で攻撃を受けた。私は被害者である。どのような証拠で起訴するのか。動機は何なのか。まったく理解できない」

容疑を全面否定し、根拠のない主張を続けた。

「私にはサーシャを殺す理由がない。やったとすれば、ベレゾフスキーかMI6かもしれない。英国政府の可能性もある」

英紙ガーディアン記者のルーク・ハーディングが立ちあがって質問した。

「MI6が殺したという証拠はどこにあるのでしょうか」

ルゴボイは質問者を指さし、叫んだ。

「証拠はあるんだ！」

しかし、証拠は示されなかった。MI6がやったとの主張は、明らかに言いがかりだった。

英国とロシアは二国間での犯人引き渡し条約を結んでいない。ロシアの政府系メディアによると、過去六年間でロシア政府は英国に二十一件の引き渡し要請をしているが、一人も引き渡されていない。政治犯だけでなく殺人や麻薬取引に関係した容疑者についても、英国は要請を無視し続けていた。

ロシアは一九九六年に欧州犯罪人引き渡し条約に署名しながらも、憲法六一条に基づき、一部を適用外とした。そこでは、「自国民を外国に送還することはできない」と定められている。ロシア国民であるルゴボイについて、引き渡しを認めさせることは難しかった。これに対して英国検察は、「引き渡されないと考えたなら、そもそも要求しなかった」と述べ、特例措置としての引き渡しに期待をにじませた。

英国にとっては難しい判断だった。イスラム過激派のテロ対策や旧ユーゴスラビア・コソボの安定などではロシアの協力が不可欠だ。ただ、労働党政権は、ロシアとの関係がどれだけ重要だとしても、証拠に基づき淡々と司法手続きを進めるべきだと考えていた。「法の支配」こそ国際秩序の根幹だった。政府報道官はこう述べている。

「対ロ関係は重要ですが、国際法は尊重されねばなりません。法に基づき手続きを進めます」

マリーナは期待した。政府は徹底的に闘ってくれそうだと。

英首相のブレアは二〇〇〇年三月、当時大統領代行だったプーチンと会っている。西側指導者としては最初の会談である。

英国はプーチンに期待していた。過去の指導者と違い、共産党の旧弊に毒されていない。ロシアを安定させ、民主化を進めるはずだと考えていた。プーチンが二〇〇〇年五月、大統領に就任すると、英外相特別補佐官のクラークは「本質的にリベラルで、自由主義的な近代化を進めている」と評価している。人の本質を見抜くのがいかに難しいかを実感させられる。

プーチンは二〇〇三年に、英国を国賓として訪問し、エリザベス女王に会った。英国がロシア指導者を国賓として招くのは一八七四年の国王アレクサンドル二世以来、百二十九年ぶりだった。英王室はソ連嫌いで知られていた。ロシア革命で皇帝ニコライ二世とその家族が惨殺されたからだ。ロマノフ朝は英王室と姻戚関係にあった。英国政府は共産主義に対しても厳しい姿勢をとり続けた。プーチンの国賓訪問は両国関係にとって画期的な出来事だった。

しかし、その関係に悪影響を与えたのがリトビネンコ暗殺事件だ。彼が体内で被曝した放射線量は多かった。ロンドン・モスクワ間で運航された旅客機二機を含む少なくとも十二カ所で、放射線の痕跡が確認された。

ポロニウムの発見までに時間がかかったため、旅客機は乗客を運び続けた。被曝した旅客機に乗った客は計約三万三千人になる。英国政府はこれを史上初の核テロと考えた。

米同時多発テロ以降、過激派が核を使用するリスクが増大していた。二〇〇五年四月には国連総会にて核テロリズム防止条約（「核によるテロリズムの行為の防止に関する国際条約」）が採択され、二〇〇七年七月に発効した。この条約の必要性を説き続けたのはロシアだった。リトビネンコ暗殺はちょうどこの時期に起きている。

英国はロシアとの関係がどれだけ重要でも、国内で起きた核テロの責任追及をおろそかにするわけにはいかなかった。二〇〇七年六月、デビッド・ミリバンドが四十一歳の若さで外相に就くと、対ロ強硬姿勢を鮮明にする。

ミリバンドはポーランド系ユダヤ人移民の家庭で育った。ポーランドは長年、ロシアに占領された。また、ユダヤ人はロシアで排斥されていた。リトビネンコの殺害に使われたのは、「ポーランド」から名づけられた放射性物質である。

ミリバンドは「ポーランドの血を引く百万人の英国人の一人である」と語り、ポーランド系であることを誇っている。ポロニウムを使った暗殺に憤りを感じていた。

ロシア政府はルゴボイの引き渡しを正式に拒否した。これを受けミリバンドは七月十六日、「ロシア政府はこの問題の深刻さを理解していない」と批判し、ロンドンに駐在するロシア外交官四人を追放した。英ロ関係は冷戦終結後、最悪の状態にまで冷え込んだ。

マリーナは外相に就任したミリバンドから手紙を受け取っている。「いつでも連絡をしてください」と書かれてあった。彼女はすぐに外務省に電話を入れ、会談をセットした。

二〇〇七年と翌年の計二回、マリーナはこのポーランド系外相と会い、ロシアに圧力をかけてほしいと訴えた。外相は理解を示した。

「会いたかったらいつでも連絡してほしい。必ず時間を作ります」

それ以降もミリバンドはたびたび手紙を書いてよこした。マリーナは当時、英国政府が事件を重要視しているのをひしひしと感じた。

「真剣だったと思います。ミリバンドさんはオープンな性格で、主張すべきことをはっきりと口にします。プーチンの批判もしました。頼もしい存在でした。ロシア側は明らかにいらだっていました」

政権交代による英国の方針転換

夫が死亡して半年になる二〇〇七年五月二十一日、マリーナはロシア政府を相手取って欧州人権裁判所に提訴した。ロシア政府がリトビネンコの殺害を指示、もしくは黙認したうえ、まともに捜査しないことが欧州人権条約に違反していると訴えた。マリーナは何とかロシア政府を動かしたかった。

一方、ルゴボイは突然、二〇〇七年十二月二日の総選挙に自由民主党から立候補し国会議員となり、不逮捕特権を得た。革命でも起きない限り、引き渡しは事実上、不可能になった。

二〇〇八年秋、マリーナはアナトリーと一緒に自宅に戻った。事件から二年がたち、放射線量は安全なレベルまで低下していた。

彼女は夫が残したノートを開いた。ロシアで収監されていたときにつづった詩が青いペン字で残っていた。多くはマリーナへの愛を表現していた。祖国への熱い想いをぶつけた詩もあった。マリーナは五十篇ほどある詩に目を通しながら一篇の短い詩に気づいた。

〈ラザロがよみがえったとき／誰も彼に問いかけなかった／亡き人々の沈黙を尊ぶべし〉

新約聖書「ヨハネによる福音書」では、ラザロは病のため死去し、四日後にキリストが墓前で祈ると蘇生したとされる。夫はこの「ラザロの復活」について書いていた。マリーナがこの詩に驚かされたのは、プーチンが記者会見でラザロに言及したのを思い出したからだ。

「人の死が政治利用されるのは残念だ。リトビネンコさんはラザロではない」

死者が復活するはずはなく、リトビネンコの声明は本人が作ったのではないとの指摘だった。

プーチンは明確に死者の復活を否定した。マリーナにはこの言葉が記憶にあった。そして夫の詩を読んだ。リトビネンコは「ラザロの復活」について、「誰も問いかけなかった」と述べている。彼は復活を信じていた。プーチンの疑問を否定し、声明は自分が書いたと主張しているようにも読めた。そして、「亡き人々の沈黙を尊ぶべし」と訴えている。命を奪われ沈黙を強いられても、生者は沈黙に込められた思いを無視してはならないと述べているようだ。マリーナは私に言った。

「二人がラザロに言及したのは偶然の一致です。そこから強引に意味をくみ取る必要はないでしょう。それでも私は無視できなかったんです」

夫の意思を感じ取ったのだろうか。

「筆跡を見ていると、まるで彼が生きているようでした。まさに復活です。なぜ、彼はこれを書いたのだろう。亡くなる七年も前です。プーチンがラザロに言及するのを夫は知りません。ただの偶然なんだけど、死者の復活を感じたのは確かです」

英国の政治状況はその後、混迷し、プーチンは容疑者の引き渡し要求を拒否し続けた。事態は膠着《こうちゃく》し、時間だけが過ぎていく。ロシアを動かすには国際的な圧力を強めるしかなかった。英国がそれを主導してほしいとマリーナは願った。しかし、政治状況は逆方向に進む。英国政府は突然、ロシアとの関係改善を模索し始めた。選挙で政権が交代したためだった。

一九九七年にトニー・ブレアが四十三歳で首相となって以来、英国では労働党が政権を担ってきた。ブレアの人気に陰りが見え始めたのは、二〇〇三年のイラク戦争がきっかけだった。米国はフセイン政権が大量破壊兵器を所有していると主張し、国連安全保障理事会の決議のないまま英国とともにイラクに侵攻する。

ブレア政権は侵攻前、「フセイン政権は大量破壊兵器を持っている」「四十五分間で実動装備できる」と脅威をことさら強調した。情報は後に誤りと判明する。この侵攻では百七十九人の英兵が命を落とした。誤った情報で自国兵士の命が奪われた。

国民の支持を失ったブレアは二〇〇七年六月、首相を辞任し、後任にはゴードン・ブラウンが就いた。それでも支持率は回復せず、二〇〇八年五月の世論調査では、労働党への支持は二七％で、一九八七年以来の低水準に落ち込んだ。

さらに二〇〇八年九月、米投資銀行リーマン・ブラザーズが経営破綻して、世界経済が大混乱する。英国社会には「何よりも経済が大切」という空気が強まっていく。

二〇一〇年五月に総選挙で保守党が第一党となり、自由民主党との連立政権が誕生した。首相になったのは四十三歳のデビッド・キャメロンで、新政権はロシアとの関係改善を進める。

マリーナは政権誕生から数カ月後、政府の姿勢が変わったと感じた。

「新政権のある幹部に会ったんです。そこで事件に対する政府の方針を聞きました。その答えに驚かされたんです」

幹部はこう言ったという。

「政府は事件がロシアとの貿易や投資に悪影響を及ぼしてはならないと考えている。ビジネス界の期待はプーチン政権との関係改善だ」

マリーナは新しく外相になったウィリアム・ヘイグに会って、確認したかった。このままでは暗殺の真相はわからないままだ。

「(幹部の言葉が) 信じられませんでした。ロシアはまた同じように暗殺をするかもしれないのに」

外務省にヘイグとの会談を求めても、セットされなかった。日程を調整しても、多忙を理由に何度か延期となった。明確に拒否はされなかったが、積極的には会いたくない様子が伝わってきた。労働党のミリバンドは何度も手紙をよこし、「いつでも連絡してください」と言ってくれた。それに比べると、新政権の事件への姿勢は明らかに消極的だった。

新外相は二〇一〇年十月十三日、モスクワを訪問し、大統領のメドベージェフに続き、外相のラブロフと会談する。ロシアでは二〇〇八年にプーチンが首相に就任し、メドベージェフが大統領になっていた。憲法で大統領の任期が連続二期 (二〇一二年から一期の任期が四年から六年になる）と定められていたため、プーチンは操りやすい人物を後任に就けていた。二〇一二年にプーチンは再び大統領に復帰した。

ヘイグはラブロフとの会談後、記者会見しリトビネンコ事件について協議したと明かした。ルゴボイの身柄を引き渡すよう求めたが、ロシアから拒否された。ヘイグは言った。

「私たちは相違が残っていることを認識し、対話と外交を通じて辛抱強く対処すべきです」

これに対しラブロフは、「ロシアは英国に協力する用意があるが、それは自国の法律に従った場合に限られる」と述べ、方針を変えなかった。

ラブロフは会見で経済関係強化の重要性を強調し、一カ月以内に両国政府が貿易投資に関する話し合いをすると明かした。二〇一一年、ヘイグはラブロフをロンドンに招待し、キャメロンとメドベージェフによる首脳会談を開催することにも合意している。リトビネンコ事件が脇に置かれたのは疑いようがなかった。

その後、両政府の関係改善はさらに進む。二〇一一年九月にはキャメロンがモスクワを訪問した。暗殺事件以降、初めての首相訪問だった。

マリーナによると、その直前、外相のヘイグから電話が入り、こう言われた。

「心配することはありません。引き続き政府は容疑者の引き渡しを求めます」

「そうですか。わかりました。ちょっと言わせてもらっていいですか」

「どうぞ。あなたは良きアドバイザーです」

「あの（ロシア政府指導部の）人たちを信用しないでください。あなたたちの期待は必ず裏切られます」

「オーケー。ありがとうございました」

マリーナは当時の心境をこう説明している。

「けた違いに裕福なロシア人が数多く英国に来て、多額の投資をしていました。富豪ロマン・アブラモビッチがプレミアリーグ（英プロサッカーリーグ）の名門チェルシーを買収（二〇〇三年）したのはその象徴です。英国の政府や財界はロシアからの投資に期待し、関係改善に前のめりになっていた。サーシャの事件が忘れられてしまうと危機感を覚えました」

マリーナの不安は杞憂《きゆう》ではなかった。モスクワを訪問したキャメロンはロシアとの関係改善の重要性を何度も強調し、モスクワでの記者会見では、とにかく経済関係の大切さを説いた。

「私は大学で経済学を学びました。だから経済の話から始めましょう。貿易では誰もが恩恵を受けられます。ロシアは資源が豊富な一方、サービスは少ない。英国はその逆です。英国はロシアへの最大の直接投資国の一つです。また、ロンドン証券取引所では海外新規株式公開全体の約四分の一をロシア企業が占めています。互いが成長を支援できます。貿易と投資で最高のビジネス環境を作り出す必要があります」

キャメロンはオックスフォード大学で哲学と経済学などを学んでいる。そして、政治家になってからは、とにかく経済を重視した。「哲学」をどこかに置き忘れてしまったようだ。

経済が良くなると自由が重視され、民主主義が促進される。キャメロンはそう信じていた。会見でもその点を強調した。

「経済的に豊かになると、政治的にも自由を求めるようになります。自由なメディア、保障された人権、法の支配から恩恵を受け、成長の新たなサイクルに投資する自信とエネルギーを得ることができます」

キャメロンの発言は、欧米指導者の典型的な考え方だった。とにかく経済的に豊かになれば、市民は自由や民主主義を求めるはずで、これは地域や人種を超えた普遍的な原理だ。彼らはそう考えていた。しかし、その後の中国やロシアの振る舞いを見ていると、その思想に欠陥があるのではと思えてくる。

首脳会談ではリトビネンコ事件についても協議した。ただ、それはあくまで形式上であり、互いの姿勢を確認した程度だったようだ。キャメロンはこう説明している。

「事件をめぐり、私たちはロシアに同意しません。そのうえで、これだけは言わせてください。英国は原則に基づきアプローチします。犯罪は司法が処理します。証拠を公平に調べ、無罪か有罪かを判断するのは司法です」

　事件を史上初の核によるテロと考え、政治問題化した前政権と違い、キャメロンは事件を「犯罪」に矮小化《わいしょうか》した。外交を正常化させ、経済協力を促進すると宣言したも同然だった。

　マリーナはキャメロンのロシア訪問に落胆した。ヘイグは電話で「心配することはありません」と言ったはずだ。何のための電話だったのだろう。

「彼（ヘイグ）は私を落ち着かせたかったようです。すべてうまくいくと思わせたかったのでしょう。騒がれたくなかったのだと感じました」

　政府はリトビネンコ事件への対応に関心が集まり、ロシアとの関係に影響することを危惧した。静かな環境で首脳会談を実現したかった。

　暗殺事件の二年後、二〇〇八年八月にロシアは隣国ジョージアに軍事侵攻していた。そのため英国を含む欧米の市民には反ロシア感情が高まっていた。そんな中でのロシアへの接近は、キャメロンにとって政治的リスクになりかねなかった。ヘイグはそのリスクを低減しようと連絡してきたのではないか。

「私はヒステリックにはなりません。冷静さを重視しています。だから怒りではなく、悲しかった。ヘイグが私をてなずけようとしたと感じた。私はただ、真実が知りたかった。なぜ夫が殺されなければならなかったのか。その理由の追及がこの国にダメージを与えるのでしょうか。私は英国を傷つけるつもりはありません。私と息子はロンドンに暮らす英国民です」

真相究明が進まない可能性は高まっていた。

「ヘイグのやり方が腹立たしかったのですか」

「彼を責めはしません。彼には彼のやり方があるでしょう。でも、ミリバンドとは違いました。ミリバンドには人間的な温かさがありました。彼は偽善者ではありません。彼は夫の事件を心から悲しんでいたと信じます。ヘイグは異なっていました」

個人の思想や言動を、その家系や経歴から解説することには慎重であるべきだ。同じ環境に育った者でも考え方は異なる。人が時代に応じて思考を変えるのも珍しくない。ただ、家族や自身の体験、育った環境が、考え方や行動に影響を与えるケースは確かにある。

ミリバンドはポーランド系のユダヤ人である。英国社会の主流（メインストリーム）である、アングロサクソン系のキリスト（英国の場合は国教会）教徒ではない。

また、ミリバンドの祖先にはホロコースト（ナチスによるユダヤ人大虐殺）で命を奪われた親族もいる。弱者の視点で社会を見る習慣が身についていた。一方、ヘイグは英国社会の伝統的エリートだった。こうした環境がどこまで影響したかはともかく、二人の政治姿勢には違いがあった。

ベレゾフスキーの死

その後も英国とロシアの関係改善は続いた。

二〇一〇年末から、北アフリカと中東で「アラブの春」と呼ばれる民主化運動が起き、チュニジア、エジプト、リビア、イエメンで長期独裁政権が倒れた。シリアでは政府軍と反政府武装勢力による内戦が激化し、この地域の安定のために国際社会は、歴史的にも関係の深いロシアの協力を必要とした。

ルゴボイらの身柄が英国に引き渡される可能性はほぼなくなり、次第に話題にも上らなくなっていく。マリーナは二〇一一年十月、英国の司法制度を利用して、検死審問を求めた。

翌二〇一二年三月のロシア大統領選挙でプーチンが再び大統領に当選した。七月後半からロンドンで開催されるオリンピックに合わせ、プーチンが英国を訪問するという観測が強まっていた。私がマリーナに初めて会ったのはそんな時期だった。

言われていた通り、プーチンは英国を訪れた。ただ、難しい英ロ関係を考慮し、目的はオリンピック柔道競技の観戦という形をとった。プーチンは柔道の経験者である。

私は記者として柔道を取材していた。プーチンが会場にやってきたのは八月二日である。男子百キロ級と女子七十八キロ級の試合が続いていた。

キャメロンはその直前、首相官邸でプーチンと会談した。内戦状態が続くシリア問題については、大統領アサドの退陣を求める英国と、シリアの友好国であるロシアとの間で溝は埋まらなかった。二人は外相のヘイグを伴い柔道の競技会場に入った。米人気ポップグループ「マルーン5」の曲が大音響で流れていた。

プーチンとキャメロンは客席に並んで座り、仲良く談笑した。プーチンは背広を脱ぎ、キャメロンに身振り手振りで柔道を解説した。男子ではロシア選手のタギル・ハイブラエフが決勝に進んだ。相手は前回北京大会の覇者でモンゴルのナイダン・ツブシンバヤルである。

柔道を通して、首脳の個人的関係を強化したいと考えた英国政府の目論見《もくろみ》は当たった。プーチンは満足そうに試合を見続けた。そして決勝戦では、ハイブラエフが背負い投げで一本勝ちした。プーチンはハイブラエフと抱き合い、喜んだ。

私がその後、マリーナに会うと、彼女はこう話した。

「英国が外交方針を転換したのは明らかです。こんなに急に変わるんですね。驚きました」

「裏切られたと思いましたか」

「いいえ。政治の世界では何が起きるかわかりません。その変化にショックを受けないでおこうと考えています。ただ、プーチンを好き勝手にさせるのは危険だと思いました」

翌二〇一三年五月十日にはキャメロンがロシア南部ソチを訪問し、プーチンと会談した。ソチのフィシュト・オリンピック・スタジアムは二〇一四年に冬季オリンピック大会の主会場となり、その四年後にはサッカー・ワールドカップの試合も開かれる予定だった。スタジアムは英国の会社などが設計、建設していた。両首脳が互いの重要性を確認するには最高の場所だった。

キャメロンはプーチンに案内され、会場を見て回った。両者はテロ対策などで協力を深めることで合意している。

またもやヘイグの事務所からマリーナに電話が入る。今度は外相本人ではなかった。

「秘書からだったと思います。首相の訪ロ目的について説明を受けました。オリンピックの安全やアフガニスタン情勢などについて話し合ったと言われました」

九月にはサンクトペテルブルクで主要二十カ国・地域（G20）サミットが開かれ、キャメロンはプーチンと会談した。もはやその関係は蜜月と言ってもよかった。

二〇一三年十一月二十三日、リトビネンコが亡くなって七年になった。マリーナは毎年この日、親しい友人たちと一緒に墓参する。私も加えてもらった。ロンドン・ハイゲート墓地は広い。普段は門が閉じられ、自由に出入りできない。墓参するには事前連絡が必要だ。

集合は午前十時十五分、墓地の門の前だった。マリーナはアナトリーと一緒に車でやってきた。しばらく三人で待つと、次々と友人が現れる。フランス人とロシア人の年配女性がそれぞれ一人、そしてロシア人の夫婦が二組、参加している。私たち三人と合わせて計九人になった。ジャーナリストは私一人である。七年前にはこの上をメディアのヘリコプターが飛んでいた。今はすっかり静かで、時折鳥の声が響く。

マリーナが事務所のスタッフに入場の許可をもらう。午前十時半ごろ、みんなで門を入り三分ほど西に歩く。突き当たりをちょっと左に曲がったところに目的の墓はあった。墓石の前に背の低い花が並んでいる。

マリーナが私の耳元でささやいた。

「一昨年はそこにキツネがいたんですよ」

穏やかな空気が周りを支配する。快晴である。木々の間から光が差した。

私は持ってきた白いユリを墓前に置いた。マリーナは赤と白のカーネーションを十本ほど持ってきていた。手を合わせるでもなく、みんなで静かに墓石をながめている。マリーナが一人語りのように話し出した。

「今年で七年になりますが、雨が降ったのは一回だけでした」

みんなが視線をマリーナに向けている。

「葬儀は十二月七日でした。警察官がたくさんいました。その日は晴れたり、雨が降ったり、吹雪《ふぶ》いたり。すべての季節が一日の間に体験できるような、そんな日でしたね」

おそらく参列者のうち何人かは、葬儀にも出ていたのだろう。静かにうなずいている人がいる。

「サーシャは死ぬことを怖がっていなかったと思います。今年も皆さんが来てくれて、感謝しているはずです」

年配女性が目尻をぬぐった。

墓石にはこう刻まれていた。

〈To the world
you are one person
but to one person
you are the world〉

日本語に訳すとこうなる。

リトビネンコの墓石
写真／毎日新聞社

〈世界にとって
あなたはたった一人の人間《ひと》にすぎないけど
一人の人間にとって
あなたこそ世界だ〉

この墓石はリトビネンコが亡くなって五年後の二〇一一年に建立された。
墓石に彫る詩について、マリーナはアナトリーに相談した。

「もらったカードに書いてあった詩です。私たちの気持ちをストレートに表現していました。とても気に入っているんですよ」

二十分ほど墓石の前で話した後、みんなで近くの公園にあるカフェに移動した。そこでお茶を飲みながら、雑談をした。


墓石の資金はベレゾフスキーが出した。そのためか誰からともなく彼の話題が出た。墓参からちょうど八カ月前の三月二十三日、ロンドン郊外アスコットの自宅で死亡していた。

警察は検死の結果、争った跡はなく、自殺と見られると発表した。ソ連崩壊で実業家として大成功し、エリツィンの改革を支援した。一時はプーチンを支持していた。その後、関係を悪化させ、二〇〇〇年に英国に亡命する。リトビネンコがロシアを脱出した際、家族を助けたのも彼だった。

「ボリス（ベレゾフスキー）は私とアナトリーを気にかけてくれていました。オフィスにもよく招かれました」

プーチン政権は英国政府にベレゾフスキーの身柄を引き渡すよう繰り返し求めていた。

本人は、同じくロシアの富豪アブラモビッチを相手取った訴訟に敗れて、資産を失い、精神的に疲れていたという。

マリーナは自殺と聞いても、信じられなかった。

「私の知っているボリスは強い男性だったんです」

暗殺説も出た。ただ、ベレゾフスキーをよく知るアレックス・ゴールドファーブは自殺だと考えていた。

「ボリスは慢性のうつ病に悩まされ、治療も受けていたようです。アレックスは言っていました。一〇〇%ではないが、自殺の可能性が高いと。一方、家族は殺されたと主張していました」

マリーナはベレゾフスキーが亡くなる前月、電話で話した。うつの症状は治まっていたようだ。「また会えますか」と聞くと、「もうすぐ会えるよ」と元気な声が返ってきた。

亡くなる半月前の三月八日には電子メールも届いた。ロシアではこの日が「国際女性デー」である。メールには「おめでとう」とあった。マリーナはすぐ「ありがとう」と返信した。

「元気になっていると思っていたんです。その半月後だったのでね。聞いたときは、ショックでした」

マリーナはみんなの前でそう語った。

ベレゾフスキーで思い出すのは、二〇〇六年一月に開かれた彼の誕生パーティーだった。六十歳を祝う会は、オックスフォード郊外のブレナム宮殿で開かれた。広大な敷地に建てられた貴族の邸宅で、建造以来チャーチル家が約三百年間所有しており、戦時宰相ウィンストン・チャーチルの生家でもあった。ここに各界から約二百人が集った。マリーナは夫婦で出席している。豪華なパーティーだった。

一方、ベレゾフスキーは最期、身内と親しい友人だけで送られた。子どもたちが派手な葬儀を嫌ったらしい。そのため直前に知らされ、日程の調整がつかなかった人も多かった。マリーナも参列できなかった。親しかったゴールドファーブでさえニューヨークで葬儀を知らされ、間に合っていない。

マリーナは「親しい人が亡くなっていくので寂しいわ」と話した。こうした雑談が一時間半ほど続いた後、みんなでカフェを出た。

独立調査委員会の設置を求める

二〇一三年から翌一四年にかけ、司法の場で真実を究明しようとするマリーナの闘いは山場を迎えていた。

英国には独特の司法制度がある。彼女に法的アドバイスをしていたのがロシア人の弁護士、エレナ・ツシルリナだった。検死審問から独立調査委員会設置を求める訴えに至るまで、高等法院での審理では常に、マリーナの横に彼女の姿があった。女性同士で、自分よりも年齢の若いツシルリナに、マリーナは率直に気持ちを打ち明けている。ツシルリナだけが知る姿もあるはずだ。英国の司法制度についても聞きたかった。私はマリーナに紹介してもらい、事務所を訪ねた。

彼女はやわらかいワンピース姿で待ってくれていた。左の手首に白い時計をしている。趣味でボクシングをやっており、試合のときはいつも客席にマリーナの姿がある。

エレナ・ツシルリナ
写真／毎日新聞社

二人は二〇一〇年ごろ、ロンドンのロシア系の集まりで顔を合わせた。ツシルリナが代理人として依頼を受けたのは二〇一二年九月である。マリーナの友人を通して、検死審問を担当してほしいと言われた。

「申し訳ないがプロボノ・ベースでお願いできないかと言われました。ベレゾフスキー氏からの支援が期待できなくなったためでした」

「プロボノ」とは「公益のために」を意味する

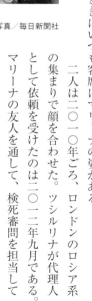

ラテン語の略で、利益を目的としない公的活動である。ボランティアが本業と無関係の分野で活動するのと違い、プロボノは専門的な知識、技術を使うのが特徴だ。弁護士も収入がなければ生きていけない。無料でというのは虫のいい依頼だった。それでも彼女は快く引き受けた。

「知り合う前から、助けたいと思っていました。正義が実現するのを見たいという気持ちがありました」

生前に付き合いはなかったが、リトビネンコが亡くなったとき、ツシルリナは大泣きしている。弁護士になって、理想に燃えていた。

「居間でテレビ・ニュースを見ていて、亡くなったと知りました。こんなに簡単に人の命が奪われていいのかと思ったんです。残されたマリーナを助けたかった。でも、当時はどうすればいいのかわからなかった」

ツシルリナにしてみれば「プロボノ」ではあるが、むしろ望む支援活動だった。

「サーシャを襲った不正義が私を突き動かしています。英国でもロシアでも、犯人が裁かれるのは難しい状況ですが、せめてはっきりさせたい。誰が彼を殺したのかを。マリーナにとっては正義を手にするための唯一の選択肢です。私は彼女たちのためにやり遂げたいのです」

ツシルリナは一九七六年一月、モスクワに生まれた。東西冷戦のさなかである。

十五歳で弁護士になろうと思った。モスクワ大学のファウンデーション（進学準備）コースに進み、いずれ大学で法律を学ぶつもりだった。その後、ソ連が崩壊し社会が混乱する。

「モスクワ中心街に戦車が押し寄せたのを見ました」

父が体を壊し一九九二年に英国で手術を受ける。定期的に英国人医師に診てもらう必要があったため、家族は翌年、英国に渡った。ロシアではエリツィン政権の下で民主化が進んでいた。彼女はそのまま英国に残り、二〇〇六年四月に弁護士資格を取った。リトビネンコが暗殺されるのは七カ月後である。弁護士として主に移民や国籍、亡命、人権を担当している。ロシア語ができるため、ロシア系移民からの人権に関する依頼が多い。

マリーナが仲間たちのアドバイスを受け、検死審問を求めたのは二〇一一年である。夫の死亡から五年が経過し、ロシアからの容疑者引き渡しは暗礁に乗りあげていた。

最初の審問が開かれたのは二〇一一年十月十三日である。当時の検死官が退任し、新しく任命される予定だった。その手続きに時間がかかった。マリーナの資金が底を突き、弁護士が降りた。そこで依頼されたのがツシルリナだった。結局、二〇一二年十一月二日に再開された審問は、また止まってしまう。証拠の開示をめぐり、事前に決めるべき事柄が残っていた。

英外務省は二〇一三年二月、証拠の一部について公益免除の特権（ＰＩＩ）の適用を求めた。

英国の訴訟では通常、当事者は関連資料を証拠としてすべて開示する。ただ、それによって何らかの損害が出ると判断された場合、証拠開示を控えられる。これがＰＩＩである。適用が求められた場合、公共の利益の観点から裁判所が決定を出す。

「私たちが求めていた証拠の大半が不開示と決まったんです。検死官のロバート・オーウェン氏は開示可能な証拠だけでは真相に迫れないと判断しました。私たちも同じ意見でした」

そこでオーウェンはマリーナに、独立調査委員会の設置を求めるよう促した。

検死審問は死因の特定を目的としているが、独立調査委員会なら公聴会や秘密資料から、事件や事故の全体像を明らかにできる。結局、内相のメイは七月十九日、調査委設置を拒否した。書簡で「英国政府も事件の真相を明らかにしたい」と述べながらも、「国民の懸念には検死審問で対処可能だ」と説明した。

調査委を設置した場合、検死審問よりも手続きに時間がかかり費用も高額になるとも指摘した。

「開いても、マリーナとアナトリーは検死審問で明かされる以上の事実を知ることはない」

調査委を設置したところで、すべてがわかるわけではない。だから高い税金をかけて開く必要はないと言っている。マリーナはすぐに異議を申し立てた。

マリーナには不安があった。資金が続くかどうか。それが心配だった。そのため裁判所に保護的費用命令（ＰＣＯ）を求める申請をした。公益性のある司法手続きに適用される制度で、命令が出た場合、原告が敗訴しても被告側の訴訟費用の支払いが免除される場合がある。

リトビネンコ暗殺での事実解明について政府は「国民の懸念に対処する」と述べており、司法手続きは公共の利益に合致するはずだった。

マリーナは、個人的興味や利益のためではなく、社会正義のために闘っているつもりだ。政府もそれを認めているのだから、裁判所にＰＣＯを出してもらいたかった。マリーナの要望は切実である。繰り返しになるが、彼女には弁護士に支払う資金さえない。

そして十月三日、ＰＣＯを出すかどうかについて、高等法院が審理した。マリーナは自分の財産に関する情報を開示し、弁護士はその費用について明らかにした。その情報を基に裁判所はマリーナの申請を却下する。英国の司法は彼女の闘いに、公共性を認めなかった。

彼女は訴えが認められなかった場合、訴訟費用を支払う義務を負った。第1章で述べたように、彼女が涙を流したのはこのときだった。ツシルリナはその様子を間近で見ていた。

「彼女の資産は限られていました。負けたら家を売るしかなかったでしょう。夫を失ったうえ、政府からも裁判所からも見放された気がしたのだと思います。ただ、メディアの報道でそれを知った多くの人から、彼女に優しいメッセージが届きました」

翌日高等法院前でマリーナは記者たちの前に立ち、「よく考えてみます」と話した。彼女の右後方にツシルリナが深刻な表情で立っていた。

週末にかけてマリーナは悩んだ。常にマリーナに協力していたゴールドファーブは「もうこのあたりでいいんじゃないか」と語り、「降りる」のも選択肢だと伝えている。

マリーナから相談を受けていたツシルリナは語る。

「彼女はとても冷静です。ただ、あの日は冷静さを保つのが非常に難しいように感じました」

マリーナにとって、ほとんど唯一の弱点は資金不足だった。正義は明らかに自分にある。助けてくれる弁護士や精神的に支えてくれる仲間もいる。ただ、お金がなかった。そのうえ行政や司法が立ちふさがっている。悔しさから感情を乱した。ツシルリナはマリーナが落ち込み、希望を失いかけているように感じた。二人でさまざまな選択肢を検討した。

「最終的に判断するのはマリーナです。私はそれぞれの選択にどんなリスクが考えられるかを説明しました。さらにリスク軽減のために何ができるかも説きました。週明けに彼女は『継続』を決めた。冷静に判断したというよりも、感情的な決断だったと思います。サーシャのためにも、あきらめたくないと思ったんでしょう。彼女は英国の司法に希望を託したのです」

ツシルリナは弁護士として、主に人権問題を扱っている。旧ソ連で子ども時代を過ごした経験が影響しているという。

「多くの人がそうだと思いますが、私は社会的不正を見るのが嫌いです。それが横行するソ連で育ちました。法の支配がほとんどなく、司法は行政に隷属して汚職が蔓延《まんえん》していました。人権は権力者が認める範囲で、ほそぼそとある程度です。そんな社会に暮らしたくない。では、どうするか。高みの見物をしたくなかった。法律という武器を使って、人権を守りたいと思った。私は微力で、すべての人の権利は守れない。ただ、少なくともクライアントの人権は守りたいのです」

ソ連が崩壊したとき、彼女は十五歳だった。社会の大変革に胸を躍らせる。

「爽快な時代でした。ようやく変化が始まったと感じました。恐怖政治が去り、市民を苦しめるKGBのような組織は解体され、新しい民主主義が立ちあがる。そう信じていました。エリツィンは変革を約束していた」

しかし、国内経済は悪化の一途をたどる。資本主義が導入され国有財産の民営化が進んだ。その過程で国の財産を私物化して資産家となる新興財閥オリガルヒが生まれた。

ツシルリナがロシアを離れロンドンに渡ったのは、ソ連崩壊二年後の一九九三年である。その年の十二月、エリツィンはオリガルヒを「金融産業グループ」と認定する大統領令に署名し、経済再建を彼らに委ねた。オリガルヒは政治的にも発言力を強め、国をゆがめていく。そして旧KGBが復権し、プーチンが権力を握る。ツシルリナの落胆は大きかった。

「プーチンのような人物が政権を牛耳り、ロシアをスターリン時代に逆戻りさせるとは想像もしていなかった。ロシアの政治家は権力とカネに動かされるようになってしまいました」

リトビネンコが死亡したと知り、テレビの前で大泣きしたのも、祖国ロシアが暗殺に関与したと考えたからだ。当時、病床でうつろな目をした彼の写真が世界に発信された。ツシルリナは祖国が人の命を奪う国になったと考え、悔しかった。マリーナを支えたいと思ったのは、ロシア政府の行為を許せなかったからだ。

「私たちが闘っている理由の一つは、殺人の背後にロシア政府がいると信じるためです。独立調査委員会の設置を求めるのも、政府の関与を明らかにするためです。ルゴボイとコフトゥンが殺人をしたというだけでは不十分です。その背後に誰がいたのかを知る必要があります。不正をした者は報いを受けなければなりません。法律はそのためにあるのです」

ツシルリナはボクサーのようにプーチンに一撃を加えたいと思っていた。素手ではない。大国の指導者に個人が立ち向かうとき、法律が武器になる。

ロシア人のメンタリティ

二〇一四年、世界はロシアに振り回された。

二月七日、冬季オリンピックがロシア南部ソチで開幕した。世界の目がロシアに集まっているとき、隣国ウクライナで政変が起き、親ロシア派の大統領、ヤヌコビッチがロシアに亡命する。欧州との関係を重視する市民や政治家たちが新たな政権を作る動きが加速していた。

欧米がウクライナを勢力圏に置くために仕掛けた政変。プーチンはこう考えた。ソ連崩壊後、東欧諸国が次々とロシアから離れ、欧州に接近した。ウクライナは歴史的にもロシアとの関係が深く、プーチンはここが欧州の勢力圏になるのを許せなかった。

三月一日から六日にかけて、ロシアが主導した親ロ派武装勢力と内戦になる。一進一退の攻防の後、ロシアは武装勢力を支援して、三月十八日には南部クリミアを一方的に併合してしまった。明らかな主権侵害に国際社会からは批判が高まる。

直後の二十四日から二日間、オランダのハーグでは核の安全に関するサミットが開かれ、核兵器に使用されるものを含むすべての核物質の国際管理のあり方や、核テロ防止策について話し合われた。

この会議に合わせて、G7の首脳は緊急会議を開き、ロシアのG8への参加資格停止を決めた。

六月四日からはソチのオリンピック会場でG8サミットが開かれ、プーチンが議長を務める予定だった。キャメロンは「クリミア問題を協議する場として適切ではない」と述べ、史上初めてG7サミットの会場が、G7以外の国であるベルギー・ブリュッセルと決まった。

プーチンとの関係改善を進めてきたキャメロンにとっては打撃となった。国民や野党は「経済関係を重視するあまり、プーチンの本質を見誤った」と批判を強めた。キャメロン政権には、そうした逆風に逆らってでも、ロシアと関係改善していく政治的体力はなかった。

北部スコットランドでは、独立の是非を問う住民投票が九月に実施される予定だった。イングランドによって併合された歴史的経緯に加え、「大きな政府」による福祉の充実を求めるスコットランド住民の間では、経済を市場メカニズムに委ねるキャメロン政権への批判が根強かった。

さらに国内には、東欧からの移民の増加に不満を抱く住民が増えていた。EUが東欧に拡大したためだ。EUからの離脱（ブレグジット）を求める声は日増しに高まっていた。スコットランド独立とブレグジットは、国の形を変える可能性のある二大テーマだった。キャメロンは政治生命をかけて、取り組まねばならなかった。

私は二〇一四年五月の初め、V&A博物館でマリーナと会った。

「キャメロンやヘイグはようやく、プーチンの危険性に気づいたようですね」

水を向けると、マリーナはカフェラテのカップを置いてこう答えた。

「彼らは以前から、知っていたと思います。ただ、クリミア併合のような無茶をするほど危険だとは思っていなかったでしょう」

「プーチンはどんな考えがあって、クリミアを奪ったんですか」

「彼はＫＧＢの出身です。あの組織の出身者には、ロシアは帝国でなければならないとの信念があります。強く、大きな国であるべきだと。米国がロシアを弱くしようとしている。それに負けてはならないと考えているのです」

共産党による一党支配から脱却した国の多くは、その後、民主的な選挙を実施し、政権交代も実現させている。ロシアにも民主化を進めるチャンスがあったはずだ。

「民主化できそうだと思ったのは九一年からの二年程度でした。共産主義の下で生活してきたため、国民は国にコントロールされる状況に慣れているんです。今では、自由を求めると、命を失う危険もある。悲しい現実です」

マリーナは北方領土について聞いてきた。

「プーチンが軍事基地を建設しようとしていると聞きました。日本はどう対応するのですか」

ソ連時代の一九七八年以来、ロシアは北方領土の国後《くなしり》、択捉《えとろふ》と色丹《しこたん》それぞれの島に地上軍部隊を置き、戦車や装甲車、各種火砲、対空ミサイル、偵察用無人機などを配備している。沿岸

（地対艦）ミサイル配備も計画していた。

島を取り戻すため日本は外交努力するしかないと説明すると、マリーナは言った。

「ロシア人のメンタリティを知る必要があります。何か悪いことをして罰せられないと、もっと悪いことをする。それでも問題がなかったら、さらに悪事をやるのです。プーチンはロシアのフーリガンですよ。そのうち北方領土はロシア軍の拠点になりますよ」

マリーナは思いついたように、「ウクライナ問題を話し合うシンポジウムに行きませんか」と提案してきた。プーチン政権のやり方を知るにはいい機会になるという。


数日後のシンポジウムはキングスクロス駅近くにあるガーディアン紙の本社内ホールで開催された。参加者は読者を中心に約百五十人である。

パネラーはガーディアンの元モスクワ特派員や国際部長、そして英国の元駐ロシア大使、トニー・ブレントンだった。マリーナは会場の真ん中あたりに座っている。

ウクライナでの取材から帰ったばかりの記者が現地の状況を報告し、元モスクワ特派員はいかにプーチンが危険な人物であるかを、自らの取材体験を基に紹介した。

ロシアへの批判が続く中、ブレントンだけは趣旨の異なる発言をする。

「ロシアがやっていることは純粋に防衛的な行為ですよ。三月十八日のプーチン演説をよく読めばわかります」

元大使が言及したのは、プーチンによる四十五分間の演説である。

「クリミアは私たち共通の歴史的遺産であり、地域の安定にとって非常に重要な要素です」

プーチンはクリミアについて、ロシア、ウクライナ、そしてクリミア・タタール人共有の領土であると主張し、ロシアが管理しない限り、この土地は欧米諸国に奪われてしまうと訴えていた。ウクライナの領土が欧米によって侵略されようとしているから、ロシアは対抗するためクリミアを自国領としたとプーチンは言っていた。

ブレントンは現実主義者だった。

「NATOは東に拡大してきた。ロシアは防衛のためにクリミアを奪ったともいえる。制裁は効果がないですよ。欧州の政治家は本音では、誰もクリミアを取り返せると思っていません。だからプーチンと話し合うしかないんです」

併合を認めるような発言に、英国に留学中のウクライナ人学生から激しい抗議の声が上がった。英国人の出席者の中には、旧ソ連・ウクライナのチェルノブイリ原発事故（一九八六年）の際、核汚染が欧州にも広がった経験を踏まえ、「ロシアの汚染は欧州に拡散します。プーチンの横暴を許していては、いずれ英国にも被害が広がりますよ」と発言した人がいた。

「元大使の発言は、ほかのパネリストと違っていましたね」

シンポジウムが終わった後、マリーナに感想を聞いた。

「ロシアの歴史やプーチンの考え方をよく知る外交官です。プーチンに理解がありすぎる気がしますが、英国外交官の考えなのでしょうね」


ブレントンが駐ロシア大使を務めたのは二〇〇四年から〇八年までである。リトビネンコが殺害され、両国関係が冷え込んだ時期だった。ブレントンならプーチン政権が当時、事件についてどう考えていたかを知っているはずだ。

容疑者の二人はロシアにとどまり、外国人ジャーナリストの取材を拒否していた。今後も取材できる可能性はなさそうだ。ロシア側の意見を聞こうと、私は何度かロンドンのロシア大使館に連絡をしたが、リトビネンコ事件については対応できないと拒否された。

ロシア側の考えを解説してもらうには、ブレントンに聞くのがよさそうだった。

欧米がウクライナをけしかけている

インタビューを申し入れると、ロンドン・チャリングクロスに近い紳士クラブを指定された。

この周辺には伝統あるクラブがずらりと並ぶ。静かに話すには最適の場所だった。

天井の高い部屋に案内され、革製のソファに座ると、ブレントンは笑みを浮かべながら、こう口火を切った。

「キケロがこんなことを言っています。『国民の健康は最高の法律である。国民の安全は最高の法律である』。政府の最優先事項は国民の安全を守ることです」

何を話そうとしているのか、よく理解できなかった。

キケロは共和政ローマ末期の弁論家である。欧州の知識人と話すと時折、ギリシャ・ローマ時代の格言を聞かされる。

ブレントンは格言をラテン語ではなく、英語で話してくれた。それだけでも日本人記者に配慮してくれたのかもしれない。ラテン語だったら、完全にお手上げだ。

元大使がキケロの言葉で伝えようとしたのは、「自国民の保護は政府が最優先で取り組むべき問題である」ということのようだ。この点をおろそかにしていては、国家の存在意義がなくなる。

ブレントンはケンブリッジ大学クイーンズカレッジで数学を学び、一九七五年に外務省に入った。アラビア語を習得した後、カイロの大使館に勤務している。一九九四年に在モスクワ大使館の参事官となり、以降四年にわたって混乱下にあったロシアとの外交を担った。外務省本省に勤務しているときも、英国の対ロ政策を担当した。

リトビネンコの殺害を知ったとき、すぐにロシアの関与を疑ったのだろうか。

「ロシアの秘密情報機関が関与しているという疑惑は即座に浮上しました。それを示す証拠はかなりあったんです。彼はすでに英国籍を取得していました。ロシアによる英国領土での英国人に対する殺害です。政府内には、強く反応すべきという声が大勢でした」

英国はロシア人外交官を追放し、FSBとの関係を切った。一方、ロシア側も同様に英国人外交官を追放し、ブリティッシュ・カウンシル（英国際文化交流機関）に事務所の閉鎖を命じた。

「私は個人的にも攻撃されました。ロシア政府系のあるグループは私を追い回し、会合を妨害しました。冷戦終結後としてはロシアとの関係は最悪だったでしょう」

「ロシアの反応は予測していましたか」

「そうですね。英国民がホテルのバーで殺害されたんです。しかも、ロンドンのあちこちで放射線被曝の痕が確認されています。英国は強く対応せざるを得なかったし、ロシアもあのような対応をとる必要があったのでしょう。私はロシア側にルゴボイを引き渡すよう求めました。拒否されたのは残念でした」

「ロシアが人権について問題を抱える中、経済関係はどうすべきだと考えていたのですか」

「ロシアの権威主義やさまざまな人権侵害には、共感しません。だからと言ってロシアと関係を持たずにいられるのか。答えはノーです。私たちのビジネスを考えたとき、非常に重要な大国です。だから、国内的には好ましくない問題を抱えていても、ビジネスや文化、教育、そのほかの交流は発展させたい。西側諸国や日本と交流することで、ロシアの市民社会が拡大して民主主義が育っていくはずです。韓国や台湾がそうだったでしょう」

確かに韓国や台湾も軍政下にあっては、厳しい人権弾圧があった。一九七三年には東京で韓国中央情報部（KCIA）による野党指導者、金大中《キムデジュン》の拉致事件まで起きている。秘密情報機関が人権と他国の主権を踏みにじる時代があった。しかし、韓国や台湾はその後、民主主義を根づかせ、選挙による政権交代も実現させている。なぜロシアでは民主化が停滞しているのだろうか。

「ソ連崩壊後、私たちはロシアの民主化に期待し、非常に楽観的でした。ポーランドやチェコで共産主義の時代が終わり、民主化と市場の開放が進んだのを目の当たりにし、ロシアでも同じことが起こると確信していました。市民の多くがそれを望んでいたからです」

東欧諸国が比較的スムーズに民主化を実現させたのに対し、ロシアが同じ方向に進まなかったのはなぜだろう。

「非常に強力な共産党があり、ソ連崩壊後に東欧よりもはるかに深刻な経済危機に直面しました。私がロシアで働いた九四年から九八年にかけ、経済は悪く、犯罪が多発しました。下院では共産党が力を回復させていました。経済的な苦境が克服されれば、政治的な問題も解消されるだろうと私は期待した。しかし、九六年の選挙を機に悪い方向に向かったと思います」

一九九六年の大統領選挙でエリツィンは、当選のためにオリガルヒから資金援助を受けざるを得なかった。政治が一部の富豪にコントロールされて民主化の障害となる。ブレントンはこの選挙が転機となり、民主化は遅れ始めたと考えている。

興味深いのは、プーチンがこの選挙後、頭角を現した点だ。彼はサンクトペテルブルクの第一副市長として、市長のサプチャクを支えてきた。汚職スキャンダルでサプチャクが落選するのは九六年である。この敗北を受け、プーチンは地元でエリツィンの大統領選挙運動を手伝うようになった。おそらくその功績が認められ、九七年にはエリツィン政権の大統領監督総局局長、翌年五月には大統領府第一副長官になり、二カ月後にはFSB長官に抜擢《ばってき》される。首相に就任するのは九九年八月である。古都の副市長がたった三年で首相になった。京都府の副知事が三年で首相になるようなものだ。確かに考えにくい事態だった。

ブレントンはシンポジウムで、ロシアによるクリミア併合を「防衛的行動」だと表現した。他国の主権を侵害するのが「防衛」だろうか。私は「あなたの考えは欧州の多数意見とは明らかに違います」と指摘した。元大使は「そうですね」と認めながらこう説明した。

「今、英国はスコットランドの独立問題で揺れています。イングランド人はこう考えます。スコットランド人とは兄弟だったはずだ。どうして今になって、別れ話が出てくるのか。それと同じです。ロシア人から見ると、ウクライナは兄弟国です。歴史的にも非常に近い。スコットランド独立を他国が扇動しているとは聞かない。一方、ロシア人は考えています。欧州や米国がウクライナの人々をたきつけて、ロシアから離れさせようとしていると」

実際、ウクライナ西部を中心にロシアから距離を置こうと考える勢力には、欧米の支援を受けている組織が存在する。欧米側は民主化促進のための支援だと説明する一方、ロシア側は敵対行為と考えている。

「米国の国務次官補、ビクトリア・ヌーランドの会話が漏洩《ろうえい》したのをご存じでしょう。彼女はウクライナの政治に介入しようとしていました」

ヌーランドは当時、欧州・ユーラシア問題を担当していた。二〇一四年二月に親ロシア派のウクライナ大統領、ヤヌコビッチを追い落とす政変「尊厳の革命（別名ユーロ・マイダン革命）」が起きたとき、親欧米派住民を支援したことで知られる。このキャリア外交官と駐ウクライナ米国大使が電話で会話する内容が漏洩し、米国がウクライナの政治に介入したと批判された。「民主的に選ばれた（親ロシア派の）ヤヌコビッチ政権がデモで倒れたとき、ロシアは欧米が扇動したと考えた。ウクライナが乗っ取られると恐れた。ロシア人にとってクリミアは特別です。一九五四年まではロシアの一部でした。大きな資産もある。黒海艦隊も置かれている。だから併合したんです」

「それは正しいのでしょうか」

「明確な国際法違反です。しかし、ロシアは欧米がウクライナをけしかけていると考えた。このままではクリミアも欧米の影響下に置かれる。国際公約を破ってでも併合するしかなかったんでしょう」

冷戦が終結した後、NATOが東方に拡大し、ロシアとの国境に迫っていた。ロシアが抱いた恐怖心や危機感に、欧米の指導者は配慮しなかった。ブレントンは欧米の政策が、クリミア併合につながったと説明する。

「ロシアにとってNATOは敵対する軍事同盟で、新たに加盟国を吸収してロシアを包囲しようとしています。彼らはそれを嫌っている。特にウクライナの加盟は絶対に許さないと考え、クリミアを併合しました。領土を他国に奪われている国がNATOに加盟するのは難しい。NATOがウクライナを加盟させれば、ロシアと戦争するリスクを抱えてしまう。だからプーチンはNATO加盟を阻止するためにクリミアに侵攻したとも考えられます」

ロシアは米国に裏切られたと考えていると元大使は言う。

「一九九一年にソ連が崩壊したとき、ポーランドやバルト三国は再び占領されることを恐れ、

ＮＡＴＯ加盟を要求しました。私たちは困惑した。ＮＡＴＯがそうした国々を受け入れたら、ロシアに対抗する軍事同盟を強化していることになる。私たちはロシアを動揺させたくなかった。そのため、すぐには加盟させなかったのです」

そのＮＡＴＯが拡大に動いた背景には、米国の内政が影響していた。

「先ほど、ロシアの民主化後退の転機となったのは九六年の大統領選挙だと言いましたね。この年は米国でも大統領選挙がありました。クリントンが二期目を目指した選挙です。ここで米国はポーランド、ハンガリー、チェコをＮＡＴＯに加盟させるべきだと主張し始めます。エリツィンはクリントンに裏切られたと考えたんです」

どうしてクリントンはＮＡＴＯ拡大を認めたのだろうか。

「米国の中西部でポーランド系住民の票が必要だったという話はあります。それが本当かどうかはわかりません」

独立調査委員会の設置が発表される

話題をリトビネンコ暗殺に戻した。ロシア政府の関与を疑った理由について、ブレントンはこう語る。

「ロシアの秘密情報機関の関与を示す状況証拠はたくさんありました。ルゴボイとリトビネンコはともに、かつてKGBで働いていました。ロシアの秘密情報機関は海外で暗殺を実行します。二〇〇四年にはカタールでチェチェン独立派の指導者、ヤンダルビエフが爆殺されました。逮捕されたのはロシア人です。そして、リトビネンコ殺害に使われたのはポロニウムです。一般市民の入手は困難で、政府が関与していた可能性が高いと考えました」

リトビネンコ自身は病室で、暗殺を命じたのはプーチンだと告発している。

「もちろんそれは認識していました。彼は自著の中で、プーチンが第二次チェチェン紛争を正当化するためアパートの連続爆破テロを利用したと非難した。だからプーチンは彼を嫌っていたのでしょう。ただ、プーチンが命じたと考える証拠はなかった。リトビネンコはFSBの元メンバーです。あの組織は国内では非常に不人気なんですが、一方で、リトビネンコが祖国を裏切ったと考えるロシア人も少なくありません。彼に対する同情はほとんどないと思います」

独立調査委員会の設置を、英国政府は拒否している。その理由を聞きたかった。

「マリーナとはよくロシアに関するイベントで一緒になります。とても素敵な人です。彼女には夫の死に対して、国に調査を求める権利があります。私は今、政府の一員ではないので、英国が調査に反対している理由はわかりません。推測するに、調査したところで何の役にも立たないと考えているのでしょう。ロシア人がポロニウムを持ち込んで、リトビネンコに飲ませた。それはわかっています。だから、政府は身柄の引き渡しを求めています。それ以上の事実を掘り返しても利益がないと考えている。ロシアとの関係を前進させなければならない。そんなときに調査委を設置すれば、両国間の論争を長引かせるだけだと考えているはずです」

もし政府がそう考えているとすれば、あまりに無責任な対応だと感じた。ポロニウムを飲ませたロシア人を特定したからといって事件の全体像に迫ったわけではない。なぜ、リトビネンコが殺害されたのか。誰が指示したのか。それを明らかにし、透明性を確保しながら事実を記録することは政府の責任でもある。元大使が言う通り、キケロも言っているではないか。「国民の安全は最高の法律である」と。

人権問題に目をつぶってでもロシアとの関係を改善させる必要はどこにあるのだろう。経済的利益は人権よりも重要なのだろうか。

英国にとってソ連時代を含め、ロシアとの関係は常に難しい問題だった。南下政策をとるロシア帝国とアジア各地に植民地を持つ英国はたびたび衝突した。十九世紀初めから終わりにかけ、中央アジアやアフガニスタンで「グレートゲーム」と呼ばれる覇権争いを展開し、十九世紀半ばにはクリミア戦争を英国は連合軍の一員として戦っている。

二十世紀に入り、日本がロシアと戦ったとき、英国は同盟関係にある日本を支援した。第二次世界大戦で英国とロシアは、共通の敵であるナチス・ドイツを相手にともに戦ったが、それはむしろ例外だった。共闘しながらも英国の戦時宰相チャーチルはソ連の指導者、スターリンに不信を抱いていた。互いに相手との違いを認識しながら、その重要性も認める関係である。

「外交は長期的視野で考える必要があります。ロシアとの関係はビジネスやエネルギーだけではありません。ロシアはあらゆる国際問題で重要な役割を担う大国です。核保有国で国連安全保障理事会の常任理事国です。シリア内戦やイランの核開発、国際軍備管理、イスラム過激主義者によるテロ、サイバーセキュリティ。こうした問題でロシアの協力は不可欠です。そもそもロシアを孤立させるのは無理です。中国やインドは制裁に加わりません。ロシアとの関係は断絶と深化、双方にリスクがあります。どちらがより危険性が低いか見定める必要があるのです」

インタビューは一時間を超えた。「ロシアの孤立化は無理」「中国やインドは制裁に加わらない」。元大使の見立ては、その後の国際情勢を予言しているようだった。

クリミアの併合とマレーシア機の撃墜事件で、キャメロンはロシアとの関係改善をあきらめるしかなかった。政府は二〇一四年七月、ついにリトビネンコ事件の独立調査委員会を設置すると発表した。マリーナの訴えが結実した。

一方、マリーナには寂しい思いもあった。このころになるとリトビネンコの両親や異母弟妹は、不思議なほどマリーナに協力していない。父ウォルターはリトビネンコが息を引き取る直前、骨髄移植のためロンドンにやってきた。息子を失った翌日、「道徳、良心を失った政権は最終的には崩壊すると確信しています」とロシア政府を批判した。

リトビネンコが亡くなってしばらくすると、ウォルターは妻と一緒にロシアを離れ、一時イタリアで暮らした。妻が急死し二〇一二年にロシアに戻ると、「息子はロシアを裏切った」と批判を始める。息子とMI6との関係を知り、「国を裏切った」と感じたのかもしれない。

ロシアのテレビ局のインタビューに答え、「アレックス（ゴールドファーブ）はCIAの協力者で、彼が息子を殺した」と主張した。科学的捜査を無視した言いがかりだった。マリーナはウォルターから何の連絡も受けず、報道でそれを知った。

「ロシアに帰国する際、プーチンに許しを求めたと聞きました。とても悲しいです。アナトリーにとってはお祖父さんです。関係がなくなるのはつらいです」

ウォルターは若いころから正義感が強く、サハリンの刑務所で医師をしていたときには、服役囚の処遇改善を当時の共産党書記長、ブレジネフに直訴している。

義父が態度を変えた理由に思い当たることはあるのだろうか。

「よくわかりません。ただ、義父がイタリアでビジネスをやろうとしたとき、ボリス（ベレゾフスキー）に援助を求めたようです。それを断られた後、サーシャの批判を始めました」

マリーナは義弟妹ともほとんど連絡をとっていない。妹たちはリトビネンコのプーチン批判を快く思っていなかった。本の出版を取りやめてほしいと要請していた。マリーナが彼の死後も引き続き、真実究明を求めている状況に義弟妹が困惑している可能性は高かった。

しかし、マリーナは孤独ではなかった。相談に乗り、サポートしてくれる人がいた。その中心にいたのはロシアから逃れてきた人たちだった。

リトビネンコは病床で警察による聴取を受けた際、「親しい友人」として三人の名を挙げた。亡命チェチェン人のアハメド・ザカエフ、元政治犯のウラジミール・ブコウスキー、そして二重スパイとしてロシア政府の極秘情報を英国に提供し続けたオレグ・ゴルジエフスキーである。この三人にベレゾフスキーの代理として支援していたアレックス・ゴールドファーブを加えた四人は、マリーナを支え続けた。

私はマリーナに紹介してもらい、この人たちに会いにいった。

第5章

支援者たち1
アハメド・ザカエフ（亡命チェチェン人）

写真／毎日新聞社

組織の中では生きづらかっただろうと同情した

アレクサンドル・リトビネンコには親友がいた。チェチェン独立派幹部のアハメド・ザカエフである。ポロニウムを飲まされた当時、彼とはほぼ毎日、顔を合わせていた。マリーナも家族同然の付き合いだったと語っている。

「サーシャはいつもアハメドについて、『素晴らしい人物だ』とほめていました」

人の評価は置かれた立場によって異なる。

「ロシア人の中には彼をテロリストだと考える人も少なくないのでは？」と私がやや挑発気味に水を向けると、彼女は悲しげな表情を見せた。

「ロシア政府のプロパガンダです。家族のように付き合っている私には、彼がテロや戦争と関係する人間には思えない。文化や芸術を楽しむ平和主義者です」

マリーナにとっては平和主義者だったのだろう。ただ、彼がチェチェン戦士としてロシア軍と戦ったのは事実である。

「チェチェン人がロシアの侵略に抵抗するのには理由があります。故郷を守るために、彼は軍人になった。テロリストであると喧伝《けんでん》したのはロシア政府です。国民はそう信じ込まされている。ロシア人は彼の素顔を知りません」

リトビネンコとザカエフは交流を始めたころ、いつもチェチェン紛争について語り合った。かつてリトビネンコはロシアの秘密情報機関員、ザカエフはチェチェンの戦闘員だった。それぞれの立場から意見をぶつけ合い、その中で相手の見方を知り、紛争の実像に気づき、互いに信頼を深めた。ザカエフはリトビネンコの家の近くに引っ越してきたほどだ。

「サーシャは彼との付き合いを誇りに思っていました。イスラムに改宗したのもそのためです。死後も彼と交流を続けたいと考えたのです」

私は「ザカエフにインタビューしたい」とマリーナに持ちかけた。渡英後のリトビネンコやマリーナの素顔を最も近くで知る人物だった。

ザカエフはロシア政府に国際指名手配され、暗殺対象者リストの最上位にあるとされていた。ロシア反体制派が相次いで命を奪われる状況にあって、彼が身の安全に気を配っていることは容易に想像できた。インタビューの日時、場所については、マリーナが彼の意向を聞き、調整してくれることになった。

二〇一四年の夏至が近づいていた。この時期、ロンドンは日が長く、悪天候の多いこの街にあって、比較的穏やかな日が多い。ザカエフにインタビューする日は晴れたり曇ったりで、ロンドンらしい天気になった。気温は二十度まで上がり、過ごしやすい日だった。午後三時を過ぎたころ、チェチェンの元闘士はロンドン中心部にある私のオフィスにやってきた。ジーンズにチェックのシャツ、ベージュのジャンパーの右胸部分には、大手米アウトドアブランドのロゴが入っている。若い男性が一緒についてきた。警護役兼通訳らしい。

ソファを勧めると、浅めに腰かけ、人なつこい笑みを浮かべた。

学校で演劇を学び、卒業後は俳優になった。チェチェンの首都グロズヌイの劇場にシェークスピアの芝居がかけられたとき、役をもらっている。その意味でもロンドンとは因縁がある。身だしなみに気を使っているのだろう。口の周りのひげもきれいにそろえていた。

一九九四年末に始まった第一次チェチェン紛争のときに軍に入り、グロズヌイの戦いやゴイスコイの防衛などの軍事作戦に参加した。終結後はチェチェン共和国の副首相（教育・文化担当）となり、大統領特使として対ロ交渉を担った。ロシア政府からは数々の殺人事件に関与したとして国際指名手配されている。「戦士」「テロリスト」の呼び名が似合わぬほど穏やかな表情を浮かべている。マリーナが「文化や芸術を楽しむ平和主義者」と表現したのもわかる気がした。

ザカエフはイスラム過激派の活動には終始批判的だった。そのため欧米の人権活動家などからは、「穏健な活動家」と考えられている。ロシアと欧米。どちらから見るかによって、まるで別人だ。

インタビューのためにスターバックスのコーヒーを用意していた。よく考えると、リトビネンコはお茶に混ぜたポロニウムを飲まされている。コーヒーを出しながら「大丈夫ですか」と聞いた。

「問題ありません。ありがとう」

答えは英語で返ってきた。

インタビューは英語で質問し、通訳がロシア語で伝えた。ザカエフは英語の質問も十分理解していた。うなずいたり、ほほ笑んだりする様子から、それは明らかだ。ただ、自分から英語を話そうとはしなかった。正確に伝えたい内容は、あえてロシア語で話すようにしているのかもしれない。

リトビネンコと知り合ったきっかけを聞くと、チェチェン共和国の秘密情報機関が一時、リトビネンコを追っていたと明かした。危険人物と考えたからではない。

「サーシャは一九九六年当時、FSBではアレクサンドル・ウォルコフというコードネームを使っていたんです。我々は最初、ウォルコフが誰なのかわからなかった。調査の結果、サーシャに行き着いたのです」

チェチェン側が「ウォルコフ」を追ったのは、チェチェン初代大統領ジョハル・ドゥダエフの妻アラがロシア・ナリチクで拘束されたのが契機だった。ここはリトビネンコの故郷でもある。

「解放されてチェチェンに戻ってきた彼女は、ウォルコフという職員に尋問されたと言いました。そして『とてもいい人で、その対応に感銘を受けた。あの恐ろしい組織に、間違って加わってしまったのではないか。そう感じさせる人物だった』と言ったんです。それを聞いてウォルコフに興味を持ち、我々は調査に乗り出した。しばらくしてわかったんです。尋問した者の名は『アレクサンドル・リトビネンコ』だった」

ザカエフは二年後、テレビを見ていて驚いた。かつて「ウォルコフ」と呼ばれていた者がモスクワで記者会見し、上司からベレゾフスキー暗殺を命じられたと暴露していた。しかも、ほかのFSBメンバーは目出し帽で顔を隠しているのに、リトビネンコは素顔をさらしている。「恐ろしい組織に、間違って加わってしまった」人物がその組織を告発している。ザカエフはますますこの男に興味を持った。

そして、リトビネンコは二〇〇〇年に英国に着くと、モスクワなどのアパート連続爆破テロに関し告発する。チェチェン・ゲリラが実行したとするロシア政府の主張を否定し、背後にF

SBがいたとする内容だった。ザカエフにとっては、ベレゾフスキー暗殺指令の暴露よりも何倍も衝撃的だった。

「ロシアが第二次チェチェン紛争を始めた口実が、この連続爆破テロでした。だから、彼の発言は我々にとって非常に重要でした。彼がどんな情報を持っているのか。それを聞きたいと思いました」

ザカエフはこの男に会おうと思った。訪英をお膳立てしてくれたのは、英女優のバネッサ・レッドグレイブだった。祖父、父、母が俳優という芸能一家の下、ロンドンで生まれた彼女は一九七七年の『ジュリア』でアカデミー賞とゴールデングローブ賞の両賞で助演女優賞を受けている。人権保護活動の闘士としても知られ、チェチェンの平和と人権のための国際キャンペーンを共同創始し、チェチェンをめぐりロシア批判を繰り返していた。そうした活動を通し、チェチェン人にも知り合いが多かった。

ザカエフはジョージアの首都トビリシでレッドグレイブに会い、二〇〇二年一月十二日にロンドンに招待された。ザカエフがリトビネンコを訪ねたのはその二日後である。ニューボンド・ストリートにあるホテル・ウェストベリーのカフェで会った。リトビネンコがポロニウムを飲まされたミレニアム・ホテルからも近い。

「ロンドンに着いて二日後とは、随分急いで会ったんですね」と私が聞くと、ザカエフの答えはシンプルだった。

「ロシアのアパート爆破は私たちにとって重要だったからです」

カフェで顔を合わせた二人はコーヒーを注文し、自己紹介した。ザカエフが「ナリチクでドゥダエフ夫人を聴取したのはあなたですね。ウォルコフの名で」と言うと、リトビネンコは素直に認めた。ザカエフにとってリトビネンコの印象は予想した通りだった。

「誠実さを感じました。確かにFSBの人間とは思えない。組織の中では、生きづらかっただろうと思い、同情しました」


リトビネンコはチェチェン紛争について、「間違った戦争だ」とロシア政府を批判した。ザカエフがなぜそう思うのかと問うと、「十代のチェチェン人捕虜を取り調べ、そう考えるようになった」と言った。

ザカエフによると、リトビネンコはFSBではチェチェン共和国政府について、「野蛮な山賊に支配されている。市民を山賊の手から解放してやらねばならない」と教育されていた。

しかし、捕虜になった若者の多くは厚い信仰心を持ち、勇敢で礼儀正しかった。出会った中に、ロシアによる「解放」を望む者は一人もいなかった。

ザカエフはリトビネンコとの意見交換を通して、かつて「敵」だった相手に信頼感を抱く。

「敵として戦った者同士が信頼し合うのは本来難しいはずです。憎しみを植えつけられていますから。でも、話しているうちに彼の言葉に嘘《うそ》はないと感じた。そういう不思議な人でした」

二人は第一次チェチェン紛争の際、ロシア側とチェチェン側に分かれて戦っていた。

「戦争を反対側から体験した者同士で、本を書いたら面白いと話していたんです」

なぜお茶に口をつけたのか、不思議でならない

リトビネンコとザカエフ。敵側にいた者同士がそう簡単に信頼し合えるのだろうか。特にチェチェン人にとって、ロシア秘密情報機関にいた人間には根深い不信があるはずだ。私が疑問を口にすると、ザカエフは直接、それに答えず、こんな話を持ち出した。

「確かに奇妙です。過去五百年にわたり、多くのチェチェン人が殺害されてきました。ジェノサイド（集団虐殺）です。しかし、チェチェン人の多くはロシア市民に憎悪を抱いていない。私自身そうです。なぜなのか。多くの場合、チェチェン人はロシア人を憎む前に、仲間同士で憎み合っていました。ロシア人と助け合って生きてきた年月も長かったんです」

チェチェンではロシア政府に忠誠を尽くすグループと、それに反対し独立を求める勢力とで対立してきた。仲間同士でいがみ合っているのだ。ザカエフは私に理解させるために、こんな

例を挙げた。

「ロシア人の母親がチェチェンで戦っている息子に会いにいき、チェチェン人の家に泊めてもらうというケースも珍しくありません。チェチェン人の母親はロシア人の息子捜しを手伝ったりもしました。指導者の決断で戦いは起きる。その結果について、市民に責任はないと考えているのかもしれません」


急速に親しくなった二人は二〇〇六年ごろにはほぼ毎日、顔を合わせている。ザカエフは近所に引っ越し、リトビネンコはいつも仕事から帰ると、そのままザカエフ宅に行き、お茶を飲んだり、ときには夕飯を一緒に食べたりした。家族のような付き合いが続く中、リトビネンコはたびたびＦＳＢへの不信を口にするようになる。

「公平に扱われなかったと言って、腹を立てていた。自分こそが国を想い、忠誠を誓ったのに、なぜあんな扱いを受けねばならないのか。そう感じたようで、愚痴ることもありました」


インタビューが三十分を過ぎ、緊張がやわらいだのか、ザカエフはソファに深く座りなおした。事件当日、リトビネンコを家に送ったのも彼だった。

「毒の入ったお茶を飲んだ三十分後に携帯に電話があり、『迎えに来てくれ』と頼まれた。私はロンドンの中心部から帰宅するところでした。彼はメイフェアにあるベレゾフスキー氏の事務所にいたんです」

ザカエフは車で彼をピックアップする。隣には、助手のヤラギ・アブドラエフが座っていた。リトビネンコは車中、後部座席から前方に身を乗り出し、スカラメラから書類を受け取ったと明かした。

「これでプーチンとアンナ（ポリトコフスカヤ）の暗殺が結びついた」

文書は英文で書かれていた。ザカエフは言う。

「サーシャは英語がそれほど得意ではなかったから、私の助手が読んでロシア語にしてくれたんです」

助手を家まで送り、リトビネンコと二人でロンドン北部の自宅に帰った。激しい渋滞のため一時間以上かかった。そのとき、リトビネンコの体調に変化はなかった。

「エネルギッシュで疲れた様子はなかった。入手した書類について興奮した様子で話していました。三週間ちょっと前にアンナが殺害されたばかりでした。フロントラインクラブで開かれた彼女の追悼イベントで、彼は『プーチンが殺害を指示した』と語った。『やっぱりそうだったんだ。殺害リストがあったんだ』という気持ちだったと思います。私もサーシャもそのリストに名が載っていたんですが、彼はアンナについて話していましたね」

翌十一月二日、ザカエフは多忙で朝から外出していた。夜遅く帰宅すると、妻からこう聞かされた。

「サーシャが前夜から体調を崩し、嘔吐を繰り返している。毒を盛られたのではないか」

ザカエフが翌三日、台所にいると、窓から救急車が来るのが見えた。リトビネンコが乗り込むところだった。すぐに外に出て声をかけると、彼は苦しそうに、こう言った。

「毒を盛られた」

ザカエフは「警戒していたはずなのに」と思った。

リトビネンコはかつて、こんなことを口にしていた。

「FSBを相手にする場合、生きるか死ぬかを選ばねばならない。彼らが命を奪うとき、いろんな手口がある。例えば、私が名前を忘れてしまったような古い友人を接近させて、時間をかけて油断させる。そして、最後に毒を飲ませるんだ」

リトビネンコはわかっていたはずではなかったのか。

「ルゴボイはかつてKGBに勤務しており、サーシャとは知り合いです。その男の接近を許し、お茶まで飲んだ。サーシャが警告していた、まさにその方法です。なぜあの瞬間、お茶に口をつけたのか。今も不思議でならないんです」

ザカエフは四日からは毎日、病棟を訪ね、日中のほとんどをベッド脇で過ごした。親友のリトビネンコからこう伝えられた。

「イスラムに改宗したい」

「何を信じるかは、個人的な問題だ。どの神に祈るかはさほど重要ではない」

このときは別の話題に移ったが、数日後にはまた、同じ希望を聞かされた。

「どうしたらイスラム教徒になれるんだい?」

「イマームの前でシャハーダ（信仰告白）すればいいんだ」

「シャハーダを教えてくれないかい?」

「アッラーのほかに神はなし。ムハンマドはアッラーの使徒である」

ザカエフがこのアラビア語を教えると、リトビネンコは繰り返し唱えた。

症状が出て二十一日目、意識が薄くなる中、リトビネンコは「イスラム教徒になる。イマームを呼んでほしい」と言った。ザカエフはマリーナに許可をもらった。イマームはベッド横でコーランを読みあげ、リトビネンコは信仰を告白した。

「そして、マリーナの前で言ったんです。万が一の場合、イスラムの伝統に則《のっと》って埋葬し、チェチェンにある、私（ザカエフ）の家の墓地に埋葬してほしいと」

死を覚悟していたのだろうか。その点を問うと、ザカエフはうなずいた。

「軍人はいつも死の準備をしています。彼もそうだった。マリーナに『この先、自分はどうなるんだろう』と言ったこともあります。ただ、生きようと努力をしていました。ポロニウムとは知りませんでしたが、プーチンに何らかの毒を盛られたと確信していました。その犯罪を暴くためにも死ぬわけにはいかないと思っていた。私はそう信じます」

改宗については、ザカエフとゴールドファーブの間に見解の相違があった。それが露呈するのは埋葬のときだった。

「アレックス（ゴールドファーブ）は改宗に反対し、イスラムに従って埋葬するのを嫌っていました」

ゴールドファーブにイマームが追い返されそうになり、ザカエフは「それならまず、私を追い出してくれ」と言い返した。

「葬儀はアレックスが仕切っていました。しかし、サーシャは私の前でイスラム教徒になり、イスラムに従い埋葬してくれと言ったんです。どう埋葬するかを決めるのはマリーナだと思いました。私にもアレックスにも決められない。決める権利は彼女にあると思いました」

私は「彼女は無宗教・無宗派の埋葬を望んだのではないのですか」と確認した。

「サーシャは彼女の前ではっきりと言ったんです。死んだら、遺体はチェチェンにある私の家の墓に持っていってほしいと。当時の状況では移送はできません。だから、ロンドンでイスラムに従い埋葬すべきだった。マリーナは『やるべきことをやってください』と言ったのです」

ザカエフはイスラムの伝統に則った埋葬が許可されたと考えている。

それでも心残りがあった。イスラムでは、最期の別れの際、棺を開けて遺体の上で祈りをささげる。リトビネンコの場合、それができなかった。

「体内に放射性物質が残っているため、棺の開封が六年半、禁じられました。そのため彼が求めていたイスラムによる埋葬が完遂できなかった。ポロニウムは死後も彼に取りついていた。可哀《かわい》そうです」

マリーナは葬儀の際、涙を見せなかった。

「それまで二、三週間、泣き続けていたんです。泣きはらした目を見られたくなかったのか、葬儀では黒いサングラスをかけていました。最後まで取り乱さず、人前で涙も見せませんでした。強い女性です」

私が「ロシアの女性は強いんですね」と言うと、ザカエフは十九世紀のロシア詩人の言葉を紹介し、「マリーナはロシア女性の典型です」と返した。

詩人ニコライ・ネクラーソフは理想のロシア女性をこう表現した。

〈疾駆する馬を止め、燃えさかる家に飛び込むだろう〉

家庭のしきたりを頑強に守る女性をたたえたり、伝統的な義務を怠った女性を叱責したりするとき、ロシア人はこの言葉を口にする。二十世紀の二度の大戦でロシアは多大な犠牲を払い、多くの男性が命を奪われた。そのため働く女性は珍しくなかった。共産主義革命は男女同権をうたった。女性を労働者階級に組み込み、男女が同様に働き、同じ賃金を受け取る制度を作ろうとした。現実はそう簡単ではなかったが、少なくともその理想は掲げた。

「アンナやマリーナは典型的なロシア女性だと思います。走る馬を止め、燃えさかる家に飛び込んだのです」

死の淵にあるこの世界を生き返らせるための闘い

「普通の主婦」だったマリーナがなぜ、そこまで闘争心を持ち続けられるのか。その点を問うと、ザカエフは十秒ほど黙った。随分長い黙考の後、こう言った。

「サーシャへの愛の深さだと思います。ロシアを離れるとき、彼女は自分たちがどこに向かうのか、知らなかった。家族や友人を捨て、サーシャと行動するために国を出た。サーシャは彼女のすべてでした」

〈二人の人間にとって／あなたこそ世界だ〉

マリーナが墓石に彫る言葉に、これを選んだ理由がわかった気がした。ザカエフによると、リトビネンコは一九九九年に逮捕された際、マリーナにこう語ったという。

「FSBは間違っている。ロシアを大切に思っているからこそ、その間違いを世界に知らしめたい」

夫がやり残した「宿題」をマリーナはやっている。ロシア政府は「ポロニウムを持っていたのはリトビネンコで、自殺だった」といった情報を流した。

「あれがマリーナの闘争心に火をつけました。どんなぬれ衣を着せられようと、サーシャには言い返す術《すべ》がありません。愛した夫が犯罪者に仕立てあげられるのを見ていられなかった。夫は自殺ではなく、何者かに殺された。マリーナはそれを知っている。犯罪者にされるのを認めるわけにはいかない。だから疾駆する馬を止め、燃えさかる家に飛び込んだのです」

二〇一三年十月の高等法院の審理の際、マリーナは涙を流した。真実を明らかにしようとする彼女の闘いの前に、立ちはだかったのは、信じていた英国だった。

「自国民が殺害されているのに、どうして内務省や外務省はマリーナを止めようとするのでしょう」と聞くと、ザカエフはやや話しづらそうだった。

「私は今、英国政府に守ってもらっている身です」

ロシア政府は再三、ザカエフの身柄引き渡しを求めている。それを拒否しているのは英国だ。もしも、引き渡されれば、心身が危険にさらされるのは間違いなかった。

一方、リトビネンコ事件をめぐる英国政府の対応には納得していなかった。

「英国はロシア政府の関与を知っているんです。真実を公開すれば外交問題になってしまう。それを避けたいのです」

うわっ滑り気味の質問になると知りながら、私はこう聞いた。

「英国は民主主義国家です。真実を隠蔽し続けられないはずです」

するとザカエフは「まさか、そんなことを本心から信じていないでしょうね」と言わんばかりの笑みを浮かべ、予想していなかった事件を持ち出した。

「では、この件はどうでしょう。ポーランド大統領の死です。ポーランドも米国も大統領の死の背後に誰がいるのかを知っています。なのに彼らはそれを公言しません。なぜなのか。公表すれば、ポーランドはロシアと戦争をしなければならないからです。もし公表したうえで、何もできなければ、彼らは劣等感を持ち続けなければなりません。ロシアは核保有国です。ポーランド大統領の命のために、世界を戦争に巻き込むわけにはいかない。だから真実に目をつぶるのです」

ザカエフが口にした「ポーランド大統領」とはレフ・カチンスキのことだった。

二〇一〇年四月十日、ポーランドの政府専用機が墜落し、九十六人が死亡した。その中に、カチンスキのほか参謀総長、国立銀行頭取、国会議員、宗教関係者がいた。ポーランドにとって歴史的大事故だった。亡くなった人々は、「カティンの森」での追悼式典に出席する予定だった。この森には、ソ連軍による大虐殺で犠牲となった多くのポーランド兵らが眠っている。

第二次世界大戦勃発の翌年、スモレンスク近郊の「カティンの森」周辺でポーランドの軍将校や警察官、聖職者を含む約二万人が虐殺された。ソ連政府は当初、ナチス・ドイツ軍による大量虐殺と主張していた。一九九〇年に大統領のゴルバチョフが、ソ連内務人民委員部が関わっていたことを認めた。二〇一〇年四月七日、ロシア首相のプーチンはポーランド首相トゥスクと一緒に慰霊碑前で跪《ひざまず》いた。大統領のカチンスキが乗るポーランド機が墜落したのはその三日後である。大虐殺から七十年の追悼式典に参加するため、ワルシャワから現地に向かっているときだった。

墜落を受け、ロシアとポーランドは共同で調査に乗り出し、乗組員が気象条件に合わせて運航できなかったと結論づけた。ロシアの関与を示す証拠はない。それにもかかわらず、ロシア関与説は消えていない。ポーランドには今も、それを信じて疑わない政治家もいる。

ウクライナ大統領のゼレンスキーや元大統領のユーシェンコ、そしてジョージア元大統領のサーカシビリも「ロシアによる犯罪」と主張している。

悪事が起きれば、すべてロシアがやったと考える被抑圧者特有の被害者意識なのだろうか。しかし、そうした考えを浅慮と切り捨てるのも難しい。真実に目を向けず、政策の透明性を確保せず、自己に都合の良い主張を繰り返してきたソ連・ロシアが陰謀論を生んでいる面もある。

ポーランド同様、英国も本音では、ロシアの責任を追及したくない。だからマリーナの要求に応じない。ザカエフはそう考えていた。

「サーシャが殺害された背後にロシアがいることを公に認めれば、英国はロシアを糾弾し、大使を召喚し、制裁を科さなければならない。英国にはその用意がないんです」

「あなた自身は英国政府の姿勢をどう思いますか」

こう聞くと、やはりザカエフは慎重だった。

「政治亡命している私が評価するのは適切ではありません」

うつむきながら、ゆっくりと話す。その様子から英国政府を刺激したくないとの気遣いが伝わってきた。しかし、ザカエフは警告した。ロシアのやり方を認めている限り、侵略は続くと。

「英国に限らず、今の政治家はあまりにも現実に引きずられ、理想を語らなくなりました。（英元首相の）サッチャーや（米元大統領の）レーガンは理想を掲げていました。自由や民主主義を守るという強い意思を持っていました。ロシアがジョージアで二つの地域（南オセチアとアブハジア）を占領したとき、世界は何をしましたか。ウクライナ領クリミアを併合したとき、何をしましたか。攻撃を受けているのはジョージアやクリミアだけではない。国際規範が狙われている。今、世界がロシアに強い態度で臨まなければ、いずれバルト諸国やポーランドが侵略される。日本が四つの島（北方領土）を取り返すなんてできませんよ」

私はリトビネンコが口にした中で、強く印象に残っている言葉について聞いた。するとザカエフは一つや二つを選ぶのは難しいと言った。

「私たちは毎日のように会っていた。しかも、サーシャはとても話の好きな人間です。彼の言葉を集めれば、百科事典ができてしまう」

「では、病床での言葉に限るとどうでしょう」

「一つだけ挙げましょう」

転院して二日目にリトビネンコが語った言葉を紹介した。脇にはマリーナも立っていたという。

「サーシャは力のない腕を動かし、ベッドの端に線を描くような仕草をしながら、こう言ったんです。『生死の境は今、ここまで迫っているよ』と」

リトビネンコは死が近づきつつあるのを自覚していた。ただ、ザカエフはこの言葉を聞いたとき、死の淵《ふち》にいるのは、ベッドの上にいる親友だけではないと感じた。

「私も最前線にいるような気がしたんです。いや、チェチェン人だけでなく、プーチン体制を批判する社会が危機に立たされている。そう思ったんです。あの体制が続く限り、私たちは最前線にいるんです」

そして、ザカエフは私を刺すように見た。

「そして、あなたもそうなんです。国際法や人権など文明的な規範自体が生きるか死ぬかの挑戦を受けている。プーチンがクリミアでやっていることを見てください。文明は脆弱《ぜいじゃく》です。この政権がある限り、最前線は私たちの目の前に引かれている。文明的な規範を守れるかどうか。それは私たちが十分に強いかどうかにかかっている。マリーナがやっているのは、死の淵にあるこの世界を生き返らせるための闘いなのです」

インタビューが終わり、ザカエフをビルの外まで送った。オフィスに戻るとコーヒーは元のまま残っていた。ザカエフは一切口をつけなかった。

第6章

支援者たち2
ウラジミール・ブコウスキー（元政治犯）

写真／毎日新聞社

赤の広場で抗議する人

マリーナから私の携帯に電話があったのは、二〇一四年五月だった。

「面白いドキュメンタリー映画ができたんです。試写会があるので、一緒に行きませんか」

二〇一一年のロシア国会選挙をめぐって始まった市民による民主化要求デモを追った映画だという。

「先日話した、ブコウスキーさんも来ます」

ウラジミール・ブコウスキーはロシア生まれの人権活動家である。私も以前から名前だけは知っていた。徹底した共産主義批判で知られ、英国のケンブリッジで暮らしている。リトビネンコの症状から、いち早く放射線被曝の可能性を指摘し、マリーナを精神的に支え続けた。

彼女が私のインタビューを受けながら、若いころのブコウスキーの写真を携帯電話で見せたことがある。一九六〇年代にモスクワで反政府デモをしている姿を撮った写真だった。

「ソ連時代です。みんなはKGBによる監視に神経をすり減らしていました。政府に抗議するなんて考えられない時代です。しかし、こんな人もいたんです。『赤の広場』で抗議するような、並外れて勇敢な人です」

「赤の広場で抗議する人」。マリーナはソ連時代について語りながら時折、この表現を使った。

「ブコウスキーのような」を意味していたのだ。リトビネンコ夫妻を支援していたとは初耳だった。

携帯の写真をのぞきながらたずねた。

「ソ連との外交で、サッチャーにアドバイスした人ですよね」

「そうです。ソ連で逮捕され、収容されているとき、チリの共産党幹部との交換でスイスに送られました。その後、ケンブリッジで学び、そのまま居ついたんです。ソ連に関する政策で、サッチャーは彼を頼りました」

収容者の「交換」があったのは一九七六年十二月である。ソ連がブコウスキーを国外追放する代わりに、社会主義政権を倒し、米国を後ろ盾とするチリのピノチェト政権が共産党書記長のルイス・コルバラン・レペを釈放した。ブコウスキーはチリで最も有名な政治犯との交換でソ連を離れた。

「サッチャーだけでなく、クイーン・マザー（エリザベス女王の母）やチャーチルの孫とも仲良くしていました。レーガンにも会っています」

と話すと、マリーナはかすかに笑みを浮かべた。

「会ってもらえばわかります。とても変わった人ですから」

ドキュメンタリー映画の試写会は六月初めの夕刻、大英博物館に近いプーシキン・ハウスで開かれた。ここは一九五四年、ロシア文化を紹介するためにオープンした独立系の施設だ。こぢんまりした会場に入ると、マリーナに手招きされた。隣に座ると、しばらくして映画が上映された。

その後、ロシアの民主化をテーマにシンポジウムが開かれ、ブコウスキーは出席者の一人として発言した。ロシア生まれとは思えないほど、完璧な英語だった。

「ロシアは一九九三年には民主化に向けた変化があった。おかしくなったのは九四年からだ。最大のチャンスをつかみ損ねた。民主化に抵抗したのはKGBの考えに染まった連中だ。(当時の大統領)エリツィンは本気で民主化を進めようとした。だができなかった。彼はKGBを嫌う一方で怖がっていた。結局、監視社会の復活を許してしまった」

「プーチン政権はKGB政権である。ソ連崩壊時の復讐《ふくしゆう》をKGBがやっている。私はうんざりし、この十五年帰国していない」

ときに大きな身振りを交えて力説した。

ほかの出席者の発言中、ブコウスキーはダンヒルの箱からたばこを取り出してくわえた。火はつけない。英国の屋内は完全禁煙である。貧乏ゆすりをしながら、たばこを口にする姿から、かなりのニコチン依存症だとわかる。屋内禁煙政策に無言で抵抗しているようだ。

シンポジウムが終わると、映画を鑑賞した者を交えた交流会に移る。私はマリーナに導かれてブコウスキーに近づいた。すると彼は私のあいさつを手で制し、たばこをふかす仕草をして会場を出ていった。その姿を目で追い、マリーナは笑った。

「ヘビースモーカーです」

私は彼を追って会場を出た。ブコウスキーは玄関先で、金属製の柵に身を預けながら吸っていた。

ジャケットをはおり、ジーンズをはいている。ネクタイはしていない。髪は白く、かなり薄い。七十歳を超えているとは思えないほど着こなしは若い。私があいさつをすると、ニコチン依存の男性は言った。

「日本でも屋内では吸えないのかい?」

当時の日本では屋内でも吸えるところが多かった。そう説明すると、「さすが日本だ。バカな政策はとらないんだ」と笑顔を返した。非喫煙者の私にとっては英国の方が暮らしやすいと言うと、「なるほど、そうかい」とうなずくだけで、議論する気はなさそうだ。

喫煙について聞きたいわけではない。話題を変えようとすると、ブコウスキーは指にはさんだたばこを見ながら言った。

「これは頭を研ぎ澄ますためなんだ」

「ニコチンが、ですか」

「これをやっていると、腹が減らない。食事をとると頭の動きが鈍る。空腹こそが精神を研ぎ澄ます」

持論なのだろう。その割には、体型はふっくらとしている。短くなったたばこを吸い込み、ゆっくりと煙を吐くと、「さあ、中に入ろう」と誘った。後をついて会場に戻ると、マリーナが笑顔を送ってきた。「変な人でしょう」と言っているような笑顔だ。

リトビネンコ殺害について関心を持っていると説明すると、ブコウスキーは最後まで聞き終わらぬうちにこう切り出した。

「あれはKGBのやり口だ。彼らは裏切り者を許さない」

「FSB」を「KGB」と呼ぶのは癖なのだろうか。そして、シンポジウムでの話の続きを語った。

「私はエリツィンの参謀から民主化に協力するよう頼まれた。一九九二年から九三年にかけてだ。ロシアのあちこちを回って、エリツィンを応援する演説をやり、テレビにも出た。KGBの復活を目指す政治家や御用学者を排除したかったからね」

当時、エリツィンは新憲法の制定を目指していた。大統領の権限強化が目的で、国民投票を経て制定される予定だった。国会の中には、急進的な改革に反対する勢力があり、九二年からは大統領との対立が先鋭化していた。

事態を打開しようとエリツィンは九三年九月、国会の機能を停止して選挙の実施を決める。新しい国会の下、改革を進めようとしたのだ。

これに対し反大統領派は最高会議ビルに立てこもって抵抗したため、エリツィンは軍を投入して、武力で事態を収拾する。そうした中、ブコウスキーはエリツィンを支援していた。結局、国民投票では有権者の五四・八％が投票し、投票者の五八・四％の賛成を得て、新憲法が採択された。一方、同時に実施された国会選挙では、共産党などの保守勢力や極右の民族主義政党が票を伸ばした。エリツィンは国民投票に勝利したものの、国会選挙で敗れた形になった。

「彼は共産党の復活を許してしまった。国会を変えられなかった。以来、古いシステムの復元が続いている。ＫＧＢの暗躍を許すソ連型政治が戻ってきた。サーシャはその犠牲者だ」

一九九四年にロシアはチェチェンに侵攻した。リトビネンコはそのころから、自分が所属していた組織に疑問を感じ始めている。ブコウスキーが言う「ソ連型政治」の復活がその背景にあるのかもしれない。

「プーチンの政策はソ連時代と似ているのですか」

「似ている部分とそうでない部分がある。完全に元の制度に戻すことは不可能だ。ソ連は閉鎖的な社会で、外からの情報をある程度、遮断できた。一方、今はインターネットや携帯電話がある。情報は完全にはシャットアウトできない。ソ連型システムに戻すには限界があるが、プーチンはそれに挑んでいる」

KGBははじめからテロ組織だった

ブコウスキーには知人が多い。話している間も、次々と声がかかり、その都度、インタビューが中断する。しかも、話が長いため、思うように質問できない。静かな環境で改めてインタビューをしたかった。そう提案すると、彼は「私もその方がいい」と言いながら、ポケットからたばこを取り出した。ニコチンが切れかけていた。

「ケンブリッジまで来てくれないか。自宅なら吸いながら話せる」

ブコウスキーはそう言いながら、たばこを吸いに外に出た。私はマリーナに、面白そうな人を紹介してもらった礼を伝え、改めて自宅を訪ねることになったと説明した。マリーナは「それはよかったですね」と言って、「ふふふ」と笑った。近くにいた息子のアナトリーがこう言った。

「彼の家に行くんですか。きっと驚きますよ」

理由を聞いても、「行けばわかります」と言って、くすくすと笑うだけだ。

私が会場を出る際、ブコウスキーは「じゃあ、またな」とでも言うように、たばこを持った手を挙げた。


ブコウスキーは一九四二年十二月三十日、南ウラル地方のバシキール自治共和国（現バシコルトスタン共和国）で生まれた。ヒトラー率いるナチス・ドイツ軍が不可侵条約を破棄してソ連に侵攻し、スターリングラード（現ボルゴグラード）では激しい攻防戦が続いていた。ロシア人の両親は避難先でブコウスキーをもうけた。

父は共産主義を信奉する著名ジャーナリストだった。第二次世界大戦が終わると、家族はモスクワに戻り、狭い共同アパートで暮らした。ブコウスキーは祖母からプーシキンやネクラーソフ、グリム兄弟などの物語を読んでもらった。

「体制」に疑問を感じたのは十歳のときだった。一九五三年三月、スターリンが死去した。ブコウスキーはホテル屋上から見た光景を覚えている。遺体を見ようと群衆が押し寄せていた。

「スターリンは神だ」。学校ではこう教えられている。神は不滅であるはずなのに死んでいる。

彼は思った。「権威は信じるに値しない」と。

国内で共産主義をめぐる対立が先鋭化した時期に青年期を送った。

第一書記のフルシチョフは一九五六年二月、スターリンが数百万人を殺害したと批判する。約九カ月後、ソ連軍がハンガリーに侵攻して、民主化を求めるデモを弾圧した。ブコウスキーは踏みつけられる市民に同情した。生物学を学ぶために一九六〇年九月、モスクワの大学に入ったが、コムソモールを批判したため十九歳で退学となった。

初めて逮捕されたのは一九六三年六月だった。反ソ文学として発禁になっていたミロバン・ジラス著『新しい階級』をコピーしようと所持していて反ソ扇動容疑に問われた。ジラスはユーゴスラビアで共産主義体制を批判していた。

ブコウスキーは収容先で医師から精神疾患（統合失調症）を発症していると診断され、「社会との葛藤は被害妄想からきている」と告げられた。治療のために特別精神科病院に送られ、十五カ月間入院した。その間、ディケンズの作品を英語で読み、ソ連の法律を研究する。

釈放された後も懲りなかった。学者や作家など反体制派の逮捕に抗議するデモに参加し、繰り返し逮捕される。そのたびに強制収容所や精神科病院に送られた。一九七二年には反ソ連扇動などの罪で十二年の実刑判決を受けた。彼は収容施設で約二十回、ハンガーストライキをした。鼻から強制的に栄養を与えられると、苦痛を伴う残虐な刑を科せられたとして告訴している。

刑務所と強制労働収容所、そして精神科病院で過ごした期間は計十二年間になった。頑固な活動家だった。徹底してKGBを憎み、この秘密情報機関から不倶戴天《ふぐたいてん》の敵と見られた。命があるのが不思議である。

自伝では、クレムリン（ソ連共産党の通称）と闘う自分をシベリアのクマになぞらえた。獲物を求めて森を進むと、そこには重い大木の塊がある。クマはそれを払いのけるが、しばしば側頭部を木に打ちつける。激怒して木に立ち向かうが、さらに痛い目に遭わされる。最後に木から落ち、意識を失う。「私と権力者との関係はこんなもんだ」と書いている。

確かに、自由を求めるたびに拘束され精神治療を受けさせられた。どれだけ闘ってもKGBに支えられた体制は揺るがなかった。ただ、クマも無力ではない。ブコウスキーは米メディアと協力し、政治犯が精神科病院で薬物治療を受けさせられていると世界に発信した。

政府は一九六〇年代から七〇年代にかけ、反体制思想を精神疾患と考え、その「治療」に精神科施設を利用した。反政府運動の抑止と懲罰を目的としていた。

フルシチョフははっきり、「反政府意識を持つことは精神疾患である」と主張した。この誤った思想の下、精神科での治療という秘密計画を立案したのはユーリ・アンドロポフだ。六七年から八二年までKGBの議長を務め、その後、共産党書記長に昇り詰める。

ブコウスキーがこの「治療」実態を暴露すると、欧米各国や世界の人権団体から非難が集中し、ソ連は精神科施設での「治療」を廃止する。

繰り返されるハンストや収容実態の暴露など、施設側も手を焼いた。ほかの収容者まで影響を受け、反抗的態度をとるようになる。しかも、彼はソ連の法律を研究しているため、主張には説得力があった。

「アムネスティ」など国際人権NGOはブコウスキーの釈放を求める運動を展開した。ちょうどそんなとき、米国政府が仲介し政治犯を交換する計画が持ちあがった。ソ連はこの提案に乗り、彼は一九七六年十二月、コルバラン・レペとの交換で自由になった。その後、ケンブリッジで暮らすことになったのは前述した通りだ。

米国がベトナムから撤退し、米ソのデタント（国際政治の緊張緩和）が進んだとはいえ、世界は冷戦下にあった。共産党による独裁体制に逆らって、自由のために闘い続けた彼は、西側の政府や人権活動家にとって英雄だった。ファンが時折、自宅を訪ねてきたという。

一九七七年三月にはホワイトハウスを訪れ、米大統領のジミー・カーターと会談する。自伝を書き、大学で学び直し修士号をとった。サッチャーとレーガンの非公式顧問となり、対ソ外交についてアドバイスした。

自分を受け入れてくれた英国に感謝する一方、欧州統合の動きに反対し、ＥＵをソ連と同じく全体主義であるとして批判した。徹底した自由主義者であり、欧州のリベラル派とは一線を画した。禁煙を含む、不必要と思える法律や自由の制限に断固反対している。

ソ連崩壊後はエリツィンによる改革を支持した。プーチンが政権をとったとき、ブコウスキーは「ＫＧＢ」の復活を確信し、激しく批判する。その流れを止めようと、二〇〇八年の大統領選挙に立候補を表明したものの、最終的に政府から失格とされ、出馬できなかった。二〇〇一年には、共産主義と闘う姿勢を評価され、トルーマン・レーガン自由勲章を受けた。

強権的なプーチン政権を批判する人たちの多くがブコウスキーに接触した。二〇〇二年にはロシアの元副首相で右派勢力連合のリーダーでもあったボリス・ネムツォフがやってきた。ジャーナリストのアンナ・ポリトコフスカヤも何度か訪ねている。リトビネンコもそうしたロシア人の一人だった。三人はいずれも暗殺される。

調べるほどに、ブコウスキーへの興味は膨らんでいく。

試写会で会ったほぼ一週間後、私はケンブリッジに向かった。

快晴の午後だった。駅からタクシーに乗り、もらっていた住所を告げた。ドライバーは不機嫌そうに返事をすると、車を向かわせた。

古い戸建ての並ぶ住宅街でタクシーを降りた。地番を確認する。目的の家はすぐに見つかった。しかし、人の住んでいる気配がない。表の庭は荒れ果て、背の高い草が所狭しと生えている。

受け取った住所が間違っていたのだろうか。取り壊し間近の廃屋という表現がぴったりだ。表札もかかっていない。

付近を歩いた。ブコウスキーの名を記した表札が出ているかもしれない。

「渡した地番が間違っていたか。それは済まなかったな」

「廃屋に住んでいるのかと思いましたよ」

こんな会話でインタビューが始まるのかなと思いながら、目的の家を探した。

十分ほど歩いても表札は見つからない。元の住所に戻って、建物を見上げながら「ひょっとすると」と思った。アナトリーが口にした「驚きますよ」とはこれのことか。

鉄の門扉を開け、ドアのブザーを押してみたが鳴らなかった。そのとき、家の中でネコの鳴き声がした。独身のブコウスキーはネコと暮らしていると聞いていた。携帯から電話すると、この家で呼び出し音が鳴った。そして、電話口から大きな声が返ってきた。

「今、どこだ?」

「家の前です」

「何で入ってこないんだ。開いているだろう」

ドアには鍵がかかっていなかった。

「おー、入ってくれ」

足を踏み入れる。物が乱雑に置かれている。やにのにおいが充満し、たばこを吸わない身には厳しい。外は青空が広がっているのに、なぜかカーテンを閉め、外光をシャットアウトしている。ブコウスキーは紺色に白いラインの入ったジャージ姿で現れた。衣類はよれよれだ。あごには無精ひげが伸びている。さっきまで寝ていたのだろう。

「どうして、家の前から電話するんだ？」

「ブザーを押したんですが、鳴らなかったので」

「壊れているんだ。でも、住所を渡していただろう。そのまま入ってきたらいいじゃないか」

「本当にこの家なのかと疑問に思いました。間違った家に入るわけにはいかないので」

「私以外に、こんな家に住める人間がいるならお目にかかりたいよ」

この日、初めて笑みを浮かべた。言葉はきつくても、根の優しさが伝わってくる。

インタビューは裏庭でしようと提案された。実際、これほど荒れた室内ではゆっくり話すのも難しい。裏庭に回った。何年も手を入れていないのだろう。草が自由奔放に生えている。かなり大きな木もある。ガーデニングが盛んな英国にしては珍しいほどの荒れ具合だ。

庭の隅にプラスチック製のテーブルがあり、上に薬剤が撒《ま》かれている。漂白のためだろうか。ブコウスキーはペーパータオルを何枚も両手でつかむと、無造作に薬剤をふきとった。

「あなたが来るので、汚れをとっておこうと昨日、薬を撒いておいた」

インタビューの準備をしてくれていたようだ。

「何か飲むかい？」

「では、お茶を」

「日本茶はないよ」

そう言いながら中に引っ込むと、紅茶を持ってきてくれた。このカップもきっと洗っていないのだろう。椅子に腰かけたブコウスキーはさっそくダンヒルの箱から一本抜き、火をつけながら大きく吸い込んだ。私は取材ノートを開いた。

「マリーナさんと最初に会ったのはいつですか」

「彼らは二〇〇〇年に英国にやってきた。そのすぐ後だったと思う。サーシャが電話をかけてきた。おそらくアレックス（ゴールドファーブ）から私の電話番号を聞いたんだと思う」

リトビネンコは会って話をしたいと言い、すぐに一人でやってきた。二回目からマリーナとアナトリーも一緒に来るようになった。リトビネンコは当初、自分がロシアを捨てて、外国に逃げた事実に良心の呵責《かしやく》を覚えていたという。

「彼は組織を裏切らないと宣誓してKGBで働いていた。それを破ったことに苦しめられていたんだ。反逆罪に問われても仕方ないとまで考えていた。精神的に幼かったんだ」

ブコウスキーはここでも「FSB」ではなく「KGB」と言った。

「苦しむなんてバカだ。反逆罪にはあたらないと説明してやったよ」

「具体的には、どんな話をしたのですか」

「国外逃亡したとき、サーシャは政治犯だった。だから、『お前は、KGB職員ではなく、私と同じ政治犯だった。ロシアでの肩書きは政治犯。逃走は恥ずかしくない。むしろ誇るべきだ』と言ってやったんだ」

「サーシャの反応は？」

「それはいい肩書きだと言ったよ。私はロシアの囚人服を持っていた。誰かが持ってきたので、そのまま捨てずにおいていた。彼はそれを着て、はしゃいでね。私と一緒に写真も撮ったよ」

組織に感じていた後ろめたさを捨て去り、ブコウスキーを「政治犯仲間」と考えるようになる。付き合いを深めるに従い、ブコウスキーは確信する。リトビネンコは秘密情報機関には向かない性格だと。

「とにかくよくしゃべる。こっちが戸惑うほどだ。KGBの人間をよく知っているが、あそこの人間は普通、しゃべらない。なのに彼はしゃべり続ける。それが不思議だった。結局、典型的なKGBの人間ではなかった。彼は組織犯罪の取り締まりを担当していた。警察の仕事だ。マインドはスパイというより警察官なんだ」

洗練されたところは感じさせなかったらしい。

「スポーツマンで、興味は肉体の鍛錬にあった。周りを見ずに、スポーツに打ち込んできた。田舎育ちというのかな。酒もたばこもやらず、狭い世界に生きていたんだ」

「田舎育ち」が飲酒や喫煙、「狭い世界」とどうつながるのか。話がそれるので追及しなかった。ブコウスキーは聞いてきた。

「デュマのダルタニヤンを知っているかい?」

ケンブリッジやオックスフォードで知識層を取材すると、試されているように感じることがある。歴史や哲学、芸術を話題にし、その反応を見ながら、どんな話をすべき相手かと考えている。聞かれた方は、値踏みされているような気にもなる。

「『三銃士』の主人公ですね」

「サーシャはダルタニヤンに似た性格のように思えたよ」

デュマは十九世紀のフランスを代表する作家である。『三銃士』『二十年後』『ブラジュロンヌ子爵』からなる〈ダルタニヤン物語〉を書いた。ダルタニヤンは素朴で快活、人なつっこく、鼻っ柱の強さは人一倍。笑われでもしたらけんかをふっかける。そんな性格だった。

「腐敗を見逃せない。正義漢でロマンチスト。ダルタニヤンのように悪と闘うのはいいんだが、思い込みが強いから、最後はプーチンとの闘いにまで真っすぐ突進してしまった」

ブコウスキーは「KGB」の闇を告発し続けていた。リトビネンコはその組織に所属していながら、告発内容を知らなかった。

「KGBが過去に何をしたか。それについてサーシャは知識がなかった。祖国の政府について無知だった。KGBの秘密文書を見せたら混乱していたよ」

ブコウスキーはかつて、ソ連政府が残した約七千件の秘密文書を暴露した。きっかけはある訴訟だった。ソ連崩壊の翌一九九二年、共産党員が大統領エリツィンを憲法裁判所に訴えた。党の財産を不法に奪ったと主張していた。エリツィン側はソ連共産党中央委員会自体が憲法違反だったと反論する。そのとき、被告側証人になったのが、ソ連の法体系やKGBの体質を知るブコウスキーだった。

準備のため彼は、党中央委員会の秘密文書へのアクセスが許された。公文書に目を通し、必要文書を特定し閲覧を要求する。ほぼすべての文書の閲覧が認められた。持ち込んだ小型スキャナーとパソコンで文書を片っ端から複写した。この作業をしているうちに、いかに貴重な文書を扱っているかがわかってきた。レーニンたちが作った秘密情報機関時代の文書も含まれていた。共産主義に敵対する者たちをどうやって粛清したか、どんな破壊活動を実行したか。それを証明する内容だった。その後、文書を整理し、一九九九年にネット上に公開した。

「サーシャは数日かけてそれを読み、電話をかけてきた。朝の四時だった。非常識だろ。それほど興奮していたんだ」

電話でリトビネンコはこう叫んだ。

「聞いてくれ。KGBはテロ攻撃していた。はじめっからテロ組織だった」

ブコウスキーはあきれたように返した。

「そんなことも知らずにKGBで働いていたのか。殺害されたのは三千万人にもなるんだぞ」

私は不思議に思った。ソ連時代のKGBによる監視や粛清、破壊、暴力の実態は市民に認識されているのではないか。ソ連が崩壊した際、その反省の意味からも、情報が公開されたのではなかったか。リトビネンコはなぜ、衝撃を受けたのだろうか。その点を聞くと、ブコウスキーは「ロシア特有の事情がある」と述べた。

「インターネット上にもいくつか載せた。しかし、その後、ロシアではその文書が読めなくなっていた。私が証言に立った後、文書を三十年間、非公開とする法律ができた。そのためロシアに暮らす市民で文書を読んでいない人は少なくない。サーシャもその一人だった。国外の者が当然と思うことも、ロシア人にとってはそうではない。内と外で認識が違うんだ」

何度も殺されそうになっていたリトビネンコ

話題をリトビネンコ暗殺に移した。

「体調悪化を知ったとき、どう感じましたか」

「ロシア国外で暗殺があると予想していた。ただ、彼がやられるとは思わなかった。狙われているのはアハメド（ザカエフ）だと思っていた」

「なぜ、暗殺を予想していたのですか」

「あの夏、ドゥーマ（ロシア国会）が法律を改正した。欧米ではほとんど関心を呼ばなかったから、あなたも知らないだろう。これは私たち外国に暮らすロシア人にとっては重要な法律で、それを知り暗殺を確信した。すぐに（亡命仲間の）オレグ（ゴルジエフスキー）に電話をして、暗殺実行宣言に等しいと説明した。だから二人の連名で英紙タイムズに寄稿したんだ。読んでないかい？」

私は「読んでいません」と言って、取材準備不足をわびた。ブコウスキーは面倒くさそうなそぶりも見せずに説明してくれた。ロシア国会が二〇〇六年七月に改正したのは、大統領が国外でも特殊作戦を指示できるようにする法律だった。

「平たく言えば、プーチンが敵を排除したいと思ったら、国外でも殺害できる。そんな環境ができたということだ。どこまでも追いかけていくぞと宣言しているんだ。とんでもない法律だろう。なのに欧米の記者も政治家も、ほとんど反応しなかった。ロシアは確実に危険な方向に向かっていた。それに気づいた人間はごく少数だった」

ちょうどそのころ、ロシアの古都サンクトペテルブルクではG8サミットの開催準備が進んでいた。日本や欧米はロシアが自由主義陣営に加わったと思い込んでいた。

ブコウスキーが連絡したゴルジエフスキーは元KGB大佐で、かつて英国のために働いた二重スパイである。ロシアと英国の間で長年続く、スパイ合戦の歴史の中でも特筆すべき人物だ。元政治犯のブコウスキーと元KGB幹部のゴルジエフスキーは、逃れた英国で交流を続け、ロシア政府を批判してきた。

連名での寄稿は二〇〇六年七月十一日、「殺人許可証」のタイトルで掲載された。こんな内容だった。

〈今、世界の先進民主主義七カ国の指導者たちは、ロシア・サンクトペテルブルクで開かれるG8サミットに向け、スーツケースのパッキングをしているだろう。そんな折、議長を務める元KGBのウラジーミル・プーチンが急いで二つの法律を国会で成立させた。

一つは、過激派を排除するため、プーチンに外国でも秘密治安組織を使うことを許可するものだ（もちろんこの英国の地も対象に含まれる）。

もう一つは、掃討の対象としていた「過激」の定義を「犯罪」にも広げる法律だ。これによってプーチンは、体制に批判的な人間を毒の付着した傘で突き刺せるようになった。

言わずもがなではあるが、これは危険な動きである。西側指導者はG8サミットの開催をキャンセルするか、少なくともプーチンに、強く抗議しなければならない〉（一部抜粋）

ソ連・ロシアが国外で政治犯を暗殺するのはさほど珍しくない。古くはソ連時代の一九七八年、ブルガリアの反体制派ゲオルギ・マルコフがロンドンで、毒のついた傘の先端で刺され、死亡している。二〇〇四年二月にはカタールのドーハでチェチェン独立派の指導者、ゼリムハン・ヤンダルビエフが爆殺され、ロシア秘密情報機関員二人が有罪判決を受けた。

KGBのやり方を知るブコウスキーとゴルジエフスキーは、改正新法が何を意味するか理解していた。国外での暗殺の合法化だった。他国の主権と人権の侵害を公に認めたのだ。

七月十五日から三日間の日程でG8サミットが予定されていた。

「英国を含めサミットに出席する指導者たちは、私たちの警告に何の関心も払わなかった。それがどんな結果を生んだか。歴史が証明している」

モスクワでジャーナリストのアンナ・ポリトコフスカヤが暗殺されたのは二〇〇六年十月七日。二人の寄稿から三カ月後だった。

「彼女が殺害されたと聞き、プーチンが法律まで変えてやろうとしたのはこれだったのかと思った。でも、あれは国内だった。法律を変える必要はなかった。だから私とオレグは、もう一つの暗殺が起きると確信していた」

「もう一つの暗殺」の対象はリトビネンコだったのだろうか。

「いや、彼だとは思っていなかった。危険を冒して外国で暗殺するほど大物ではないだろう。優先順位の一位はアハメドのはずだ。だから気をつけるよう、本人に伝えた。しかし、私の考え違いだった。サーシャがやられたんだから」

リトビネンコがホテルのバーでお茶を飲んだとき、ブコウスキーは仕事でフランスに滞在していた。

「知人から電話があり、サーシャが寿司を食べて体調を崩したと聞いた。食中毒で入院したという。何か変だと思った。寿司は通常、とても安全な食べ物だろう。違うかい」

ブコウスキーは私が日本人だからか、寿司の安全性を妙に強調した。

「そして、すぐに本人から電話があった。彼は通常一日に二十回ほど、私に電話をかけてくる。

何かを思いつくたびにかけてくる。こっちは疲れるけど、我慢するしかない」

電話口のリトビネンコは苦しそうに、「毒を盛られた。過マンガン酸マグネシウムの溶液を大量に飲んで胃を洗浄したから大丈夫だ。KGBのときに教えられたやり方だ」と言った。

「誰にやられたんだ」と問うと、イタリア人の名を挙げた。ブコウスキーはバカげた推理だと思った。その後、二人でこんなやりとりをした。

「その男に何かを食べさせられたのか」

「いや、彼は何も勧めなかった」

「動機はあるのか」

確認すると、イタリア人犯行説は撤回されたという。

裏庭の椅子に座りながら、ブコウスキーは立て続けにたばこを吸っている。

「彼は熟慮せずに、思いつきで発言し、簡単に撤回する。そういうところがあった。子どものような部分を残していたから」

以降、病棟から何度も電話がかかってきた。リトビネンコはその都度、病状を説明している。入院して十日目ごろだった。「口内炎がひどく、髪の毛が抜け始めた」と話した。ブコウスキーは放射線障害を確信した。

「私はかつて政治犯だったが、今は神経生理学者だ。症状は医学の教科書に放射線障害として載っているのとそっくりだった。免疫力の低下で体に潰瘍ができ、頭髪が抜ける。そのときだ。とんでもないことが起きたと確信したのは」

電話口でこう指摘した。

「どこかで放射線を浴びなかったか」

リトビネンコは即答した。

「それはない」

「症状からは被曝が明らかだ。すぐに医者に確認してもらうべきだ」

それでもリトビネンコは食中毒だと言い張った。

ブコウスキーはマリーナに、「警察に家の中を検査してもらうべきだ」と伝えた。ロシアの秘密情報機関には、調査対象宅に侵入し、衣類や靴にごく微量の放射性ダストを付着させる作戦がある。中毒になるほど被曝線量は多くないが、対象人物の移動ルートを確実に追跡できる。

マリーナとアナトリーには症状が出ていないため、自宅が汚染されたとは考えにくかった。

その後、リトビネンコの体内からタリウムが検出され、警察が捜査に動き出す。しかし、原因物質がポロニウムであるとは誰も想像しなかった。

「後になって気づいた。ポロニウムを含む物質が核反応を起こすと、副産物としてタリウムが出てくる。私はそれに思い至らなかった。ポロニウムはアルファ線なので、通常の機器ではわからないんだ」

ブコウスキーから化学について「講義」されても、私には理解できない。話についてきていないと感じたのだろう。専門的な話をやめた。

「あの量のポロニウムを飲むと、十日以上生存できない。二十三日間も命をつないだのは、奇跡だ。若くて体格が良かった。近代五種競技の選手として体を鍛えていた。酒、たばこをやらず、毎日十キロを走っていた。だからあれほど長く生きられたんだ」

「暗殺しようとした者にとっては想定外だったんでしょうか」

「まさにそう。原因物質が特定されるまでに死んでくれると思っていただろう。食中毒として処理されていたら背景を探れなかった。ポロニウムと特定されなかったら、ロシアの関与を示す証拠が一つ失われていた。二十三日間の奇跡で関与が判明した」

ブコウスキーは「健康は大事だ」と言いたげだった。確かに暗殺に使われた物質がポロニウムであった意味は大きい。ロシア政府の関与がこれではっきりしたと彼は考えていた。

「ロシアでも厳重な管理下に置かれ、ＫＧＢであっても簡単には手に入らない。入手には上層部の許可が不可欠だ。盗まれたり売買されたりしない。ポロニウムの検出はロシア政府の署名と同じ意味を持つ。彼は政府の関与を証明するため、日々体を鍛えていたようなものだ」

当初、物的証拠はなかったが、ブコウスキー自身は事件発生当初から、ロシアの関与を確信していた。

「KGBは裏切り者を許さない。幹部が亡命すると、殺害を決定して実行者を送り込む」

しかし、例外もある。大物二重スパイは殺されていない。そこを聞いた。

「ゴルジエフスキー氏は生きていますよね」

「彼は大逆罪に問われ、死刑判決を受けた。暗殺者が派遣されただろう。ただ、英国のために働いた大物だ。英国政府は絶対に守る必要があった。守れなければ、協力してくれる二重スパイはいなくなってしまうから」

リトビネンコはKGBやFSBに所属していたものの、英国のためにスパイ活動をしたわけではない。ゴルジエフスキーのように「西側」にとって貴重なロシア情報を流したのでもない。冷たい言い方になるが、英国政府とすれば、税金を使って守るほどの重要人物ではなかった。

ブコウスキーによるとリトビネンコが狙われたのは、このときが初めてではなかった。二〇〇〇年の亡命以降、繰り返し命を狙われていた。二〇〇一年の五月、家族三人でケンブリッジまでやってきた。ブコウスキーは一緒に街を歩いた。アナトリーはまだ幼く、家族は仲が良かった。真っ青な空の下、鳥が鳴いていた。すると突然、リトビネンコの携帯電話が鳴った。昔の仲間からだった。

「検察からお前に伝えるよう言われた」

「どういうことだ」

「すぐにロシアに戻れ。今なら罪に問わない。しかし、戻らなければ、強制的に連れ戻すか、（英国で）列車にはねられることになる」

「英国にいるんだ。そんなことできるはずないだろう」

「帰ってこい。奥さんについても心配はいらない。自由を保障する」

「なるほどいい提案だ。でも、私たちは英国にいるから、もう大丈夫だ」

「何を言っているんだ。トロツキーを忘れたのか」

リトビネンコは電話を切るや、会話内容をブコウスキーに話した。マリーナの表情が曇った。

トロツキーはロシア革命（一九一七年）の指導者の一人でレーニンに次ぐ地位にあったが、政治局内の権力闘争に敗れて共産党を除名された。トルコやフランス、ノルウェーなどを転々としメキシコにたどり着く。第二次大戦が始まって一年になる一九四〇年八月二十日、秘書の恋人になりすました男に頭部を殴打され死亡した。

ソ連秘密警察による粛清は徹底しており、トロツキーの長男が一九三八年、パリで亡くなったのも暗殺と見られている。ソ連・ロシアの歴史を知る者にとって、海外への逃亡は必ずしも身の安全を意味しない。

さらに二〇〇二年にも警告を受けていたのを、ブコウスキーは記憶している。

「彼がロシア語の文書を持って相談に来たんだ」

ＫＧＢ時代の仲間からの文書で、「お前たちを処刑するために、実行部隊がロンドンに送られた」という内容だった。

当時からこの街には亡命ロシア人が多かった。ブコウスキーは文書を読み、「相談する相手は私ではないだろう」と言って、警察に行くよう指示した。リトビネンコは「英語ができないので、翻訳してくれ」と頼んできた。翻訳文書を持って警察に駆け込んだ。

英国政府はリトビネンコを狙っていたロシア人を本国に送り返したという。

私はこう確認した。

「英国の警察はサーシャが狙われているのを知っていたんですね」

「ああ、十分認識していた」

「ならばなぜ、サーシャを守れなかったんですか。体調が悪化しても、警察はしばらく動いていません」

「日本の記者だからそんな質問をするんだ。安全な国だからな。確かに、北朝鮮からの脱北者が東京のど真ん中で体調を崩したら、すぐに警察が動き出すかもしれない」

「この国では違うと？」

「この国にどれだけ亡命外国人がいて、彼らがどれだけ暗殺の危険にさらされているか、知っているかい？　おそらくアハメドだけでも三カ月に一度は暗殺に関する情報が警察に届いている。警察はうんざりしている。『ああ、またか』という感じだ。しかも、亡命してくるのはロシア人だけではない。アフリカや中東、アジアの独裁者から命を狙われている者は、なぜかこの国にやってくる。そのすべてを英国人の税金で守るなんてナンセンスだ。だから、確実に保護するのはゴルジエフスキーのような英国のために活動した重要人物だけ。誰を保護対象とするかについては、警察でなく政府が決定している」

「サーシャが暗殺の警告を受けたのは何回くらいですか」

「私が知っているだけで五回にはなる。彼はそのたび警察に届けたが、誰も逮捕されていない。英国政府にとって彼はどこにでもいる亡命者の一人だ。あの事件が起きるまではね」

事件を忘れ、葬り去りたい

ブコウスキーが最後にリトビネンコに会ったのは二〇〇六年十月十九日、ロンドン・フロントラインクラブでのポリトコフスカヤ追悼式だった。リトビネンコがポロニウムを飲まされるのは十三日後である。追悼式にはマリーナとアナトリーも参加していた。家族は英国籍を得たばかりで、リトビネンコは興奮しながら言った。

「市民権を得たんだ。これで私たちは安全になった。そう思わないかい？」

「そうだ。より安全になったのは確かだ」

ロシア秘密情報機関は暗殺対象が英国人の場合、より慎重になる。リトビネンコはそれを認識し、ブコウスキーも同じ考えだった。

「サーシャはうれしそうにほほ笑んでいた。子どものように無邪気な面があるんだ。しかし、私はその後、疑った。ＫＧＢの連中は彼が英国民になったと知っているだろうかと。事件が起きて確信した。やつらはそれを知らなかった。彼が国籍を取得する以前に、暗殺計画は動き出していたんだ」


リトビネンコが最後に電話をしてきたのは集中治療室に移る直前だった。一日に二十回もかかってくる電話がそのころには五回程度に減っていた。リトビネンコは疲れやすく、眠っている時間が多くなっていた。ブコウスキーが最後に聞いたのは、のどから絞り出すような声だった。

そして、ザカエフから死亡の連絡を受けた。

「彼の体力を知っているから、死ぬとは思っていなかった。だからショックでね。あの元気な男でも殺されるのかと。その後、彼が摂取したポロニウムの量を知り、生き残るチャンスはなかったと悟った」

ブコウスキーは大きくため息をつき、頭を何度か振った。

「幼い息子とマリーナを残し、無念だったろう。可哀そうに」

目がうるんでいた。優しい人なのだ。


リトビネンコは「殺害を命じたのはプーチンだ」と主張していた。この点について私は疑問を感じていた。リトビネンコはロシアにとって、それほど重要人物だったのだろうか。大統領が自ら指示するほどの対象だったのか。

「大統領が命じるのは不自然な気がします」

「やっぱり日本の記者だな。ロシア人の性格も政府のやり口もわかっていない。国外での殺害を命じる権限は大統領にだけある。二〇〇六年夏に改正された法律にも明記されている。プーチンがこの暗殺計画を知らされていなかったら法律違反だ。実行者は処罰対象になる」

「妙なところで法治国家なんですね」

「その通り。法律違反は罰せられる。ただし、まともとは思えない法律があるうえ、解釈にも奇妙な点が多いんだ」

ブコウスキーは笑みを浮かべた。


ロシア国内の世論調査では、プーチンへの支持率は高い。欧米や日本の指導者に比べ、はるかに人気がある。国外での暗殺を指示するような指導者がなぜ、支持されるのか。

「ロシア人の本心は世論調査では測れない。スターリンは言うに及ばず、ブレジネフも一〇〇%近い国民に支持されていた。本当かね、と思う。世論調査は『大衆』や『市民社会』が存在する国でしか意味を持たない。ロシアには大衆も世論もない。指導者の考えに背くと厳しい処罰を受ける。みんなそう考えている。自由に思考できない。恐ろしい時代が続いたからね。勇気ある人は圧倒的に少数だ。世論調査会社が『プーチンについてどう思うか』と聞けば、人はまず、どんな答えが求められているのかを見きわめようとする。長年、そうすることに慣らされている。それを責めることはできないよ」

ブコウスキーが試写会後のシンポジウムで発言したように、ソ連崩壊後の一時期、ロシアは民主化の道を歩み出した。ロシア現代史の観点ではリトビネンコ暗殺をどう位置づければいいのだろうか。

「KGB支配が完成した証《あかし》と言えるだろう」

ブコウスキーによると、エリツィンによる民主化の最大の敵はKGBだった。一九九三年ごろから経済が行き詰まるとともに、国会では旧勢力が回復基調にあった。

「旧KGBの幹部が政府の役職に復帰し始めたのは九六年ごろだ。そしてプーチンが台頭し、二〇〇〇年の選挙で大統領になる。旧KGBがトップに就くと、彼らはもはや隠れる必要がなくなった。堂々と政府のあらゆる役職に就いた。当時はまだ、KGB支配を批判し、それに挑戦する者が大勢いた。支配を完成させるためにはそうした者たちを排除し、敵対すればどうなるかを国民に示す必要があった。サーシャの暗殺もその一つだ」

この政治犯の解説に「なるほど」と納得する一方、疑問も浮かんだ。ロシア政府は暗殺を否定している。「敵対者を排除する」と示す必要があるのなら、暗殺の事実を認める方が得策ではないのか。その点を聞くと、ブコウスキーは「ロシア人と日本人を同じように考えないでくれ」と言った。

「ロシアの工作員が英国内で英国人を殺害する。十九世紀だったら、大英帝国海軍がサンクトペテルブルクを砲撃するためバルト海に向かっていた。しかし、今は時代が違う。両国とも戦争は望んでいない。だから殺害を否定する。それでもリトビネンコの急死を知った国民は誰もが、ＫＧＢに殺されたと推測する。政府の否定を、国民は肯定と受け止める。公式発表を正確に翻訳する。国民を震えあがらせる効果は十分にあるんだ」

ブコウスキーによると、ポロニウムが検出された時点で、英国政府はロシア政府の関与に気づいた。しかし、真実解明を求めるマリーナの活動を支持せず、むしろ反対する動きまで見せた。この点をどう考えればいいのだろうか。

「私は英国のやり方を不思議だとは思わない。本心では事件を忘れ、葬り去りたいはずだ。彼らにとってロシアとの関係は亡命ロシア人の命よりも、何倍も大切だ。事件が起きた直後にも、『ロシアとの良好な関係を維持することが最優先だ』と発言した閣僚がいた。私はテレビでその発言を批判した。『その考えは間違いだ。国民を守るのは政府の義務だ』とね」

英国にとって、エネルギー大国ロシアとの関係は重要だった。今の豊かさを維持するためには絶対に必要だった。確かにそうだろう。でも、私は答えを予想しながら、あえてうぶな質問をぶつけてみた。

「英国は民主主義国家で人権を尊重しています。暗殺は容認できないでしょう」

ブコウスキーは体を反り返らせるようにして言った。

「おいおい、まじめにそう考えているんじゃないだろうね。みんな偽善者なんだよ。政治家は個人の命なんて、さほど気にしていない。彼らにとって大事なのは再選だけ。日本も同じじゃないのかい。政治家とは偽善者である。そうだろう?」

「英国も日本もロシアと同じということですか」

「同じではない。レーガンとサッチャーは本気で人権について考えていた。私は個人的に二人を知っている」

ゴルバチョフへの対応について、ブコウスキーはサッチャーにアドバイスしている。

「後日、公文書館で交渉議事録を確認したのだが、サッチャーは私がアドバイスした通りのことをゴルバチョフに発言していた。彼女は嘘をつかなかった。ほとんどの政治家は『はい、はい』と笑顔で言いながら、何もしない。しかし、英国や米国にはごく一部、信頼に足る政治家がいる」

マリーナはブコウスキーについて、「いつも精神的に支えてくれている」と述べていた。

「どんな支援をしてきたのですか」

「サーシャは私の政治犯仲間だった。殺害されたことがショックでね。日に二十回も電話をかけてくる者からの連絡が、ある日突然やむんだ。当時は面倒だと感じていたが、なくなると寂しい。サーシャがどれだけ悔しい思いをしながら亡くなったか。私はよく理解できる。だからマリーナのためなら、何でもしたいと思った。できることなんてたかが知れている。テレビ、ラジオ、新聞で英国政府に対し、真実を追求し、容疑者を罰するべきだと叫び続けた」

「彼女の行動をどう考えていますか」

「愛する夫を殺害されたんだ。正義を求めるのは当然だ」

ブコウスキーによると、多くの英国民が彼女の行動に関心を持っているという。

「私の暮らす町でも、タクシーの運転手や市場の人などが彼女の行動をたたえている。私がテレビで彼女を支持すると、『よく言ってくれた』と声をかけてくるからね。彼女への同情とロシアへの怒りがあるんだ。その彼女をサポートしない英国政府への不満もきっとある」

ロシア、英国両政府を相手に闘争を挑んでいるマリーナ。その勇気が市民の琴線に触れるのだろう。ブコウスキーは言う。

「事件の後だよ。彼女の勇敢さに気づいたのは」

「典型的なロシア女性の性格ですか」

「ロシア女性がみんな強い気持ちを持っているわけではない。彼女の強さは素朴さにある。政治やビジネスとは無関係に生きてきた。信念を曲げて妥協することに慣れていない。間違っているなら、それを正す。彼女は純粋にそう考えている。それが人の心を打ち、みんなが助けたいと思う。利得のための行動だったら、その分け前にあずかろうとする者しか支援しない。彼女はこの挑戦から何の利益も得ない。利益を度外視した行動ほど強いものはないよ」

庭の木の葉の間から太陽の光が差し込んでいる。

「もう一杯、お茶を飲むかい？　日本茶はないけどね」

そろそろ終わりにしようという合図だと思った。

ブコウスキーは言った。

「サーシャの写真を見せるよ」

家の中に入ってパソコンの電源を入れた。カーテンを閉め切った部屋は薄暗い。

リトビネンコと一緒に撮った写真を何枚も見せてもらい、私はこの家を後にした。

第7章

支援者たち3
オレグ・ゴルジエフスキー（元二重スパイ）

写真／毎日新聞社

世界を変えたスパイ

東西冷戦時代、西側の秘密情報機関にとってKGBに自分たちのエージェント（諜報員）を潜入させるのは夢のような行為だった。その難しさはこう表現された。

「火星にスパイを常駐させるのと同じくらいあり得ない」

英国のMI6は一九七〇年代から八〇年代にかけ、「火星」にスパイを送り込んだ。KGBの元ロンドン支局長、オレグ・ゴルジエフスキーである。

英国が受け取った機密情報は米国と共有され、西側はソ連に対し優位な外交戦を展開できた。英首相のサッチャーや米大統領のレーガンは、この謎の人物による情報を武器に、ソ連を弱体化させていく。英国のノンフィクション作家でスパイを扱った著作の多いベン・マッキンタイアーはこう書いている。

〈ごくたまに、スパイが歴史に大きな影響を与えることがある〉

英国によるナチス・ドイツの暗号解読で第二次世界大戦は少なくとも一年早く終わった。一九三〇年代から四〇年代にかけてソ連のスパイが欧米の情報を入手し、スターリンは決定的に優位に立った。

〈そうした世界を変えた数少ないスパイの中に、オレグ・ゴルジエフスキーはいる〉

この伝説的二重スパイは一九八五年に英国へ亡命して以降、政府の保護を受けながら暮らしている。アレクサンドル・リトビネンコにとってはKGBの大先輩にあたるとともに、亡命ロシア人仲間でもあった。

リトビネンコは警察に対し、ゴルジエフスキーを「親友」と表現している。マリーナも、「世話になった人」としてその名を挙げた。

ゴルジエフスキーに会う際、条件を一つつけられた。住所を明かさないことだった。ロシアに狙われるのを今なお警戒していた。

私は二〇一四年六月後半、ロンドン・ウォータールー駅から電車でサリー州に向かった。ウクライナ領クリミアをロシアが併合して三カ月が経過していた。伝説のスパイはロンドン郊外の住宅地に暮らしている。高いフェンスに囲まれ、大きな庭には樹木が生い茂っていた。

玄関の呼び鈴を押すと、年配の女性がドアを開け、丁寧な物腰で招き入れてくれた。

「どうぞ、お入りください」

薄暗い書斎に通されると、大きな机を前に、白いあごひげをたくわえた老人が座っていた。

薄赤色の半袖シャツに赤いつりベルトをしている。部屋には印象派の絵が何点かかけてあった。 やや猫背の体を起こし、「ようこそ」と言って右手を差し出してきた。

暗殺の脅威は現実的である。二〇〇八年には毒入りの睡眠薬を飲まされ、入院した。三日間意識不明となり、以降体力が減退したという。体調について聞くと、「何とか生きています」と言って笑った。

「以前、日本の秘密情報機関の方がここを訪ねてきましたよ。日本人の客はそれ以来です」

「ロシアのことを聞きに来たんですか」

「それと北朝鮮です。日本は領土を占領されているから、ロシアに関心があるのは当然です。それと北朝鮮のミサイルでしょう」

「会ってみて、どんな印象を?」

「ロシアについて大変詳しかったので驚きました。日本の諜報レベルを見直しましたよ」

本音なのか、外交辞令なのか。会ったばかりで判断できない。

改めてマリーナからの紹介で来たと伝えると、かつて世界で最も影響力のあるスパイと言われたこの老人は相好を崩した。

「サーシャは以前、よく家族でここを訪ねてきました。この丘の上に美しいレストランがあります。マリーナと息子を連れてここに来ると、よくそのレストランで食事をした。暗殺されたアンナ（ポリトコフスカヤ）と一緒に来たこともありました」

ポリトコフスカヤは当時から命を狙われていた。ゴルジエフスキーが「怖くないかい？」と聞くと、「心の中ではいつも震え、おびえています」と答えたという。暗殺されたのはその翌年だった。

「殺されるのがわかっていたように感じた。勇気ある女性でした」

リトビネンコが命を奪われてから、ゴルジエフスキーはマリーナの訪問を受けていない。

「最近はもっぱら電話です。彼女は若くて美しい。一人で来たら、うちのジルの機嫌が悪くなるのでね。焼きもちです。さっきの女性です」

ゴルジエフスキーは一九九〇年代から、「ジル」と呼ぶ英国女性と暮らし、身の回りの世話をしてもらっている。

インタビュー時、ゴルジエフスキーは七十五歳である。その年になっても、マリーナを「美しい女性」と表現し、彼女の話題では笑顔になる。いくつになっても男は変わらない。

その後、マリーナにゴルジエフスキーが語った「焼きもち」について伝えると、「変な人ですね」と一笑に付した。

ゴルジエフスキーは外出する機会を減らしているが、ロシアを中心に海外のニュースは日々チェックしている。そのためリトビネンコの活動については、以前から認識していた。

「彼の亡命以前から知っていました。記者会見してベレゾフスキー暗殺計画を暴露して話題になりました。とんでもなく危険な行為でした。九一年のソ連崩壊から九九年ごろまで、ロシアは確かに民主化を進めていた。だから大丈夫だと思ったのかもしれない。実際は九六年ごろから民主化は停滞していたのに、サーシャはそのリスクを低く見積もったのでしょう」


リトビネンコの第一印象について、「実に健康そうだった。フィットネスに夢中で、毎日何マイルも走っていると言っていた。不思議なほどチェチェン人を愛していたのを覚えている」と言った。ゴルジエフスキー自身、ロンドンに来たころはジョギングを趣味とし、ホランド・パークを走っていたという。最近は家でクラシック音楽を聴いている。読書も欠かさない。

リトビネンコがこの「大先輩」を訪ねた理由は何だったのだろう。

「思想的、哲学的に私たちは同じ立場にいました。民主主義を信じているということです。KGBの人間で英国に亡命し、生き残っている者はほとんどいません。だからサーシャは私に聞きたいことや相談があったんです。特に生活資金を心配していた」

ゴルジエフスキーは一九八五年十一月に現在の自宅を購入する際、英国政府が費用の半分を負担した。年金も十分もらっている。「火星に送られる」のと同等の危険な任務をこなしたのだから当然だろう。でも、リトビネンコはその対象となるのだろうか。

「私とは立場が違います。彼がKGBでやっていたのは組織犯罪の捜査です。米国の連邦捜査局（FBI）に近い。私は主に対外諜報活動です。米国ならばCIAの仕事です。しかも、彼は外国のインテリジェンス（秘密情報）活動に協力したわけではない。ロシアを出国した際、米国に亡命を申請しながら拒否されたでしょう」

リトビネンコは亡命後、ベレゾフスキーから生活を支援してもらっていた。自宅を用意してもらい、息子の学費の面倒も見てもらった。それでも将来を心配したのだろうか。

「ボリス（ベレゾフスキー）に感謝はしていた。一方で誇りを傷つけられた部分もあった。健康で若いのだから、自分の力で家族を養いたい。彼はそう思っていたんです」

訪ねてくると、リトビネンコはとにかくよく話した。

「あんなにおしゃべりなエージェントは初めてです。簡単な質問をすると、本題に入るまでに時間がかかる。だから、彼との会話を嫌がる者もいた。それはよくわかります」

KGBの申し子が政権をとった

ゴルジエフスキーはリトビネンコから仕事について相談を受けた。

「彼はＭＩ６のために働くようになっていた。その関係で将来の年金について私に聞きたかったようだ。イタリアのミトロヒン委員会の仕事をやっていたのはわかっていました。それにスペインの秘密情報機関とも仕事をしていた。彼はそうした仕事を頼まれると、ここにやってきた。友人は多くても、インテリジェンスについて語れる者はほかにいなかった。あの世界にいた者にしかわからない事柄があるからね」

前章で述べたように、リトビネンコが殺害される四カ月前、ロシアは反体制派の国外での活動を取り締まるために法改正をしている。ゴルジエフスキーは元ロシア政治犯のブコウスキーと一緒に、これを批判して英紙タイムズに寄稿した。この法律は暗殺と関係しているのだろうか。

「関係は明らかです。あの法律は暗殺宣言です。しかも、外国の領土でそれをやれるようにした。暗殺を合法化している。プーチンはスターリン主義に回帰しています。極めて危険な政権になった」

プーチンがＫＧＢに入ったのは一九七五年である。ゴルジエフスキーがＭＩ６に情報を流すようになった年だ。

「私はＫＧＢの対外情報部で、彼は主に国内情報部でした。あの組織は巨大で、別の部署にいると接点がありません。だから当時は知りようがなかった。ただ、彼がFSB長官になって以来、観察しています。恐ろしい人間です。彼ほどその行動にKGBの精神を宿している者は珍しい。特に国の指導者としては希有《けう》だ」

「KGBの精神？」

「一言でいうと殺人の正当化です。組織を守るためには、人の命は奪ってもいい。それがKGBです。その思想に耐えられなかったため、私はMI6に協力した。今のロシア政府には、KGBの下級将校が多く入り込み、不透明な権力構造の下で重要な役割を占めている。富豪たちと付き合い、大きな資産を作っている。国民財産の収奪です」

ロシア政府やKGBについて話し始めると、攻撃的な言葉が次々と口を突いて出る。

「自分たちの権限を守るために、連中は外に対して攻撃的です。外国だけでなく国内でも政府に反抗する者は攻撃対象になる。ウクライナ領のクリミアに侵攻したロシアが何をやっているか知っているでしょう。独立国家を戦車と対空ロケットで攻撃する。時代錯誤もはなはだしい」

ソ連・ロシアの現代史にあって、プーチンは特異な存在なのだろうか。

「これまでの指導者とは明らかに違う。ブレジネフは平凡な人間で、ゴルバチョフは無学だった。だから、それほど危険でもなかった。プーチンは『アプショイリッヒ（不快）』なんだ」

突然、ドイツ語が出てきた。プーチンは通訳ができるほどドイツ語が流暢《りゅうちょう》だ。その人物を表現するためか、ゴルジエフスキーもドイツ語を使った。スパイになるため彼は多言語を学び、ドイツ語と英語のほかスウェーデン、デンマーク、ノルウェーの言葉も自由に操る。

「プーチンだけがアプショイリッヒなんですか」

「歴代指導者と同じように考えると間違います。秘密情報機関の申し子がリーダーになった。これはロシア史上初めてです」

ゴルジエフスキーは八〇年代後半からのソ連・ロシアの指導者について解説した。ゴルバチョフはモスクワ大学で法律、エリツィンはウラル工科大学で建築、そしてプーチンはレニングラード大学（現サンクトペテルブルク大学）で法律を学んだ。三者はみんな大学教育を受けた点で共通している。

「ただ、ゴルバチョフとエリツィンが卒業後に共産党でキャリアを積んだのに対し、プーチンはKGBに入っている。彼は若いころからKGBにあこがれていた。KGBに育てられた者が国を指導している。多くの独裁国家は軍の出身者が国を率います。でも、スパイがリーダーになるのは珍しい。少なくとも過去のソ連・ロシアにはいない」

ユーリ・アンドロポフはKGB議長からソ連共産党書記長になっている。

「私がKGBにいたころの上司です。彼は共産党でキャリアを積み、その後でKGBのトップに就いた。諜報の実務を知っているわけではない。KGBではなく党の人間です。一方、プーチンは党で出世したわけではない。KGB出身者で初の指導者です」

「だから外に対して攻撃的になると？」

「KGBにいると、外の者が信じられなくなる。まずは疑ってかかる。入ってすぐに、そう教育される。だからプーチンは、KGBや治安機関の出身者を政権に入れている。外の者を信じないからだ。今ではKGBを中心にした治安・秘密情報機関が与党だ。かつては共産主義国家だったでしょう。今はKGB国家です」

確かに、ロシアの社会学者のオルガ・クリシュタノフスカヤは、プーチンが政権を握って以来、政府の要職にKGB出身者と軍人が多数就いているとの調査結果を二〇〇三年に発表している。しかし、プーチンの後任として一時、大統領になったメドベージェフはKGBに所属していない。

「彼はレニングラード（現サンクトペテルブルク）出身で大学もプーチンの後輩です」

リトビネンコの体調悪化を知ったとき、すぐにロシア政府の関与を確信したという。

「ウラジミール（ブコウスキー）からの連絡だったかな。KGBにやられたと思いました。彼は亡命後、何度もKGBから命を狙われ、それ以外の組織や個人には動機がなかった。ロシアは法律を改正して暗殺環境を整えていたからね」

ＫＧＢは解体されているのだが、彼もＦＳＢと呼ばない。ブコウスキーから「放射線被曝の症状が出ている」と聞き、「ＫＧＢ」がやったとさらに確信を深めた。

「毒物で暗殺するのは彼らの伝統的な手口です。モスクワ郊外では毒薬も製造していた。素人が放射性物質を入手できますか。睡眠薬じゃないんだから、薬局では買えない」

暗殺動機についてこう解説する。

「まず、サーシャは記者会見で、ＫＧＢからベレゾフスキー暗殺を命じられたと発表した。ＫＧＢ内部情報の暴露です。情報を少しもらすだけで大問題になる組織です。会見は裏切りです。あの組織は裏切りを許しません。以前なら死刑判決を受けてもおかしくなかった」

ゴルジエフスキーが裏切りと「死刑判決」を結びつけるのには背景があった。彼自身、英国に亡命後、ソ連時代に死刑判決を受けている。欧州ではベラルーシをのぞいてすべての国が死刑を廃止している。ゴルジエフスキーはよく「私は欧州では珍しい死刑確定囚だよ」と冗談を言う。

「しかも、サーシャは亡命後、プーチン政権を批判する本を書いた。そして、プーチンと敵対するベレゾフスキーを擁護した。さっきも言いましたが、ＫＧＢは簡単に人の命を奪う。彼らからすれば、サーシャの暗殺は必然だった」

イタリア人のスカラメラが事件当日、リトビネンコに暗殺対象者リストを渡した。リストを作ったとされるロシアの退役軍人らのグループ「名誉と尊厳」が暗殺に関与した可能性はどうだろうか。

「どんな組織なのかよくわからないが、国家以外があれほど高度な暗殺を実行できるとは思いません。ポロニウムを生成できるのは限られた原子炉です。それを手に入れるには、非常に高いレベルの承認が必要です」

「プーチンが指示したんでしょうか」

「英国のような重要な国の領土で、勝手に暗殺を実行するような勇気ある者はいない。最高権力者が許可したとしか考えられません。KGBのやり方を知っている者なら誰しも、そう考える。サーシャは死の直前、プーチンを名指しで批判した。彼もあの組織にいたから、わかったんでしょう。この作戦を決定できるのはプーチンだけだと」

英国で暗殺を実行する場合、ロシア政府は慎重の上にも慎重を重ねて検討するはずだという。なぜなら、英国は米国や欧州諸国との関係が良好で、欧米はその外交方針に追従する可能性が高い。英国を敵に回すと、欧米との関係悪化につながる。また、英国は国連安全保障理事会の常任理事国で、国際社会での影響力が大きい。

さらに捜査機関や秘密情報機関、研究所の技術・技能レベルが高いため、暗殺の背景を暴かれる可能性もある。世界中の反体制活動家が英国に集まるのは、政治の安定性に加え、そうした環境に信頼を置いているためだ。その分、暗殺を計画する者も慎重になると、この元スパイは言う。

リトビネンコが殺された場合、一番に疑われるのはロシア政府である。それなのに、プーチンは暗殺を許可するのだろうか。国際的な批判が自らに向く事態も予想できる。

「ロシアの失敗は英国の能力を読み違えた点です。ポロニウムを正確に追跡できるのは当時、世界中で米国と英国の二カ国でした。ロシアはそれを知らなかった可能性が高い」

プーチンは露見するはずがないと考えたのだろうか。

「特定は不可能だと報告されていた可能性がある。完璧に暗殺が実行できると思い、承認した。しかし、最終的に英国の科学者はポロニウムを見つけ、警察はその痕跡を徹底して洗い出した。ある場所では、ごく微量の被曝痕まで見つけています。見事な捜査だった。英国は普段から核テロに備えていた。文明が非文明に勝利したんです」

自分に嘘はつけなかった

ゴルジエフスキーは第二次世界大戦が始まる前年の一九三八年、モスクワで生まれた。中国東北部周辺では日本軍とソ連軍の間で緊張が高まり、欧州ではヒトラー率いるナチス・ドイツがチェコスロバキアの一部を占領し、オーストリアを併合していた。

ＫＧＢに勤務する父の下、特権階級に与えられるマンションに暮らし、食べ物は十分にあった。モスクワ国際関係大学で歴史学などを学び、東ベルリンにいた一九六一年、この街を東と西に分ける壁が建設された。彼が最初に社会・共産主義体制に疑問を抱いた瞬間だった。

自由や豊かさが西側にあるのは明らかだった。東独の住民はみんな西側の生活にあこがれていた。政府は「社会主義の楽園」を唱えたが、市民は誰一人、信じていなかった。彼は自伝に書いている。

〈東独人を楽園に閉じ込めておけたのは、ただ監視塔で武装した警備員によって補強された物理的な障壁があったためだ〉

一九六二年、正式にＫＧＢに入る。

「大学にいるときにＫＧＢにスカウトされたんです。あの組織は職員を募集しません。有名大学にスカウトを配置している。優秀な学生の中から、秘密情報活動に興味を持ちそうな者を見つけて声をかける。プーチンもそうやってスカウトされました」

ゴルジエフスキーは最初、ＫＧＢ将校を外国に入国させる部署に配属された。任務の一つはパスポートの偽造である。例えば、送り込み先の国で墓地を歩いて埋葬された赤ちゃんの名前を見つける。出生証明書を手に入れてパスポートを申請する。モスクワ郊外と東ベルリンにパスポート偽造工場もあった。彼はドイツやスウェーデン、スイスの偽造パスポートを作り、KGB将校に渡していた。

「フレデリック・フォーサイスの（スパイ小説）『ジャッカルの日』は読みましたか。あの中にも偽造パスポートを取得するシーンがあったと思います。おそらくフォーサイスはKGBから学んでいます」

その後、デンマークの首都コペンハーゲンに赴任し、西側の豊かさを実感する。素晴らしいクラシック音楽や絵画があった。市民が美しい歯をしているのにも驚いた。ソ連では当時、虫歯を抜いてしまう人も少なくなかった。チェコスロバキアの首都プラハでは一九六七年から、民主化を求める市民によるデモが発生した。コペンハーゲンに暮らし、西側の生活を知る彼には、プラハ市民の要求は至極当然に思えた。

しかし、祖国ソ連の幹部は社会主義体制を揺るがすものと考え、許容しなかった。ソ連軍主体のワルシャワ条約機構軍は八月二十日、「ドナウ作戦」と呼ぶ軍事侵攻を開始し、自由を求める市民の声を戦車で弾圧する。ゴルジエフスキーは共産主義体制への嫌悪感をさらに強め、ソ連政府への裏切りが頭をよぎった。

彼は一九七二年に再度、デンマークに赴任した。一九七四年の終わりにMI6への協力を決意し、翌七五年から実際に二重スパイとしてのキャリアをスタートさせる。プーチンがKGBに入った年である。欧州に近いレニングラードに生まれた青年が、秘密情報の世界に身を投じるのと入れ替わるように、ゴルジエフスキーはこの組織を裏切った。

大使館員の仕事の一つは、式典（レセプション）への出席である。各国大使館が独立記念日や国王の誕生日などに開くパーティーに顔を出し、外交官同士で情報を交換する。

秘密情報機関から大使館に派遣されている者は互いの素性を知っているケースが多い。ゴルジエフスキーは英国大使館に勤務するMI6の職員を知っていた。他国の大使館でのレセプションで会い、連絡をとるようになる。

「かなり悩みました。家族を危険にさらすことになるしね。でも、自分に嘘はつけなかった。人類は民主的で寛容な社会を実現すべきだと信じていた。KGBやロシア軍は人の命を奪って民主化の動きを潰していた。ソ連は邪悪な独裁国家で、七〇年代には欧州を射程圏に入れた短距離核ミサイルを配備していた。危険な政権を潰す必要があった。勇気を持って自分の信念を貫きたかった。英国への協力は、ソ連の『奴隷制度』に押しつぶされないためでした」

ゴルジエフスキーはMI6の協力者となった。コードネームは「サンビーム」などである。

一九八二年には政治部に異動した。KGBの中枢機関で、各国に配置されたエージェントを管理、指導する。エリートの集まる部署であり、ここでの勤務は彼の希望だった。

政治部では英国、オーストラリア、ニュージーランド、アイルランド、スウェーデン、ノルウェー、デンマーク、アイスランド、フィンランドの情報を統括し、政府への報告書を作成した。西側にとって、大きな成果となった情報がある。

「ソ連政府は米国のレーガンが核攻撃を仕掛けると考え、対策を検討し始めた」

米国は一九六〇年代から七〇年代にかけ、ベトナム戦争に足を取られて国力を低下させていた。ソ連との軍拡競争を回避するため、ニクソン、フォード、そしてカーター各政権は「デタント」と呼ばれる対ソ緊張緩和策をとり、核軍縮を進める。

しかし、一九七九年にソ連がアフガニスタンに侵攻すると、米国は再び強硬姿勢に転じ、八一年に大統領に就任したレーガンはソ連を「悪の帝国」と呼び、敵対姿勢を鮮明にした。

ソ連はこれを単なる脅しと考えず、米国から核攻撃を受ける可能性は極めて高いと判断し、対策を始めた。その極秘情報をMI6に流したのがゴルジエフスキーだった。

レーガンは英国経由でこの情報を入手し、誤解を解くためのメッセージを発するようになる。これによって核戦争のリスクが低減された。

ソ連・ロシアや英国、米国には過去にも二重スパイがいた。その多くは、経済的利益から敵対組織に協力している。しかし、ゴルジエフスキーは違った。MI6に協力した理由はイデオロギーだった。共産主義への反発、社会は自由で民主的であるべきだとの信念が彼を裏切らせた。物欲や個人的感情ではなかった。そうした例はほとんどなかった。彼はこう説明する。

「私がMI6に協力したのは自由な文明国へのあこがれからです。東欧やソ連もそうした社会を作るべきだと考えたのです。ほかのスパイのように金銭的利得のためではありません」

過去のインタビューでも彼は、「全体主義体制への反逆だった」と語っている。

「ロシア人はそれぞれの持ち場で体制に逆らってきました。音楽家のショスタコービッチが書いた交響曲第五番は、スターリン批判に聞こえます。作家のソルジェニーツィンはペンで闘った。私は諜報の世界でクレムリンに逆らったんです」

ゴルジエフスキーはMI6の協力者である。ソ連がこの情報をつかんだのは一九八五年だった。

MI6はCIAと情報を共有する際、情報源を開示せず、内容だけを伝える。それが通常のやりとりだった。ゴルジエフスキーの情報は特別精度が高かった。レーガンは情報を受ける際、たびたびそのソースについてたずねた。そのためCIAは慣例を破って情報源を探索する。その結果、出てきたのがKGB幹部のゴルジエフスキーだった。MI6が「火星」に送り込んだ者をＣＩＡは特定したのだ。

どうやって知り得たのだろうか。背景には米英ソによる映画さながらのスパイ合戦があった。ＫＧＢはＣＩＡのソ連・東欧部に協力者を作っていた。米国人のオルドリッチ・エイムズである。贅沢《ぜいたく》志向の彼は自らＫＧＢに情報を売り込み、ソ連政府から巨額の金銭を受け取った。その額は日本円で数億円にもなると見られている。

エイムズが提供した情報の中には、西側諸国に情報を提供しているソ連人の名が十人以上あった。そのうちの一人がゴルジエフスキーだった。ソ連は割り出したＣＩＡ協力者のほとんどを逮捕している。最終的にその多くは死刑になった。例外がゴルジエフスキーである。エイムズは一九九四年に反逆罪で逮捕された。その後、終身刑を言い渡され、現在も服役中だ。


ゴルジエフスキーも危なかった。ロンドンからモスクワに呼び戻され、薬物を飲まされたうえ聴取されたが、二重スパイとは認めなかった。英国政府の特殊部隊が八五年七月、彼を救い出し、車のトランクに隠してフィンランド国境から脱出させた。その後、彼はノルウェーを経由してロンドンに到着する。ソ連がゴルジエフスキーに死刑判決を出したのは四カ月後である。

「私は八〇年代にＫＧＢから亡命した者として唯一の生き残りだと思います。こうやって日本人記者と話すのは奇跡です」

二重スパイであることは妻にも打ち明けていなかった。曲折はあったものの家庭は崩壊した。ゴルジエフスキーはその後、米メディアに対し「オルドリッチ・エイムズはお金のために私を売った。一方、私はイデオロギーのために英国に協力したのだ」と強調している。

彼が建設を目撃したベルリンの壁は二十八年後の一九八九年、崩壊する。KGB情報員として東独ドレスデンに駐在していたのが、当時三十七歳のプーチンだった。東独市民はKGBを目の敵にしていた。そのため、自由を手に入れた市民にプーチンは恐怖を感じた。そのトラウマ的記憶から、彼は信じるようになる。「市民を自由にしてはならず、秩序維持のためには力で抑え込む必要がある」と。

壁の建設を目撃して、自由の重要性を知ったゴルジエフスキーに対し、その崩壊から力による秩序維持を信じたプーチン。二人の思考は壁を隔てて、逆方向に向かっていた。

リトビネンコは本物のエージェントだった

インタビューは二時間を超えた。ゴルジエフスキーはジルに声をかけ、紅茶を持ってきてくれるよう依頼した。

英国ではリトビネンコ暗殺について、プーチンが命じ、FSBが実行したとの見方が強かった。一方、それを疑問視する声もあった。「彼はそれほど大物ではない」というのが理由の一つだった。リトビネンコはプーチンを批判していた。ただ、ポリトコフスカヤのようにメディアへの影響力はなかった。ザカエフがチェチェン人を動かすような政治力も、ベレゾフスキーのような財力もなかった。ロシア市民に高い人気を誇ったわけでもない。プーチンやＦＳＢにとって、気にするほどの存在だったのだろうか。

この点を聞くと、ゴルジエフスキーは「大物ではない」説を否定した。

「プーチンとその取り巻きが作りあげた嘘です。サーシャは私と同じ組織にいた同志です。私にはエージェントとしての活動を打ち明けました。おそらくマリーナにも語っていなかったと思います。私が妻に二重スパイであることを隠し続けたようにね。それはマリーナを信頼していないのではない。彼女に危険が及ばないようにするための配慮。プロのエージェントの生き方です」

リトビネンコはゴルジエフスキーにはすべての活動を打ち明けていたのだろうか。

「いえいえ。そんなことはありません。彼が暗殺された後、私が調査をしてわかった事実もありました。彼はロンドンに来た当初、ファイブ（英国の国内秘密情報機関ＭＩ５）に誘われて仕事をしています。その仕事ぶりを評価されシックス（英国の対外秘密情報機関ＭＩ６）に移った。ファイブからの推薦です」

気持ちが乗ってきたのだろうか、ゴルジエフスキーは途中から、「ファイブ」「シックス」と略して語るようになった。

ＭＩ６の協力者として活動する中、リトビネンコはＦＳＢに関連する情報を入手したらしい。

「スペインでの情報作戦に加わり、ＦＳＢに保護されているオリガルヒやマフィア関連の情報を得た。それについて彼が私にも語っていない内容がありました。私は暗殺事件後にそれを知り、彼が本物のエージェントだったとわかりました。ＦＳＢは彼が何を探り、どんな事実をつかみ、シックスに何を報告するかを把握していた。このままではスペインでのＦＳＢの不法行為が英国に知られてしまう。サーシャを殺害する動機は十分あったはずです」

それに加え、リトビネンコは英国各地でロシアの内情を発表し始めていた。

「サーシャは本を書き、シンポジウムやラジオで話し、大学で講義するようにもなった。秘密情報の世界を知る者が表の活動をするとき、リスクは高まる。サーシャはそれがわかっていなかった。英国にいる限り、安全だと思ったんだろうね」

ゴルジエフスキーは世界を二つのブロックに分けて考えている。民主主義を信奉する文明国と、それに抵抗する野蛮な国である。ソ連・ロシアの蛮行を許さないため、文明国・英国に協力したと強調する。しかし、世界はそう単純に色分けできるだろうか。実際、英国政府はマリーナが涙ながらに求めた、真相究明のための独立調査委員会設置を当初、拒否している。国益のために、「民主主義」や「人権」を外交の手段に使っているとは言えないだろうか。その点についてゴルジエフスキーはこう述べた。

「サーシャの暗殺にはロシア政府が関与しています。英国はそれをよく認識している。調査結果を明らかにすればロシアとの関係は悪化する。暗殺事件後、両国の関係は冷え切っていました。キャメロンは関係を改善する決断をした。政府の独立調査委員会設置反対は、ロシア政府が暗殺を命じたという暗示です。ロシアの関与がなければ、積極的に設置したでしょう。ロシアの機嫌を損ねないため設置を避けようとしている。間違ったやり方です。正義のため、真実のため、野蛮への抵抗のためにも設置すべきだ。それが文明国らしい対応です」

彼が「文明国」と考える国もビジネスを前にすれば、民主主義や「法の支配」といった価値をないがしろにする。キャメロンの対ロ接近はその証左ではないか。

「カネではなく、イデオロギーのために動いた」。これを誇りにする彼は、信じたはずの英国がビジネスを優先させ、ロシアに接近する状況に戸惑っているようだった。

マリーナについて聞いた。

「ずば抜けて優秀です。治安機関に勤務せず、政治に関わった経験もない。それなのに国際政治が絡む複雑な問題に、勇気を持って的確に行動しています。ロシアはそこを見誤っていたのかもしれない。連中は彼女に強い正義感があるとは考えなかった。それに彼女があれほどサーシャを愛していたとは想定外だったろうね。愛を信じない組織だから」

ゴルジエフスキーは本棚から書物を持ち出し、机の上に置いた。一九九五年に出版した自伝『ネクスト・ストップ・エクスキューション』だった。

「来年、再版されるんです」

ページをめくると、家族の写真が数多く掲載されている。

「これがご家族ですか」

「そうです。私が二度目の結婚をしたのは一九七九年です。すでにMI6のために活動していました。妻はKGBの情報提供者でした。私が亡命した際、モスクワに残された妻はKGBから厳しく尋問されたようです」

一九八五年の亡命以来、サッチャーとレーガンはゴルバチョフに繰り返し依頼している。ゴルジエフスキーの家族を出国させるようにと。ただ、そのたびに拒否された。ゴルバチョフがどれほど英米との関係を重視しようとも、国内秘密情報機関からの抵抗が大きかった。KGBを裏切り、死刑判決まで受けた者への配慮は不可能だった。

ソ連崩壊直前の一九九一年九月、家族は解放されロンドンで合流した。

「二人の娘はとても優秀で、オックスフォード大学に通っていたんだよ」

ゴルジエフスキーの表情が緩んだ。

「しかし、彼女たちとはうまくいきませんでした。その後、姿を消してしまった」

「ロシアに帰ったんですか」

「うーん、どこに行ったんだろう?」

「火星」で活動した伝説のスパイは悲しそうな表情になった。スパイとて人間である。

「ロシアに帰りたいと思いませんか」

「民主的な政権が誕生し、指導者を恐れなくても生きていけるようになれば、帰るかもしれません。生まれた国だからね。ただ、現時点ではその見込みはゼロです。ロシアは民主化とは逆方向に進んでいる。かつてのファシズムのようだ」

家族を失っても、亡命への後悔はないのだろうか。

「なぜ、後悔する必要があるのですか。個人的利益ではなく、人類の幸福のために活動したんですよ」

きっと後悔はできなかったのだろう。人生を自ら否定するわけにはいかない。

ゴルジエフスキーは二〇〇七年、「英国の安全への貢献」が認められ、エリザベス女王から聖マイケル・聖ジョージ勲章（ＣＭＧ）を授与された。

ＫＧＢに反逆したゴルジエフスキーはその結果、家族を失った。そして、同じくＦＳＢに逆らったリトビネンコは命を落とした。残されたマリーナはゴルジエフスキーらの協力を得て、「人類の幸福」のために闘いを挑んでいる。

樹木に覆われた家を出ると、日はすっかり傾いていた。鳥が騒がしかった。ロンドンへの道すがら、国家権力と個人の関係を考えずにいられなかった。

第8章

支援者たち4
アレックス・ゴールドファーブ（「正義依存」のユダヤ人）

写真／毎日新聞社

米国は亡命受け入れを拒否

ロシアを出国したリトビネンコの家族を助けたのはロシア系米国人、アレックス・ゴールドファーブだった。

リトビネンコが亡くなる直前、その姿を世界に広め、遺言となった声明文を作ったのも彼の「知恵」だった。暗殺後はマリーナとともにベストセラー『リトビネンコ暗殺』（加賀山卓朗訳、早川書房、二〇〇七年）を書き、法廷闘争を支え続けた。

私は二〇一四年六月、米ニューヨークにゴールドファーブを訪ねた。インタビューの場所として指定されたのはマンハッタン四十丁目の小さなホテルだ。グランドセントラル駅にも近く、高層ビル群の中にある。彼は隣のニュージャージー州に住んでいた。別件でマンハッタンに出る予定があり、前日からここに宿泊していた。

ラフな長袖の服を着てロビーに現れた彼の顔には、白いひげが目立った。自分の部屋から降りてきたのだろう。このとき、六十七歳である。

マリーナが二〇一三年十月、高等法院で涙を流したとき、ゴールドファーブは彼女の横に座っていた。裁判所から訴訟費用の支払い義務について伝えられた際、彼は「（闘いは）もうこのあたりでいいのでは」と「休戦」を助言したと言われている。私はまずそれを確認した。ロビーのソファに腰かけた彼は言った。

「ええ、私は何度も言いました。『もういいんじゃないか』と」

「その理由は？」

「支払いを求められる可能性のある金額は、彼女が本来弁護士に支払うべき額よりも高かった。幸いにして弁護士は善人で、プロボノで引き受けてくれていました。彼らも食べていかねばならないのに手弁当で働いてくれている。私とマリーナは罪悪感を覚えていました」

弁護士たちは一切の金銭的要求をしていなかった。決して楽な仕事ではないのに、使命感と良心に従い、引き受けてくれていた。

「大きな事務所に所属している弁護士ならわかります。ただ、マリーナの親しい友人のエレナ・ツシルリナは個人で事務所を開いていた。経済的な余裕はなかった。むしろ貧しく、お金が必要だった。それをわかっていたから、私はもうあきらめてもいいんだと言ったんです。マリーナはロシアと英国を相手にしていました。いつまでも二つの大国の政府相手に闘うのは無理だよ、と言ったんです」

「彼女は涙を流しましたね」

「私も支援は惜しまないが、お金はない。『経済的支援はできない』と言ったとき、泣き出し

ったのだろう。

たんです」
私たち記者が高等法院前で涙を見る前、彼女は法廷でも泣いていたという。それだけ悔しかったのだろう。

ゴールドファーブはかつてベレゾフスキーの財団を取り仕切るなど、この富豪の近くで活動していた。英国に逃れたリトビネンコたちの生活もベレゾフスキーが支えていたが、資金繰りに苦しむようになり、二〇一三年三月に不審死した。

「二〇一〇年末から翌年にかけてボリス（ベレゾフスキー）の資金力に問題が起きた。（別のロシア系富豪）アブラモビッチとの法廷闘争に敗れ、使えるカネがなくなった。マリーナは一人で戦場に取り残された。英国政府相手の司法闘争も基本的には彼女が一人でやっています。私やアハメド（ザカエフ）は精神的に支援しているにすぎないから」

「もうあきらめてもいい」と言われながら、マリーナが出した答えは「戦闘継続」だった。

「予想はしていました。彼女は続けるだろうなと。ファイターだからね」

ロシアを逃れた直後から、彼女の精神的な強さには驚かされ続けた。

「英国にやってきた直後は、これからの生活がどうなるかわからなかった。サーシャの精神は不安定だったが、マリーナは常に落ち着いていた。強いストレスを感じる状況でも、ヒステリックにはならなかった。タフな女性です」

ゴールドファーブは一九四七年五月、モスクワに生まれたユダヤ人である。英国の戦時宰相、チャーチルが有名な「鉄のカーテン」演説をしたのはその前年だ。第二次世界大戦が終わると、ソ連と米英仏の対立が顕在化し、世界は自由主義、共産主義それぞれの陣営に二分されていた。

モスクワ州立大学で生化学を学び、一九六九年に卒業すると、クルチャトフ原子力研究所（モスクワ）で働くようになる。七五年にソ連を出て、イスラエルなどで研究生活を送った。八二年からの約十年間はニューヨークのコロンビア大学で准教授の地位にあった。

ソ連を出て以降、国外から祖国の自由や人権保護を求める運動に参加し、ソ連の反体制物理学者のアンドレイ・サハロフが一九七五年にノーベル平和賞を受けたときは通訳を務めた。

ソ連でゴルバチョフによる改革が進んでいた一九八七年、祖国に戻り、九〇年代はモスクワを拠点に、ジョージ・ソロスの財団による人権擁護や自由化の促進、健康増進のプログラムを仕切った。第一次チェチェン紛争の際には、ソロスから資金提供を受け、チェチェン人の救援活動にも当たっている。

ベレゾフスキーが二〇〇一年に国際自由人権財団を設立すると、その事務局長になった。九〇年代後半にリトビネンコはベレゾフスキーの警護を担当していた。

「サーシャとはボリスの事務所で会ったのが最初です。九八年ごろには何度か顔を合わせていましたが、話をしたのは彼が九九年に保釈された後です」

「彼がベレゾフスキー暗殺計画を暴露したときは？」

「私はあの件には関わっていません。サーシャがFSBから非合法活動を命じられ、困難な問題を抱えているのは知っていたし、保釈後に何度か話もしましたが、それほど親しくなかった」

付き合いを深めたのは、リトビネンコ家族がロシアからトルコに出国したときだった。ベレゾフスキーが米国のゴールドファーブに電話をかけてきて、こう言った。

「サーシャを覚えているか」

「ええ、覚えています」

「助けてやってほしいんだ」

「協力できるならやりますよ」

「家族は今トルコで、どうしたらいいかわからないらしい。米国に行きたがっている」

電話を切ったゴールドファーブは、米国の国務省や国家安全保障会議の知人にリトビネンコを助けてもらえないかと持ちかけた。彼らはトルコの米国領事館やCIAとも連絡をとってくれた。その結論は「助けられない」だった。リトビネンコの米国亡命の夢はあっけなく断たれた。

　ゴールドファーブはすぐに妻（その後死亡）と一緒にトルコに向かった。改めてリトビネンコたちを米国大使館に連れていったが、やはり興味を示してはもらえなかった。このあたりのやりとりについては、『リトビネンコ暗殺』に詳しく書かれている。

　リトビネンコは自身のFSBでの経歴にCIAが興味を持つだろうと期待した。それが無理でも、プーチンを批判した事実があれば、政治犯として受け入れてもらえると甘く考えていた。しかし、米国政府から見ると、さほど利用価値を感じなかったのだろう。プーチン政権との関係を考えれば、受け入れはむしろ国益を損なう可能性があった。政治亡命となると、差し迫った危機の証明が必要になる。


　米国をあきらめたゴールドファーブは、英国行きの航空券を手配した。

「祖国を捨てたものの、受け入れてくれる国があるのかどうかもわからない。彼らにとっても緊張とストレスの連続だった。これがあの家族との出会いです。困難な状況だったからこそ、私たちの結びつきは強まったと思います」

　異常な状況下、ゴールドファーブにはマリーナの冷静さが印象に残った。

「終始穏やかで、言動は合理的だった。印象深いのは、彼女がサーシャをとても愛していたことです。大変なストレスを感じているはずなのに、ロマンチックな冒険でもしているようだった。映画のような状況が続いたからね」

リトビネンコの告発が皮肉にもプーチンを権力者にした

ゴールドファーブによると、リトビネンコとマリーナはともに政治的な人間ではなかった。むしろ政治に関心が薄かった。プーチンと敵対するようになったのは政治姿勢の違いではなく、FSBの犯罪組織への対応がきっかけだ。

「サーシャがFSBにいるとき、中堅幹部の中に犯罪組織や汚職に関与する人間が現れた。彼自身も非合法活動を命じられている。組織犯罪を扱う部署にいた彼は上司と対立する。FSB幹部が犯罪組織と協力して企業に圧力をかけ、カネをせしめる。彼はそれが許せなかった。当時のサーシャは民主主義とか人権とか独裁とか、そんなものに興味はなかった。ただ、犯罪が許せなかった。思考回路はまるで警察官です。政治的な発言をし始めたのは亡命後です」

KGBやFSBが犯罪に手を染めるのは、さほど珍しくなかったのではないか。リトビネンコはなぜ、耐えられなかったのだろう。

「いえ、FSBは元々腐敗していたわけではない。KGBはソ連時代、大きな力を持っていたが、カネを盗んだり、恐喝したりしていたわけではない。反政府活動家を殺害したり、共産党内で権力争いの末、命を奪ったりするときには、非合法なやり方をした。カネの面での腐敗はむしろ党や行政の方にあった。ＫＧＢの人間は特権で裕福な暮らしをしていたので、汚職の必要がなかった。状況が変わったのはソ連崩壊後です。警察やＦＳＢにいた者は豊かな暮らしができなくなった。だから恐喝や犯罪者への武器売却、麻薬売買などで稼いだ。サーシャはそれを目の当たりにしたんです」

途上国に多く見られる現象だった。経済危機が深刻になり、警察や軍は給与が低く抑えられる。彼らは権力を使って、市民からカネを巻きあげ生活費の足しにする。旧ＫＧＢ時代の生活レベルを維持するには、マフィアなど犯罪グループとつるむしかなかった。犯罪集団側でもＦＳＢとつながりを持つのは悪い話ではなかった。

リトビネンコは一九九八年、ベレゾフスキーを狙った暗殺計画を暴露する。ゴールドファーブによると、この一連のごたごたをきっかけにプーチンはＦＳＢのトップになった。

「サーシャは暗殺計画を知り、本人に伝えた。ボリスはそれを聞いても最初は信じず、ほかの将校から事実を確認した。エリツィンはボリスからの訴えで、ＦＳＢの長官を退任させ、後任にプーチンを就けた。つまりサーシャの行動が意図せず、プーチンを重要ポストに就かせた。これはサーシャの最大の政治的役割かもしれない」

ベレゾフスキーは当時、政権中枢にいた。なぜＦＳＢは彼の命を狙ったのだろうか。

「ボリスはエリツィンの側近だった。国家安全保障会議の副書記として、チェチェンの武装勢力とも和平交渉を進めていた。ユダヤ系の新興財閥というだけの存在ではなく、（チェチェン大統領）マスハドフとの和平の発案者でもあった。軍や秘密情報機関関係者は彼のやり方が気に入らず、対立するようになったんです」

ベレゾフスキーは自由経済の恩恵を受けていた。旧体制が続いていたなら、目立たぬ数学の論文を書くしかなかった。一方、FSBの幹部たちは新しい体制によって権力を奪われた。新しく権力を握った者と失った者。対立は必然だった。

エリツィンによってFSB長官になったプーチンはその後、リトビネンコやその同僚らに圧力をかけ始める。腐敗告発を契機にそのポストに就かせてもらいながら、告発したリトビネンコを追い詰める行為は矛盾しているように思える。

「プーチンは政治家ではなく秘密情報機関の人間だったんです。組織内で自分の支持を固めるため告発者を追い込んだ。サーシャたちは九八年に有名な記者会見を開いてベレゾフスキー暗殺計画を暴露する。あれは彼らが逮捕されるリスクが高まったため開いた。このままでは自分たちが危ないと感じ、自衛のために公表に踏み切ったのです」

記者会見という奇策もむなしく、リトビネンコは九九年三月に逮捕され、九カ月間を拘置所で過ごした。その後、保釈される。ゴールドファーブによると、ベレゾフスキーのロビー活動が功を奏した。
「マリーナは考えています。裁判所が罪はないと判断したと。私の考えは違います。ボリスは何度もプーチンに会い、保釈を求めた。プーチンは当初、拒否した。しかし、最終的にボリスの意向を聞き入れた。政治的な保釈です。当時はまだ、ボリスとプーチンは交渉できる関係だったから」

ソ連が崩壊した後、ゴールドファーブは期待した。ロシアが民主主義や「法の支配」に向け歩み出すと。しかし、プーチンが二〇〇〇年に大統領に就任し、権力を握る過程で、ロシアはそのチャンスを失っていく。
「（ユダヤ系ロシア人で石油大手ユコスの社長だった）ミハイル・ホドルコフスキーを投獄したのが二〇〇三年です。治安機関が実業界に手を突っ込むようになった。プーチンはそれを許した。その後、独立したメディアを閉鎖し、法律を変えて、国会での野党の役割を縮小させた。これも二〇〇三年です」

プーチンが権力を強化していく中、リトビネンコの暗殺が起きる。ゴールドファーブは事件の発生（二〇〇六年十一月一日）を知らなかった。ロシアのラジオ局「モスクワのこだま」のスタッフから突然電話を受けたのが十一日だ。そこで初めて、入院の事実を聞かされた。パリからロンドンに向かう途中だった。ネットで調べたところ、チェチェンのメディアが「毒を飲まされた」と報じていた。

すぐにリトビネンコに電話を入れた。彼の声はまだ力強く、「医師たちは寿司の食中毒を疑っているが、そうではないとわかっている」と語り、毒を盛られた可能性を示唆した。

続いてマリーナに連絡を入れると、「医師は細菌を見つけたようで、抗生剤を投与しています」と説明された。ゴールドファーブはその後、病院を訪ねた。面会時には手袋と前かけを着用させられた。リトビネンコはやせて、顔が灰色に変わっていた。

食中毒の症状が二週間以上も続くのはおかしい。ゴールドファーブが医師に「警察に連絡は？」と聞くと、「原因がわかるまで連絡できない」と言い返された。

欧米はなぜプーチンの特殊性に気づかないのか

リトビネンコは暗殺しなければならないほどの人物だったのだろうか。

「政治力や財力、発信力から見ると、彼はそれほど大きな人物ではなかった。重要な存在ではあったが、最重要というわけではない。しかし、社会的影響力の観点からこの事件を見ると判断を誤りますよ」

社会的には大人物でなくとも、狙われる可能性はあるという。

「プーチンにあるのは治安部隊の論理です。それは何か。敵についたら殺す。裏切り者は消す。KGBに入るとすぐ、そう叩き込まれる。彼にとってサーシャは裏切り者だった」

「FSB幹部の犯罪を暴露したから暗殺されたのでしょうか」

「違うでしょうね。FSBの将校でありながら敵側についたからです。ロシアはどこかの時点で彼がMI6に協力しているのを知った。彼らの倫理規定では自動的に死刑が宣告されます」

ゴールドファーブによると、リトビネンコは二〇〇二年から翌年にかけてMI6にリクルートされ、この対外秘密情報機関のために働き始めた。主な任務は、スペインでのロシア・マフィアの追跡だった。彼は三年間に約二十回、スペインを訪れている。

ウィキリークスによって流出した資料に、スペインを訪れた米国外交団が国務省に送った文書がある。その中でリトビネンコの活動が言及されている。プーチンとその取り巻きはスペインのロシア系マフィアとつながりがあり、リトビネンコはMI6の依頼を受け、彼らの活動を追っていた。スペインのマフィアには、プーチンと関係の深い者が多数含まれていた。「タンボフ・ギャング」と呼ばれるグループで、プーチンはサンクトペテルブルク第一副市長時代に付き合いができた。

「具体的な例をあげましょう。サンクトペテルブルクの燃料会社で、マフィアが支配する企業があった。この企業は市役所との間で、市内の燃料配給を独占する契約をした。それを成立させたのはプーチンだ。市役所の警備の契約にも彼が関与していた。そうしたマフィア企業はスペインでも活動するようになっていた。サーシャはその実態をＭＩ６に報告した。プーチンは許さなかったでしょうね」

「それとね」とゴールドファーブは言った後、一、二秒、間を置いた。プーチンは極めて個人的な理由で、殺意を抱いた可能性があるという。

「サーシャはプーチンの幼児性愛疑惑について発言しました」

幼稚園児が二〇〇六年夏、遠足でクレムリン宮殿を訪れた。プーチンはそのうちの一人、五歳の男児のシャツをめくりあげると、お腹《なか》にすばやくキスをした。リトビネンコはこの映像についてＳＮＳで、「プーチンが小さな男の子に優しいのは、ＦＳＢ内では有名だ」と書いた。その後、暗殺されたため、発言との関係がメディアを賑《にぎ》わせた。

プーチンは「子猫のようになでてあげたかったから、（お腹にキスを）しただけだ」と説明した。ゴールドファーブは言う。

「幼児性愛者なのかはわからない。ただ、これがプーチンの怒りに火をつけた可能性はあると私は疑っています」

ゴールドファーブはベレゾフスキーに信頼されていたので、プーチンとの関係が悪化する過程も近くで見てきた。

「サーシャの殺害はボリスへのメッセージのような気がしてならない。当時、プーチンはボリスの身柄を引き渡すよう、英国に繰り返し求めていた。英国は拒否し、ボリスは自分は政治難民だと半ば自慢していた。感情を逆なでされたプーチンが、どこまでも追い詰めるぞと伝えた。これは私の個人的な見立てです」

前述の通り、ベレゾフスキーは二〇一三年に急死し、家族はロシア政府による暗殺を疑った。英メディアにも、そう考える論評はあった。しかし、ゴールドファーブは自殺説をとっている。

「アブラモビッチとの法廷闘争に敗れた後、彼はうつ病になった。億万長者ではなくなったが、生きていく程度の資金はありました。だからお金のせいではない。プライドです。誇りをずたずたにされ、病気になった。警察、精神科医、ボディーガード、そして彼の従業員は自殺と考えています。暗殺されたとの証拠はありません。でも、娘たちは疑っています」

ベレゾフスキーはかつてアブラモビッチに目をかけてきた。二〇〇一年になってベレゾフスキーとプーチンとの関係が悪化すると、かつての盟友はプーチンに忠誠を誓う。ベレゾフスキーはこれを「権力にすり寄った」と批判した。アブラモビッチを英国の裁判所に訴えたのは二〇一一年である。

ロシアでは一九九〇年代に国営企業の民営化が進められ、一部の重要資産がオリガルヒに渡った。プーチン政権はそれを許さず、オリガルヒに事業を売却させたり、経営権を強制的に譲渡させたりした。ベレゾフスキーも石油大手の株式を売却せざるを得なかった。その際、アブラモビッチがプーチンの力を背景に脅しをかけ、異常に安い価格で株式を売却させたと、ベレゾフスキーは主張していた。求めた賠償額は三十億ポンド。当時の為替レートで約三千八百億円になり、英国史上最大の賠償請求訴訟と呼ばれた。

結局、訴えは認められず、ベレゾフスキーは株式売却で出した「損失」の回収に失敗した。訴訟費用も大きかったはずだ。

そして、亡くなる前にうつ病を発症していた。自殺であったとしても、プーチンに追い詰められた末、真綿で絞められるように首をつらされたと考えられなくもない。

リトビネンコの埋葬の際、イマームによる祈りにゴールドファーブは反対し、ザカエフと言い争いになった。

「アハメドはサーシャがイスラムに改宗したと主張した。私には抵抗があった。無宗教の形で埋葬すべきだと思っていた。葬儀を仕切ったのは私たちだ。強硬に意見を主張する選択もあったが、マリーナから夫の気持ちを尊重してほしいと頼まれた。最後はその声に従おうと思ったんです」

その後、ゴールドファーブはザカエフとの関係を改善させている。ロシアが容疑者の引き渡しを拒否し、捜査が行き詰まったとき、検死審問を求めるようマリーナに働きかけたのはゴールドファーブとザカエフだった。当初、マリーナは消極的だった。

「英国政府とロンドン警視庁が審問を望んでいなかったためです。彼女は政府を信頼し、彼らに任せたいと思っていた」

政府や警察が反対した理由は、捜査資料の一部が公開されるためだ。容疑者に手の内を明かす可能性がある。警察はこの時点ではまだ、容疑者を法廷に立たせたいと考えていた。

一方、ゴールドファーブらはもはや、ルゴボイたちが引き渡される可能性はないと判断した。それならせめて審問で詳しい殺害状況を知るべきだと思った。

周りからの説得を聞き入れ、マリーナも最後は審問を要求する。

検死官には弁護士や高等法院裁判長を務めたロバート・オーウェンが選ばれた。彼はその後、独立調査委員会を設置すべきだと主張する。その理由をゴールドファーブが説明する。

「ロシア政府による殺人であることが明らかだったためです。英国政府のいう通常犯罪ではない。政治や安全保障と密接に関係する事件だったため、検死審問では不十分と考えたのでしょう」

一方、この時点で英国政府はかたくなに独立調査委員会の設置に反対している。

「ロシア政府の関与が明らかになるのを避けたかったのでしょうか?」

「キャメロン（首相）はビジネス、ビジネス。とにかくもうけたいんです」

ゴールドファーブはこう言って笑った。

「例えば、英国系石油メジャーのブリティッシュ・ペトロリアム（ＢＰ）は九〇年代からロシアでビジネスを展開し、ロシア国営石油大手ロスネフチの株式を二〇％近く保有しています（その後、売却）。その利益は年間二十億ポンド（二〇一四年当時のレートで約三千五百億円）にもなる。英国はビジネスの魅力に勝てなかった」

ただ、英国政府の反対は、キャメロンのビジネス志向だけが理由ではないらしい。

「ロシアはサーシャの暗殺に関わっていた。もはや自明です。英国政府はその点が明らかになるのがそれほど嫌ではない。私はそう思います」

別の理由があるとゴールドファーブは指摘する。

「サーシャはＭＩ６の依頼を受け、ロシア・マフィアを追跡していました。ＭＩ６が何を、どんな手法で調べ、いかなる事実を把握しているのか。それを知られるのが英国政府は嫌なんでしょう。ロシアとの外交関係に影響するためだけではない。ＭＩ６の手の内がばれると、英国の安全保障にも悪影響が出ます」

さらにロシア特有の思考が、英国政府の判断に影響しているという。

「英国の裁判所がロシアによる暗殺を認定した場合、英メディアが大きく報じる。当然です。それをロシア政府はどう考えるか。彼らは、『英国がロシアを破壊したがっている』と受け取る。司法やメディアが政府から独立しているとは考えない。そこが欧米や日本との違いだ。アハメドの身柄引き渡しを裁判所が拒否した。ロシア政府はこれを英国政府が拒否したと考える。自分たちは常に攻撃されていると信じている。偏執的で陰謀史観に支配されている。英国政府はそうしたロシアの思考を知っている。だから調査委の設置に慎重にならざるを得ない」

このインタビューの三カ月前、ロシアはウクライナ領クリミアを併合していた。ここにもロシアの陰謀史観が絡んでいるとゴールドファーブは言う。

「プーチンはこう考えます。米国はロシアの破壊を計画していると。CIA、MI6、ベレゾフスキー、チェチェン、イスラム過激派。あらゆる者がロシアに対して陰謀を企てていると信じている。どれだけ欧米がロシアに甘い言葉をかけても、彼には届きません」

モスクワ育ちのゴールドファーブの分析だけに説得力がある。

ウクライナで親ロシアのヤヌコビッチ政権が民衆デモで倒されたときも、プーチンは「欧米がデモを組織した」と考えた。

「プーチンにとって西側の脅威は現実的だ。軍事的な意味ではないですよ。市民を扇動されるのが怖いんです。ウクライナの政変だけではない。彼はベルリンの壁が崩壊したとき、東独にいました。そこで東欧各地の民衆デモを見せつけられた。いったん、膨れあがると止められない。クレムリン宮殿周辺の道路に何十万人もの人が集まると、軍隊で叩かなければならなくなる。彼は確信している。欧米政府が市民をけしかけて自分たちの政治体制を破壊しようとしていると」

だからといって英国政府が調査委設置に反対するのは正しいのだろうか。

「ロシアへの対応としては間違っている。英国だけでなく、米国もEUもそうです。彼らはプーチン政権がいずれ文明化し、自分たちと一緒にやれると考えている。だから十年以上、ロシアに対し宥和政策をとってきた。その結果がクリミア併合です。過去を見てください。チェチェンやジョージアへの侵攻、アンナ（ポリトコフスカヤ）やサーシャなど暗殺の連続です。他国への軍事侵攻や国内での弾圧。欧米はそれを野放しにしてきた。そろそろ彼の特殊性に気づかなければならない」

欧米はこのインタビュー後も数年間、ロシアへのスタンスを変えなかった。二〇一八年にはロシアでサッカー・ワールドカップが開催され、二〇二二年二月にはウクライナ侵攻が起こった。

ゴールドファーブは興味深い指摘をした。欧米の指導者がイスラム主義や共産主義とどう向き合ってきたか。

「共産主義を脅威と考えた。ソ連とは協力できないと判断した。イスラム主義者への対応も同じです。関与、協力するのは無理だと考えている。宗教的な原理主義者や共産主義者は決して、民主主義や人権などの西洋的な考え方に魅力を感じない。欧米はそう認識している。では、ロシアへの対応はどうか。宗教的原理主義者や共産主義者と違い、プーチンは西洋文明と対立しないと思っている。果たしてそうなのか。対応を根本から問い直すべきです」

明らかに間違っている者たちには負けられない

検死審問から独立調査委員会の設置要求までの間、ゴールドファーブは一貫してマリーナを支えた。

米国に暮らしながら、たびたびロンドンを訪れている。マリーナに財力はさほどない。支援によって経済的な利益は得られない。なぜ、そこまでサポートし続けるのだろう。

「一つは善悪の問題です。私は悪が勝利するのを受け入れたくない。人の命を奪った者が何の責任も取らずに幸せに暮らす。それを認めたくない。それを許せば自身の尊厳を失うんです」

こう述べた後、ひげ面の初老男性はしばらく黙った。そして、笑顔を作って「それともう一つ」と言った。

「率直に言うと中毒かもしれません」

「はっ？　中毒とは？」

「善行を求める依存症です。私は自分を冷静に分析し、そう考えています」

財団の仕切り役として、公益活動に長く携わってきた。正しいと思えることをやり、人に喜んでもらう機会も多かった。その感覚が染みつき、「依存」状態にあるという。

「真実解明のため、ではないと？」

「違いますね。何が真実か。それはもうはっきりしている。プーチンがサーシャの殺害を命じ、ロシア人二人が実行した。何が起きたのか、わからないという状況ではない」

「それでも、暗殺者に責任を負わせるのは難しい状況です」

「わかっています。私は皮肉屋です。社会では常に正義がなされるはずはないと思っている。この暗殺事件もそうでしょう。誰かが司法手続きで有罪判決を受け、罪を償う可能性がありますか。ありません。マリーナも気がついています。ルゴボイやコフトゥンは逮捕されないだろうと。しかも、プーチンは裁かれない。大国のトップとして権力を好き勝手に使っている。もし私が、『プーチンを刑務所に入れたいから正義を求めている』と言ったら、あなたはどう思いますか。あきれてこの録音を止めるでしょう。私は善行を求める依存症だと言いましたが、冷静さは失っていません」

マリーナを間近に見ながら、どう感じているのだろう。

「この件でどれだけ英国とロシアの政府を相手に闘っても、彼女の個人的な利益にはならない。それでもあきらめない。そこが彼女の個性であり強さでしょう」

彼女の行動の原動力は何なのだろう。

「相手は明らかに間違っている。そんな者たちに負けられない。彼女はそう信じています。夫を殺した者たちが自由に暮らしていては、自分が傷つくと考えているんでしょう」

ゴールドファーブによると、マリーナはよく、こんな言葉を口にするという。

「サーシャならこうする」「これはサーシャが望んだことです」


インタビューを終えると、ゴールドファーブは言った。

「これからニュージャージーに戻ります。独立調査委員会が設置されたら、またロンドンに行きます。そのときに会えるでしょう」

改めて礼を言って、ホテルを出ようとすると、後ろから声をかけられた。

「ロシアと日本は関係が深い。日本の皆さんに、マリーナを応援するよう伝えてください。一人の女性が大きな相手に挑んでいるんです」

「とても愛している」。マリーナが聞いた最後の言葉

英国の裁判所は政府に、独立調査委員会の設置を拒否するなら、その理由を示さなければならないと迫った。国際情勢も追い打ちをかけた。ロシアがクリミアを併合し、親ロ派武装勢力によるマレーシア機撃墜疑惑も浮上した。ロシアとの関係を見直さざるを得なくなった英国政府は、調査委を設置した。

最初の公聴会は二〇一五年一月二十七日に開催される。それを前に私はマリーナをランチに誘った。

ロンドンの中心地オックスフォード・サーカス近くの日本料理店「馳走《ちそう》」で待ち合わせた。

彼女は晴れ晴れとした表情で現れた。

「よかったですね」と声をかけると、「これからですよ」と返してきた。

彼女がサーモンの照り焼き定食を頼んだので、私も同じものにした。店内は満席である。

「ここは初めてですか」

「そうですね。家族はみんな日本料理が好きですが、気軽なレストランばかりでした」

独立調査委員会について話をする。

「マリーナさんも証言しますよね」

「二月の初めになります」

ロシア人容疑者二人の証言はどうなるのだろう。

「モニターを使って証言するという話もあるようです。詳しくはわかりません。誰に指示されたのか、はっきり答えるべきです。彼らにサーシャを殺さなければならない理由はないのですから」


公聴会初日はよく晴れた。九時四十五分に高等法院に着くと、玄関前には大勢のカメラマンが集まっていた。金属探知機を通って裁判所に入る。一階六六号室の記者席には、すでに約四十人が座っていた。なぜかほぼ全員が白人で、日本人記者は私だけだ。


マリーナは前列左側に座っていた。息子のアナトリーも一緒だった。議長（判事）のロバート・オーウェンが開会声明を読みあげる。この委員会の設立経緯やリトビネンコの経歴を紹介し、委員会の意義を強調した。弁護団メンバーの一人、ロビン・タムがこう要請する。

「委員会はその権限を通して、完全かつ公正な調査を実施しなければなりません」

今後のスケジュールなどを確認して、初日が終了した。マリーナが記者会見に臨む。

「ついにここまで来ました。とても誇らしく思います」

調査委を設置するまでにさまざまな障害があった。

「家族や友人、そして捜査に協力してくれる人々に支えられました」とマリーナは感謝を口にした。

「私は独りではないと気づきました。多くの人が正義や民主主義が存在する国で暮らしたいと考え、この問題に関心を持っていました。英国人も、そしてロシア人もそうでした」

アナトリーは大学生で、授業の合間をぬって公聴会に出席した。息子が横にいてくれ、「うれしかった」とマリーナは言った。

「サーシャが亡くなったとき、彼は十二歳で父を知る時間が十分にはなかった。公聴会では、父に対する批判的な意見など不愉快な声も聞くでしょう。自分なりの考えを形成してもらえたらと思っています」


公聴会は翌二十八日から、事件に関わった者たちの証言に移る。七三号室に姿を見せたのは遺体を解剖、検死したナサニエル・ケアリーだった。

この法医学者によると、放射能汚染の恐れがあるため、リトビネンコの遺体は生命維持装置と点滴をつけたまま二日間、その場に安置された。三日目になってようやく慎重に機器やチューブが取り外され、ポロニウムについて調べるため右大腿部《だいたいぶ》の筋肉を採取した。

解剖は死亡から八日後の十二月一日に実施された。法医学者のほか警察官、カメラマンが立ち会った。全員防護服を二枚重ねて着た。手袋も二枚はめ、手首をテープで留めた。頭から顔にかけてはプラスチック製の大型フードをかぶり、パイプで送られる空気を吸った。

不測の事態に備えて救急隊員と放射線を防護する専門スタッフが待機している。検死後、衣服に付着した血液を慎重にふきとった。

ケアリーは解剖結果を基に死因を急性放射線症候群とし、「これほど危険な死後検査は少なくとも西側諸国では過去になかった」と語った。


マリーナが証言に立ったのは週明けの二月二日である。その日の朝、アナトリーと一緒に高等法院に入る彼女は、髪をきれいに整え、上から下まで黒い服で身を包んでいた。いつもよりやわらかい表情をしているように見えた。

さっそく、証言に移り、弁護団のタムが言う。

「質問によっては、あなたが苦痛に感じるかもしれません。休憩が必要になったら、いつでも言ってください」

マリーナはどんな質問にも丁寧に答えた。

彼女によるとリトビネンコは一九九八年ごろ、ＦＳＢの上司から違法な命令を受けた。マリーナは時折、通訳の助けを借りながら、夫はそうしたＦＳＢの腐敗を訴えるため、当時長官だったプーチンに会ったと説明した。

「しかし、生産的な会談ではなく、期待できないと思ったようです。サーシャは、プーチンがサンクトペテルブルク副市長時代にも組織犯罪に関与していたと信じていたからです」

リトビネンコが、所属する組織に疑問を感じたのはチェチェン紛争がきっかけだった。

「最初は侵攻を支持していました。彼にとってそれは絶対的な正義でした」

しかしその後、軍事侵攻に疑問を持ち始める。

「チェチェンの人々は自分たちの土地のために戦っていました。それを知ったときです。彼が考えを変えたのは」

上司から数々の不法行為を命じられたリトビネンコが最終的に組織と決裂したのは、ベレゾフスキー暗殺を提案されたときだった。

「上級将校が夫に向かって言いました。『君はあいつのことをよく知っている。殺す気はあるか』と」

マリーナによると、リトビネンコは一九九四年ごろからベレゾフスキーとの付き合いができた。暗殺については、「正式な命令ではなかった。ただ、ノーとは言えなかったと思う」と語った。

秘密情報機関において上司から「殺す気はあるか」と問われれば、それは質問ではなく「殺せ」という命令である。この疑惑を捜査したロシアの検察当局は「暗殺命令はなかった」と結論づけた。確かに明示的な命令は、確認できなかったのかもしれない。「殺す気はあるか」を直訳すれば、可能性を探っているにすぎない。嫌なら、「いいえ、その気はありません」と答えれば済む。

しかし、FSB内のしきたりを一般社会の常識で測るべきではない。「命令ではないが、ノーとは言えなかった」とするマリーナの発言の真意もその辺にある。長年組織で生きてきたリトビネンコは言葉の意味を的確に理解した。命令と受け取り、悩んだ末に記者会見で暴露した。

彼の人生は曲折を経ながらも、そこを起点にロンドンのユニバーシティ・カレッジ病院まで流れていく。

翌三日もマリーナの証言が続いた。

この日は、ロシア軍が射撃訓練をする様子を撮ったビデオが上映された。射撃の的にはリトビネンコの写真が使われていた。マリーナは神妙な表情でそれを見ている。兵士が銃を撃つたびに、夫の顔写真に黒い穴が空いていく。

弁護士はリトビネンコが亡くなる前日の夜のやりとりについて聞く。

「息子を迎えにいく必要がありました。私が『サーシャ、残念だけど行かなきゃならないわ』と言うと、彼はとても悲しそうにほほ笑みました。私は罪悪感を覚えました」

リトビネンコはほとんど話せなかった。

「彼は静かに言いました。『とても愛している』と。私は冗談のように『ついに、その言葉が聞けて幸せよ』と言いました。元気なころはいつも言ってくれていたのですが、病気になって以来、聞いていなかった。そして『また明日会えるわ』『すべてうまくいくから』と言いました」

「そのほかに、彼は何か言いましたか」

「いいえ、(『とても愛している』が)最後の言葉です」

マリーナは泣きながら証言した。

プーチンは殺害を「おそらく承認」していたと結論
公聴会でロンドン警視庁の警部、クレイグ・マスコールが証言したのは二〇一五年二月十七日である。

警視庁は事件のあった二〇〇六年十一月以前にルゴボイとコフトゥンが英国に来た日を特定し、二人が立ち寄った場所で丹念にポロニウムを追い、多くの地点で痕跡を見つけた。例えば、ルゴボイが十月二十五日に滞在したロンドンのシェラトン・パークレーン・ホテルの捜査結果についてマスコールは、「部屋のタオル、洗濯物を入れるランドリーシューターなどで痕跡が見つかった。最も濃度の高かったのはタオルでした」と明かした。ルゴボイがロンドンで利用した車や飛行機内からもポロニウムの痕跡が検出されている。

科学は嘘をつかない。痕跡は二人とポロニウムとの関係を明確に示していた。


公聴会は七月三十一日、弁護団が最終陳述をして終わった。

ルゴボイとコフトゥンも、モニター装置を使って証言すると言われていたが、最終的に一切の協力を拒否した。ただし、二人の証言がまったくなかったわけではない。警視庁は事件直後に二人から聴取している。その内容は委員会に提出され、その後公開された。

議長のオーウェンは秋以降、英国政府の機密情報を精査して最終報告書を作成する。議長には、公聴会で公開されなかった資料に目を通す権限も与えられていた。

マリーナは公聴会が終わったのを受け、高等法院前で記者にこう語った。

「真実が明らかになると信じています」

夫がロンドンの街中で放射性物質を盛られたのは明らかであり、それは史上初の核テロだと指摘した。

「殺害したのはロシアの工作員です。プーチンの同意がなければ起こらなかったテロです」

捜査官が証言したポロニウムの痕跡データとルゴボイ、コフトゥンの滞在や移動場所を照らし合わせれば、二人が実行したとしか考えられない。一方、二人にはリトビネンコを殺害する理由がなかった。ならば誰が、なぜ、殺害を指示したのか。最終報告書の焦点はそこにあった。

独立調査委員会の最終報告書が発表されるのは、年が明けた二〇一六年一月二十一日だ。マリーナとアナトリーはその前日、政府機関内で特別に報告書を読んだ。二人には二十四時間の守秘義務が課せられた。

報告書は三百二十八ページの分厚い冊子だった。書いたのは議長のオーウェンである。プーチンについてどう記述されているか。マリーナの関心はそこにあった。ルゴボイとコフトゥンが夫を殺害した事実は動かないだろう。問題はプーチンの指示の有無である。

二人は報告書をじっくりと読んだ。そして、問題部分は最後の方に記されていた。その部分を見つけたマリーナは思わず「やはり」と声を上げそうになった。

「勇気ある記述だ。重いメッセージになる」

　彼女は守秘を誓約しているため、内容は一切口にできなかった。


　報告書の発表は二十一日午前十時だった。ジャーナリストは二十五分前から読むことができ、十時になるとメディアは一斉に報じた。報告書は公聴会での六十二人の証言と機密情報の資料を基に作成されている。二〇一五年五月には数日間にわたり、政府庁舎内で非公開の公聴会も開かれた。英国犯罪史上最も広範に捜査された事件となった。

　報告書でオーウェンは、科学的証拠からルゴボイ、コフトゥンの二人が実行したと指摘した。

〈ルゴボイは二〇〇六年十月と十一月に三回、コフトゥンは二回、ロンドンを旅行している。捜査の結果、十月十六日にメイフェアにある警備会社の重役室でリトビネンコに会った際に初めて毒殺を試みたと考えられた〉

〈彼らが滞在したホテルの三つの部屋でポロニウムが検出された。特にバスルームの排水口で極めて高レベルの汚染が見られた。ポロニウムを流しにそそいだと考えるのが自然だ〉

〈飛行機の座席、バーのテーブル、さらにはルゴボイが吸った水たばこにも広範囲にわたりポロニウムの痕跡が残った〉

ルゴボイがリトビネンコに初めて会ったのは一九九〇年代だった。二人はベレゾフスキーと近い関係にあった。リトビネンコがロンドンで暮らすようになり、二〇〇四年ごろからビジネス上の付き合いができた。

〈ルゴボイが二〇〇四年にロンドンでリトビネンコに会ったころから殺害計画を立てていたことは「十分にあり得る」〉

また、リトビネンコの死から約四年後の二〇一〇年、ルゴボイはベレゾフスキーにTシャツを送っている。そこには「核による死があなたのドアをノックしている」とプリントされていた。

〈ルゴボイがリトビネンコ暗殺に絡み、自身の役割を喜んで認めているとしか思えない〉

ルゴボイは実行当日、八歳の息子にリトビネンコと握手するよう勧めた。また、ルゴボイとコフトゥンの宿泊したホテルの部屋にはポロニウムが飛び散っていた。こうした状況からオーウェンは結論をこう導き出した。

〈二人（ルゴボイとコフトゥン）は毒物を持っているとは認識していたが、それが何なのか、どんな性質があるのかについて正確には知らなかった〉

息子に握手させた理由は、ポロニウムの性質を知らなかったためのようだ。

そして、二人は「個人的な敵意」によってではなく「他人に代わって」殺害したと結論づけている。

〈二人には個人的な理由がなかったかもしれないが、ロシア国家内には殺害理由のある者が多数いた〉

なぜリトビネンコは殺害されねばならなかったのか。その理由として、彼の言動がいくつか紹介されている。

〈一九九九年のロシア各地のアパート爆破事件について、FSBが背後にいると非難し、組織から裏切り者とみなされた〉

〈英国の秘密情報機関MI6で働き始めたほか、ベレゾフスキーやザカエフと交流した〉

そして、オーウェンはリトビネンコとプーチンの対立には「間違いなく個人的な側面」もあったと記した。対立の芽は二人のただ一回の面会にあった。

〈一九九八年にリトビネンコはFSB長官だったプーチンと会い、組織の汚職について抗議したが、ほとんど効果はなかった〉

関係はその後、悪化した。

〈二〇〇六年七月にリトビネンコはプーチンについて、幼児性愛者であると主張する記事を書いた〉

〈ポリトコフスカヤ殺害の責任者としてプーチンを鋭く非難した〉

ロシア政府はルゴボイの身柄引き渡しを拒否し、プーチンは二〇一五年三月、ルゴボイに勲章を授与している。

〈プーチンによる長年の好意的な扱いは、ロシア国家がリトビネンコ殺害を承認しているか、少なくともそのシグナルを送りたいと考えていることを示している〉

マリーナが最も知りたかった点について報告書はこう記した。

〈プーチンとニコライ・パトルシェフは、ＦＳＢがポロニウム２１０を使って殺害するのを「おそらく承認」していた〉

パトルシェフは当時のＦＳＢ長官である。マリーナは前日、この記述を読み、「やはり」と思った。プーチンが承認していた可能性は高いのだ。

殺害を「おそらく承認」していたパトルシェフとプーチンは、ともにレニングラード出身で一九七五年にそろってＫＧＢに入った。

一九九一年にソ連が崩壊すると、プーチンが組織を離れる一方、パトルシェフはそのまま秘密情報機関に残る。九九年にプーチンの後任としてＦＳＢ長官に就き、二〇〇八年には国家安全保障会議書記になった。プーチンの最側近として、二〇一四年のクリミア併合について事前に相談を受けた四人のうちの一人とされている。

パトルシェフの役割について報告書に記述された部分は、ＭＩ６など英国の秘密情報機関が集めた秘密情報に基づいて導き出されたと考えられた。

欧州人権裁判所もプーチンの指示と結論

マリーナは午前十時十八分、高等法院前で記者たちを前に声明を読みあげた。

「夫が病室のベッドで述べた言葉が、英国の法廷で真実であると証明された。とてもうれしく思います」

そして、在英ロシア大使館で働く秘密情報員を追放し、プーチンとパトルシェフを渡航禁止処分にするよう英国政府に求めた。彼女は十一時二十三分、高等法院近くの弁護士事務所に移動し、会見に臨んだ。アナトリーが同席した。

「大きな成果を実感しています」

マリーナの表情はすがすがしい。

独立調査委員会の設置を求めたとき、多くの人から「調査委は設置されない」「たとえ設置されても、新事実は見つからない」と言われてきた。それを乗り越え、この日、報告書で事実を確定させた。彼女はこう述べている。

「私にとってこの事件は個人的なことです。困難を乗り越えられたのは、それが私個人の出来事だったからです。殺されたのは夫でした。誰が夫を殺し、誰に責任があるのか。それを知りたかったのです」

権力とは無関係に生きてきた。だからこそ政府や政治家に配慮せずに主張を貫けた。政治や国際情勢に疎かったから、政治的な駆け引きをせず真実を追求できた。


アナトリーはユニバーシティ・カレッジ・ロンドン（UCL）で東欧の政治を学んでいる。報告書を読むために二日間、大学を休んだ。マリーナは言った。

「私を支えてくれました。いつかロシアに戻って、祖国のために何かをしてほしい。ロシアに誇りを持ってもらいたいと思います」

そして、夫の言葉を紹介した。

「一人を黙らせることはできます。しかし、世界を沈黙させることはできません」

内相のテリーザ・メイはコメントを発表した。

「ロシアが国家として、この殺害におそらく関与したという結論は非常に憂慮すべきだ。これは国際法の最も基本的な教義と文明的行動に対するあからさまな違反であり、容認できない」

英国は二年半前、ロシアとの関係を重視して独立調査委員会設置を拒否した。メイはこう言っていた。

「独立調査委員会を開いても、マリーナが検死審問で明かされる以上の事実を知ることはない」

その彼女が今度は、ロシアを批判している。これが政治と言えば政治である。

ロシア大統領府報道官のペスコフは「英国流ユーモアの一つだ」と批判し、報告書が「おそらく」という言葉を使っている点を嘲笑した。

「この用語は我が国の法制度では受け入れられない」

ルゴボイも強い不満を表明する。

「バカバカしい結論だ。何も新しいものはなかった。新事実は示されず、推測と噂《うわさ》だけが存在している。英国政府の反ロ的姿勢、英国人の偏狭さ、そしてリトビネンコの死について本当の理由を見つけようとする意欲の欠如が示された」

リトビネンコの死去から約九年二カ月がたった。これまで真相解明を求めるマリーナの行く道には、いくつもの困難があった。ロシアだけでなく、英国も壁となった。政府は調査委の設置に反対し、司法は法的扶助の適用を認めなかった。

マリーナは強い意思でそれを乗り越える。その姿に心打たれた人たちが彼女を助けた。弁護士はプロボノで裁判を買って出た。マリーナがあきらめていたなら、事件の闇に光は当たらなかった。世界の人々が、プーチンやロシア政府の実像に気づくのは随分遅れていただろう。

各方面からマリーナの勇気を称賛する声が上がる。内相のメイはこう言及した。

「私は真実を求めるマリーナのたゆまぬ努力に、特別な敬意を表したい」

捜査を主導したロンドン警視庁の警視監、ダンカン・ボールの声明はこうである。

「マリーナとアナトリーは計り知れない勇気と威厳を示した」

そして、オーウェンは調査委の最終報告書にこう記していた。

〈深い苦痛を伴うこともあったであろうこの過程で、マリーナが見せた威厳と冷静さに終始感銘を受けた。とりわけ、夫の死の真相を明らかにしようとする静かな決意は称賛に値する〉

マリーナの闘いはこれで終わりではなかった。プーチンの非人道性を欧州の基準で裁く必要があった。

欧州の戦後は第二次世界大戦の反省から始まった。フランスとドイツは二度と戦争ができないよう欧州統合への道を歩み出した。これがEUに結実する。

ナチス・ドイツによるホロコーストを避けられなかった欧州が一九四九年に設置したのが欧州評議会である。加盟国には人権や民主主義、「法の支配」で高い水準の法整備が求められた。五〇年には欧州人権条約を制定し、五九年には欧州人権裁判所を設置する。この裁判所は、国家だけでなく個人による訴えが認められている。欧州の市民は、人権条約というルールを武器に、国や組織による人権侵害に対し個人で闘う環境を得たといえる。

マリーナはこの武器を手に立ちあがった。夫が殺害された翌二〇〇七年、人権条約第二条を含む五つの条項違反を理由に、ロシア政府を相手取って訴えを起こした。二条は「すべての者の生命に対する権利は、法律によって保護される。誰であろうと故意にその生命を奪われない」と規定している。夫の殺害は明らかにこの条項に反するとマリーナは考えた。

時代も味方した。人権裁判所に訴える場合、相手が欧州人権条約に加盟している必要がある。東西冷戦時代、ソ連は加盟していなかった。この巨大な連邦が崩壊し、ロシアは一九九六年、条約に署名して九八年に批准した。プーチンが権力を握る直前、政府は人権や民主主義について欧州の基準を受け入れた。そのためマリーナは訴えが可能になった。

彼女は二〇二〇年、先の訴えに追加する形で懲罰的賠償も求めた。夫の暗殺後も、ロシア政府の関与が疑われる暗殺や暗殺未遂が各地で相次いでいた。これ以上新たに暗殺をさせないために法的圧力をかけようとしたのだ。

「夫の毒殺後も、（ロシアの元スパイ）セルゲイ・スクリパリさんと娘のユリアさん、プーチンを批判したアレクセイ・ナワリヌイさんが化学物質（神経剤）で暗殺されかけました。これを実行した人々をロンドンやそのほかの場所に連れてきて、裁くのは難しい。ただ、誰かに責任を負わせなければなりません。プーチン政権は『申し訳なかった』とは言わないでしょう。そうだとしても夫を奪われた者として、個人の権利を守るために立ちあがるべきだと思いました」

欧州人権裁判所は二〇二一年五月十八日と六月二十二日、非公開でマリーナの訴えを審理した。そして九月二十一日、判決を出した。ロシア政府が事件に関与したと判断し、損害賠償として十万ユーロ（約一千三百万円）と、訴訟費用二万二千五百ユーロ（約二百九十三万円）を支払うようロシアに命じる内容である。

訴えは認められた。「主婦」の勝利だった。

判決はルゴボイとコフトゥンがリトビネンコを殺害する意思を持って、ポロニウムを使って実行したのは疑いようがないと断定した。二人が、自殺説やベレゾフスキーによる暗殺説を主張している点を考慮したのだろう。判決はこう言及している。

〈リトビネンコの自宅やベレゾフスキーのオフィス、スカラメラの部屋などには放射性物質との直接接触の痕跡はなかった〉

ロシア政府は事実解明に協力しなかった。判決はその点を批判する。

〈ロシアはルゴボイ、コフトゥンが乗った旅客機の放射能汚染検査を拒否したり、汚染がなかったと根拠なく主張したりした〉

〈英国の裁判所が逮捕状を出した直後、ルゴボイは自由民主党議員としてロシア下院選挙に立候補すると発表し、その後当選して（不逮捕の）特権を得た。下院の同意があれば、特権をはく奪できたにもかかわらず、ロシア政府はその可能性を探ろうとしなかった〉

判決は最終報告書から引用し、ルゴボイとコ

ウラジーミル・プーチン

写真／ユニフォトプレス

フトゥンは個人的な理由で行動してはいなかったとした。

〈ルゴボイは、リトビネンコについて裏切り者と発言したかもしれないが、その感情だけで、長期にわたり、費用もかかる作戦を計画し実行するとは思えない。もしルゴボイ、コフトゥンが自分たちのために行動していたとしても、ポロニウムを入手できた可能性は非常に低い。これらのことは誰かの代理として実行したことを示している〉

そのうえで、国家が関与した可能性について指摘する。

〈毒殺に使用されたポロニウムが（ロシア西部サロフの）アバンガルドの核施設で製造されたのは確かである。国家が管理する原子炉から発生したことに疑いはない。国家の関与を示す強力な証拠である〉

ロシアの核施設に詳しい物理学者で、英サセックス大学名誉教授のノーマン・ドムビーは、長年の研究から、「使われた量のポロニウムを現在製造できるのは、世界でもアバンガルドの軍用原子炉のみで、その放射性物質は輸送から使用まで、完全に国家によって管理されている」と報告している。ロシアの関与を示す根拠となった。

では、誰が指示したのか。

〈殺害はFSBの作戦であり、おそらくFSB長官とロシア大統領によって承認された〉

FSB長官はパトルシェフ、そして大統領とはプーチンだった。

裁判官七人の中に反対が一人いた。ロシアの法律家、ドミトリ・デドフだった。

欧州人権裁判所では審理を開く際、当事国の法律家が一人、裁判官に加わる。

デドフはモスクワの大学で法律を学び、弁護士や裁判官を務めた。欧州人権裁判所の裁判官に就任したのは二〇一三年である。同性愛者を嫌悪するような発言をして物議を醸したのをはじめ、同性愛を描いた映画や書籍を禁止するロシアの同性愛宣伝禁止法を支持している。この裁判官はポロニウムがロシアで製造されたという考えには疑問が残ると指摘する。

〈ポロニウムがロシアで製造されたかどうかは確認できなかった。欧州には英国を含め、それを製造できる原子炉や研究所は多数存在する。裁判所は曖昧な推論に頼って判断すべきではない〉

〈英国の調査では、ロシアの工作員以外が関与した可能性にはほとんど注意が払われなかった。ホテルで物的証拠が発見された状況を考えると、毒殺にはロシア秘密情報機関員よりも英国の機関が関与した説の方がより説得力がある〉

英国の著名弁護士でマリーナの代理人を務めたベン・エマーソンは判決を受け、こう述べた。

「この事件は単なる反体制派を狙った暗殺ではありません。ロンドンに暮らす多数の市民を危険にさらした核テロでした。リトビネンコさんの遺体は放射線量が多かったため、鉛で覆われた棺に入れて埋葬されねばならなかった。彼は今、カール・マルクスの墓のあるロンドンのハイゲート墓地に眠っています。それはロシア政府の危険性を永遠に思い出させます」

マリーナはこう述べた。

「プーチンがサーシャを殺害した事実を立証し、国際法廷でその責任を問うまでに十五年の歳月がかかりました。夫が殺されてから、私の人生は正義を追求するためだけにありました。夫の死と私の活動が無駄ではなかったことを祈ります」

ロシア大統領府報道官、ペスコフは判決には「根拠がない」と非難し、罰金の支払いを拒否した。条約加盟国に課された義務の不履行宣言だった。

ロシア軍が隣国ウクライナに軍事侵攻したのは判決から五カ月後の二〇二二年二月二十四日未明である。英国を含む欧州各国はようやく、プーチンの実像を見せつけられた。ロシアへの制裁を強化し、ウクライナを軍事支援した。マリーナは言う。

「私はプーチンが夫の殺害を命じたと信じています。そのプーチンが今、罪のないウクライナ市民を殺しています。しかし、ロシア全体がこの戦争を支持しているわけではありません。多くのロシア人が戦争に反対しています。ロシアは今、プーチンに乗っ取られたのです。プーチン主義がロシアを占領しているのです」

人類の歩みは、国家や組織に対し、個人がいかに正義を貫き通すかの歴史でもあった。古くは国王や教会の弾圧から解放を求め、数多くの人々が命を奪われた。

近代に入り、王政が倒れ、教会の権威が小さくなった。それでも国家の重しは残った。帝国主義の時代を生き抜くには、軍を主体とする国家が個人を統制する必要があった。

二度の世界大戦を経験した人類は、個人で幸福を追求できる社会を目指した。公共の福祉に反しない限り、人は国家や多数派、巨大組織や家族・親族からも自由であるはずだ。

しかし、実態はどうか。世界の多くでは、いまだに巨大権力が個人を支配している。その最たるものが国家だ。他国を侵略し、罪のない市民を殺害する。不正義がまかり通る社会で、市民は国の決定に従っている。果たして個人は無力なのだろうか。

国家を相手にしたとき、勝ち目がないと、はなからあきらめていないか。「社会とはそんなものだ」とわかったような口をきき、自分を納得させていないか。いつのまにか、システムに抗う勇気を失ってしまっていないか。国や組織に自分の意思を委ね、安楽としているのではないか。マリーナはそんな生き方を拒否した。肩の力を抜きながら、鋼のような意思を貫いた。

世界では今、民主主義勢力が自信をなくし、影響力を落としている。ロシア、中国をはじめとする権威主義国家が力を増しつつある。民主主義を支える根幹は、個人の意思にある。必要なのは、国家や組織を維持するために個人が犠牲を引き受けるのではなく、人権擁護・反差別・正義に対し、声を上げ続ける姿勢である。

イスラエルの作家アモス・オズは、大火事を前にした人々の反応について、興味深い描写をしている。一人ひとりがたとえティースプーンでも水をかけるのが重要だという。バケツがなければコップで、コップがなければティースプーンで火に水をかけるのだ。こうした行動には、必ずや支援者が現れる。正義を求める個人の意思がいかに力を持ち得るか。マリーナの挑戦はそれを示した。

マリーナとの法廷闘争に敗れたロシアは結局、欧州評議会に脱退を通告した。ウクライナに本格的な軍事侵攻を始めた翌月だった。

自由や「法の支配」を尊重する価値観との決別を意味した。

エピローグ　燃えさかる家に飛び込む女性たち

スペイン南東部ビジャホヨサは地中海に面した小さなリゾート地である。この町の地下駐車場で二〇二四年二月十三日、若者の射殺体が見つかった。ウクライナ人と見られたこの男性は、その後の捜査でロシア人と判明する。身分を隠していたのだ。

殺されたのは二十八歳の元ロシア兵、マクシム・クジミノフだった。ウクライナに派兵された彼は二三年八月、軍の輸送ヘリで投降した。その後、「ロシアの共犯者にはなりたくない」との声明を発表し、スペインで暮らしていた。

ロシア対外情報庁長官のセルゲイ・ナルイシキンは殺された元兵士について、「裏切り者の犯罪者であり、道徳的にはすでに死亡していた」と述べた。ウクライナ侵攻から二年になるのを前にロシアによって暗殺されたとの見方が広がった。

衝撃のニュースはさらに続いた。遺体が元ロシア兵と判明したちょうどそのころ、同月十六日にロシアの反体制派指導者で弁護士のアレクセイ・ナワリヌイがシベリアの刑務所で急死する。

二日前に接見した弁護士によると、健康状態に問題はなかった。前日に撮影されたとされる動画にも元気な様子が映っていた。刑務所側は弁護士に「散歩の後、体調を崩した」「死因は自然死」と説明するだけで、詳しい状況を明かしていない。

ナワリヌイはプーチン批判の急先鋒《きゆうせんぽう》だった。二〇一〇年代前半から、国営企業の絡んだ横領疑惑を独自調査してインターネットで発信する。プーチンを含む政権幹部が秘密裏に大邸宅を所有している疑惑も伝えた。

二〇二〇年八月には移動中の飛行機内で毒物を盛られて意識不明となり、ドイツで治療を受けた。回復後に帰国し、詐欺などの罪で拘束される。

ロシア大統領選挙を一カ月後に控えた時期の不審死である。彼は収監中も、プーチン以外の候補に投票するよう呼びかけていた。

米大統領のバイデンは「プーチンに責任がある」と非難し、G7の外相はロシアに説明責任を果たすよう求めた。

ナワリヌイの急死から十二日後、マリーナの記者会見がロンドンで開かれた。

朝の雨も記者会見が始まるころにはやんでいた。会見場には約五十人のジャーナリストが集まった。ロシアのウクライナ侵攻から二年というタイミングで企画された会見では、質問がナワリヌイの不審死に集中した。

黒のベストにペンダントを下げ、終始硬い表情のマリーナは言った。

「殺人にほかなりません。国際社会ができることは常に（真相を）問い続けることです」

そして、もう一人の「マリーナ」が現れる。

彼女が記者会見したのと同じ日、ナワリヌイの妻ユリアがフランスのストラスブールの欧州議会本会議場で演説した。

「プーチンが夫を殺した。彼は犯罪集団のリーダーだ。多くのロシア人が戦争に反対し、プーチンに反対し、彼がもたらす悪に反対している。夫はついに美しいロシアを見られなかった。私たちがそれを見なくてはならない。私は夫の夢をかなえるために精いっぱい力を尽くす。悪は敗れ、美しい未来が訪れる」

欧州各国の議員たちは立ちあがり、拍手で勇気をたたえた。

ユリアが演壇を離れても、拍手はしばらく鳴りやまなかった。

ここにまた、「疾駆する馬を止め、燃えさかる家に飛び込む」女性が生まれた。


（敬称略）

あとがき

「あなたの闘いぶりを本にしたい」

　私は出会った当初から、マリーナ・リトビネンコにそう説明してきた。彼女は何十時間ものインタビューに嫌な顔一つせずに応じた上、知人を紹介し、夫の詩を読ませてくれた。それは私の書籍化に協力するためだったはずだ。日本の読者に暗殺事件の真相やロシア大統領、プーチンの実像を知ってもらいたかったのだろう。

　彼女との出会いから十二年以上が経過した。私が別のテーマで本や新聞記事を書いていたため、「約束」を果たすのに随分時間がかかった。彼女自身、気になっていたはずだが、この間「本にする話はどうなりましたか」と尋ねられたことは一度もなかった。出版が決まったと連絡すると、彼女はこう言った。

「今でも、私の活動に興味を持ってくれていたのですね。どうもありがとう」

　物腰は穏やかで、やわらかである。食事をしたり、お茶を飲んだりしていても笑顔を絶やさず、周りへの気遣い、感謝を忘れない。その姿勢こそが支援者や協力者を増やす原動力となり、英国政府に方針を転換させた。真相究明へ道を開き、プーチンに一撃をくらわせた。彼女と付き合っていると、「個人」の力、可能性を信じたくなる。

ロシア軍がウクライナに侵攻し、ロシア政府によると見られる暗殺や暗殺未遂事件は後を絶たない。この本がロシア政府やプーチンに関する理解を深めることに役立てば、著者として幸甚である。

マリーナやアナトリー、ザカエフ、ブコウスキー（二〇一九年没）、ゴルジエフスキー、ゴールドファーブ、弁護士のツシルリナや元大使のブレントンには快くインタビューに応じてもらい、疑問点についての追加の問い合わせにも答えてもらった。また、リトビネンコの暗殺を継続取材していたガーディアン紙のハーディングに貴重な示唆をもらった。ロシア語からの翻訳などについては毎日新聞の同僚、杉尾直哉さんの協力を得た。本当にありがとうございました。

この原稿を書き上げた今も、ウクライナでは戦争が続いている。

アレクサンドル・リトビネンコをはじめ、暗殺犠牲者の冥福を祈りながら筆を擱《お》く。

二〇二四年十一月　東京都の自宅で

主要参考文献

【新聞・日本】
毎日新聞、朝日新聞、読売新聞

【新聞・英国】
ガーディアン、オブザーバー、タイムズ、サンデー・タイムズ、デイリー・テレグラフ、インディペンデント、デイリー・ミラー

【新聞・米国】
ニューヨーク・タイムズ、ワシントン・ポスト、ウォール・ストリート・ジャーナル

【雑誌】
「薬史学雑誌」

【書籍】
アレックス・ゴールドファーブ、マリーナ・リトビネンコ著、加賀山卓朗訳『リトビネンコ暗殺』早川書房、二〇〇七年

アレクサンドル・リトヴィネンコ、ユーリー・フェリシチンスキー著、中澤孝之監訳『ロシア　闇の戦争――プーチンと秘密警察の恐るべきテロ工作を暴く』光文社、二〇〇七年
ベン・マッキンタイアー著、小林朋則訳『KGBの男――冷戦史上最大の二重スパイ』中央公論新社、二〇二〇年
クリストファー・アンドルー、オレク・ゴルジエフスキー著、福島正光訳『KGBの内幕――レーニンからゴルバチョフまでの対外工作の歴史』上・下、文藝春秋、一九九三年
アルカディ・ワクスベルク著、松宮克昌訳『毒殺――暗殺国家ロシアの真実』柏書房、二〇一四年
山内智恵子著、江崎道朗監修『ミトロヒン文書　KGB・工作の近現代史』ワニブックス、二〇二〇年
スティーヴ・レヴィン著、中井川玲子、櫻井英里子、三宅敦子訳『ザ・プーチン　戦慄の闇――スパイと暗殺に導かれる新生ロシアの迷宮』阪急コミュニケーションズ、二〇〇九年
ハイディ・ブレイク著、加賀山卓朗訳『ロシアン・ルーレットは逃がさない――プーチンが仕掛ける暗殺プログラムと新たな戦争』光文社、二〇二〇年
アンナ・ポリトコフスカヤ著、三浦みどり訳『チェチェンやめられない戦争』日本放送出版協会、二〇〇四年
アンナ・ポリトコフスカヤ著、鍛原多恵子訳『ロシアン・ダイアリー――暗殺された女性記者の取材手帳』日本放送出版協会、二〇〇七年
アンナ・ポリトコフスカヤ著、鍛原多恵子訳『プーチニズム――報道されないロシアの現実』日本放送出版協会、二〇〇五年

アレクサンドル・カザコフ著、佐藤優監訳、原口房枝訳『ウラジーミル・プーチンの大戦略』東京堂出版、二〇二一年
フィオナ・ヒル、クリフォード・G・ガディ著、濱野大道、千葉敏生訳、畔蒜泰助監修『プーチンの世界——「皇帝」になった工作員』新潮社、二〇一六年
佐藤優『自壊する帝国』新潮文庫、二〇〇八年
佐藤優『甦るロシア帝国』文春文庫、二〇一二年
福田ますみ『暗殺国家ロシア——消されたジャーナリストを追う』新潮社、二〇一〇年
林克明『プーチン政権の闇——チェチェン戦争／独裁／要人暗殺』高文研、二〇〇七年
エーヴ・キュリー著、河野万里子訳『キュリー夫人伝』新装版、白水社、二〇一四年
クロディーヌ・モンテイユ著、内山奈緒美訳『キュリー夫人と娘たち——二十世紀を切り開いた母娘』中央公論新社、二〇二三年
フィリップ・スティール著、赤尾秀子訳『マリー・キュリー——科学の流れを変えた女性』BL出版、二〇〇八年

Alexander Litvinenko, Pavel Stroilov (translation from Russian and editor), *Allegations: Selected Works by Alexander Litvinenko*, Aquilion limited, 2007
Ben Macintyre, *The Spy and the Traitor: The Greatest Espionage Story of the Cold War*, Crown, 2018
Luke Harding, *A Very Expensive Poison: The Definitive Story of the Murder of Litvinenko and Russia's*

War with the West, Guardian Faber Publishing, 2016
Luke Harding, *Expelled: A Journalist's Descent into the Russian Mafia State*, St. Martin's Press, 2012
Boris Volodarsky, *The KGB's Poison Factory: From Lenin to Litvinenko*, Frontline Books, 2009
Vladimir Bukovsky, Alyona Kojevnikov (translation), *Judgment in Moscow: Soviet Crimes and Western Complicity*, Ninth of November Press, 2019
Nikoláy Nekrásov, Colin John Holcombe (translation and notes), *Nekrasov's Red-Nosed Frost*, Ocaso Press, 2020

【報告書】

The Litvinenko Inquiry: Report into the Death of Alexander Litvinenko（英国・独立調査委員会最終報告書）

小倉孝保（おぐら　たかやす）
一九六四年、滋賀県生まれ。一九八八年、毎日新聞社入社。カイロ支局長や欧州総局長、外信部長を歴任して現在、論説委員兼専門編集委員。英外国特派員協会賞や小学館ノンフィクション大賞、ミズノスポーツライター賞最優秀賞を受賞。主な著書に『ロレンスになれなかった男　空手でアラブを制した岡本秀樹の生涯』『十六歳のモーツァルト　天才作曲家・加藤旭が遺したもの』『踊る菩薩　ストリッパー・一条さゆりとその時代』『35年目のラブレター』など。

プーチンに勝《か》った主婦《しゅふ》　マリーナ・リトビネンコの闘《たたか》いの記録《きろく》

集英社新書一二四一N

二〇二四年一二月二二日　第一刷発行

著者……小倉孝保《おぐらたかやす》
発行者……樋口尚也
発行所……株式会社集英社
東京都千代田区一ツ橋二-五-一〇　郵便番号一〇一-八〇五〇
電話　〇三-三二三〇-六三九一（編集部）
〇三-三二三〇-六〇八〇（読者係）
〇三-三二三〇-六三九三（販売部）書店専用
装幀……新井千佳子（MOTHER）
印刷所……TOPPAN株式会社
製本所……株式会社ブックアート
定価はカバーに表示してあります。

　ISBN 978-4-08-721341-6 C0231　Printed in Japan

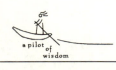